三角館の恐怖

江戸川乱歩

春陽堂

目次

三角館の恐怖

三角館の恐怖

ロジャー・スカーレット「エンジェル家殺人事件」に拠る

異様な建物

物語に入る前に、この奇怪な殺人事件の舞台について、簡単に説明しておく方がよいと思う。その家はいくらかの予備知識がなくては、ほとんど納得できないような、世にも異様な建物だからである。大都会には盲点がある。同じ区内に住む人でも「おや、こんなところに……」と、びっくりするような思いがけない建物に出あうことがあるものだ。この物語の不思議な西洋館も、そういう盲点にはいっている建物の一つであった。

中央区の隅田川《すみだがわ》寄り、築地《つきじ》附近は、東京でも最も川の多い地域であろう。その交錯した川の一つに面して、奇妙な西洋館が生き残っている。大正の大地震にもゆるがず、今度の戦争にもつぶれず、明治時代、石と煉瓦《れんが》で建造された古色蒼然《こしょくそうぜん》たる純西洋館が、あたりのバラック建築を睥睨《へいげい》して、峙《そばだ》っているのだ。あの辺は、明治時代、築地居留地と云われた地域だから、この西洋館も、元は外国人が建てたものかも知れない。

建物の敷地はほとんど正方形で、面積は二百坪余りだが、その敷地の四分の三を建物で占め、しかも本式の三階建て、地下室と屋根部屋を加えると五階に及ぶ、堂々たる西洋館である。もとは一軒の住宅であったが、大正の終わり頃、正方形の敷地と建物を一本の対角線で真二つに区切ってしまった。

ここに掲げた略図はその区劃《くかく》線の位置を示すものである。

左右両翼にわかれた建物の中心に、図の黒線のような厚い壁を造って二軒の住宅にした。これは一階の平面図だが、地下室から屋根部屋に至るまで、全部こういう壁で仕切ったのである。もともと建物の両翼の中心に玄関があり、ホールがあり、そこに広い階段がついていたのだが、このホールや階段のちょうどまん中に壁ができたわけで、折角の大階段も半分の幅になってしまった。

階段の奥に大正期に入って新しく取りつけられた、小型のエレベーターがあるが、まさかこれまで二つに割ることは出来ないので、左右両方からエレベーターにはいれるようにして、これだけは共通で使っている。この共通のエレベーターというものが、殺人事件に大きな役割を勤めることにな

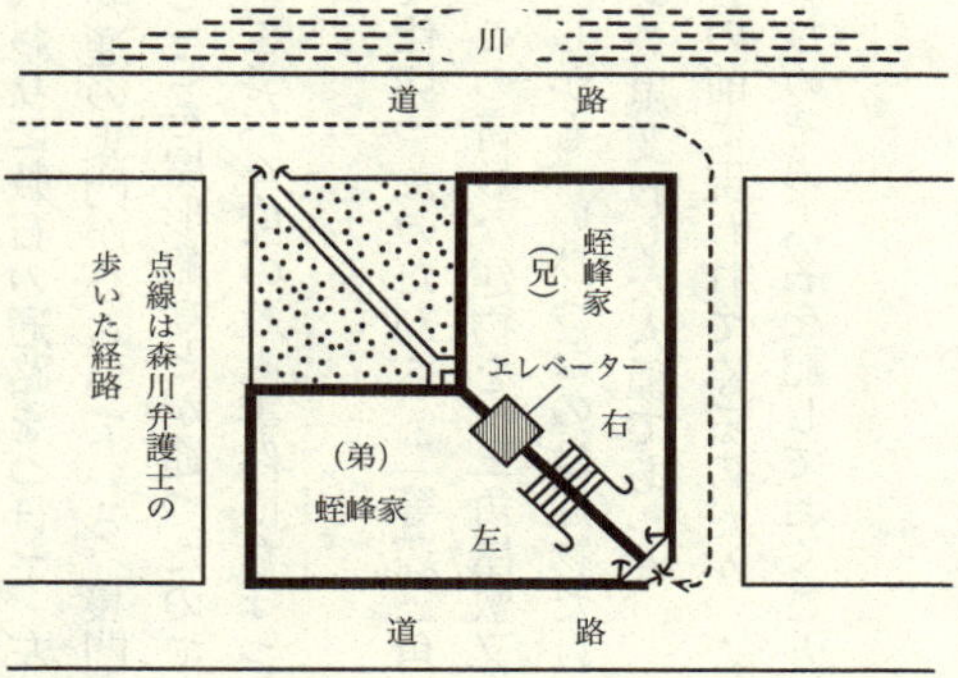

る。いわば呪《のろ》われたエレベーターなのである。

庭園は図のようにごく狭いのだが、そこには塀の代わりに敷石の通路をつけて、左右に等分した。そして、その通路の末端に、左右両家共通の裏門がひらいている。裏門のそとには、道路をへだてて、川が流れている。昔はここを屋形船などが通ったのであろうが、今は見るかげもない泥川である。この泥川もまた、今度の殺人事件にちょっとした一《ひ》と役《やく》を勤めることになる。

こういうふうに、正方形の敷地と建物を、対角線で仕切ったのだから、二等辺三角形の屋敷が二つ出来上がったわけで、附近の人々は、この奇妙な建物を、三角屋敷又は三角館と呼ぶようになった。いびつの建物である。しかも、いびつなのは建物だけではなかった。そこに住む人々もまた、どこかいびつな、風変わりな人種であった。

この両家の住人たちは、物語が進むにつれて、読者の前に現われてくるのだが、これもまた話をわかりやすくする便宜《べんぎ》のために、あらかじめその人名を記しておくことにする。

右三角館の住人

蛭峰健作《ひるみねけんさく》（七十歳）双生児《ふたご》の片割れ。こちらが兄と呼ばれている。

蛭峰健一《けんいち》（三十六歳）健作の長男。独身。

蛭峰丈二《じょうじ》（三十二歳）健作の二男。独身。

穴山弓子《あなやまゆみこ》（五十八歳）健作の亡妻の妹。

女中二人。

左三角館の住人

蛭峰康造《こうぞう》（七十歳）健作と双生児。弟と呼ばれている。

蛭峰良助《りょうすけ》（三十三歳）康造の養子。独身。

鳩野桂子《はとのけいこ》（二十六歳）康造の養女。結婚して夫の姓を名乗る。

鳩野芳夫《よしお》（三十八歳）桂子の夫。桂子の希望で蛭峰家に同居している。

猿田《さるた》老人（六十歳）先代から住みつきの執事。

女中二人。

これが両家の全員である。

鏡中影

一月下旬の雪上がりのある午後、両蛭峰家の裏手の川っぷちを、厚いオーバーに身を包んだ中年の紳士が歩いていた。昨日《きのう》一日降り通した雪が地面にも屋根にも二寸ほどの厚さで積もっている。朝の間に、雪はやんだけれども、寒い曇り日で、まだ雪どけ道にはなっていない。紳士はマフラーに顎《あご》を埋め、革手袋の右手に書類鞄《かばん》、左手はオーバーのポケットに突っ込んだまま、雨天用のゴムの短靴で、その雪の上を、ヒョイヒョイと拾い歩いていた。

この紳士は森川五郎《もりかわごろう》という弁護士で、今日は健作老人から招きの手紙を受け取って、兄蛭峰家をおとずれるところだ。森川弁護士はこれまで蛭峰家とはなんの関係もなかったのだが、健作老人の長男の健一とは、何かの会で二、三度会ったことがあり、その縁で今日は招きを受けたのである。老人の手紙には非常に重大な用件でご相談がしたいと書いてあった。

弁護士事務所から遠くもない所なので、都電を利用し、それから三丁ほどの道を歩いて来たのだが、寒いので先が急がれる。もうその角《かど》を一つまがれば、蛭峰家の玄関だからと、セカセカと下ばかりを見て歩いていると、突然、サーッと風を切るような音がして、頭の上を飛んだものがある。

おやッと思って、顔を上げると、つい左手の川に、何か大きなものがポチャンと水音をたてて落ちたことがわかった。長さ一尺ほど、幅は五、六寸、厚みも相当にある、やや長細いハトロン紙包みだ。ハトロン紙の上から紐で厳重にしばってある。

川の反対の右側には、人の背よりも少し高い、苔《こけ》むした煉瓦塀がつづいている。どうやらその中から、川へ投げこんだものらしい。塀の向こうには一と目《ひめ》でそれとわかる、古色蒼然たる西洋館が聳《そび》えている。蛭峰家だ。すると、蛭峰家の庭から、誰かがハトロン包みを川へ捨てたのであろうか。

ハトロン包みは、しばらく水面を流されていたが、見ているうちに、水を吸いこんで、ズブズブと沈んで行った。その包みの中に何がはいっていたかは少しも見当がつかない。弁護士は何気なくそれを見すごして、蛭峰家へと急いだが、あとになって見ると、このハトロン包みは、やがて起こるべき殺人事件に、一つの重大なつながりを持っていたのである。

森川弁護士は町角をまがって、蛭峰家の玄関にたどりついた。三段の石段をあがって、観音開きのとびらを開く。その中に両家共通の土間があって、正面に二つの入口が並び、右のドアの上には「蛭峰健作」、左のドアの上には「蛭峰康造」という表札がかかっている。ここから二つの住宅が劃然《かくぜん》と分かれているのだ。

弁護士は右手の呼鈴《よびりん》のボタンをおした。やがて、ドアがひらいて若い女中が現われた。

「大旦那さまはご病気で、どなたさまにもお会いになりませんが」

「いや、私はお招きの手紙をもらって来たのです。森川という弁護士です」

ポケットから健作老人の手紙を出して見せると、女中はやっと身を引いて、彼を通してくれた。そして、うす暗い広いホールを通り、廊下を少し行った右手のドアの中へ案内して、「しばらくおまち下さいませ」と云い残したまま、女中はどこかへ立ち去ってしまった。

純西洋風の客間である。普通の家庭の洋風応接間などとは比べものにならないほど広くて、天井が高い。地下室があるので、床が地面よりもずっと高くなっている上に、壁が厚く、窓が古風に小さく出来ているため、すぐそとの往来とも、すっかり絶縁されている。立派な飾りのある煖炉《だんろ》の前に、間に合わせに取りつけた瓦斯《ガス》ストーブが、チロチロ燃えてはいるけれど、到底この広い部屋を温める力はない。冷えびえとして、うす暗くて、人けのない博物館へでもはいったような気持である。

大げさなガラス玉のついたシャンデリヤ、古風な彫刻のある大テーブル、色あせているがクッションの深いソファ、背のもたれのばかばかしく高い彫刻椅子、古びているが質のいい厚ぼったい絨毯《じゅうたん》、壁には金箔《きんぱく》の黒ずんだ額ぶちに、肖像画や風景画の油絵がかかり、今時はやらない大鏡が、一方の壁にはめこみになっている。

「暗いわね。あなた、スイッチを押して下さらない」

どこからか、すき通った女の声が聞こえて来たかと思うと、パッと目の前が明るくなった。椅子にかけている若い女の横顔が見える。そこへ、電燈のスイッチを入れた男が立ち戻って、女の椅子の背に手をかけた。女はケースをパチンと云わせて、巻煙《まきたば》草《こ》を口にくわえた。男はテーブルの上のマッチを取って、火をつけてやる。煙草の煙がスーッと天井の電燈の方へ昇って行くのが見える。

それは目の前の大鏡の中の光景であった。客間の奥に別の部屋があって、その境の壁にアーチ型の通路ができている。そこに掛けてあるビロードのカーテンが二尺ほどひらいていて、その隙間から、奥の部屋の光景が、鏡に映っていたのだ。

先方は暗い客間に人がいることを、少しも気づかないでいる。はからずも、妙な立ち聞きと隙見《すきみ》をするはめになったが、彼は耳と目をふさいでしまうほど、潔癖《けっぺき》でもなかった。

女は煙草を指の間にはさんで、口から遠くはなし、男の顔を見上げた。何かを待ちうけている。男は立ちながら女の肩を抱くようにして、背中をまげた。二人の顔が近づく。そして、じっと動かなくなった。

弁護士はハッとして、鏡から目をそらした。だが、しばらくすると、やはりそこへ視線が戻って行く。接吻《せっぷん》は終わっていた。女の顔が正面を向いている。美しい。二十四、五歳であろうか。

目のさめるような緑色のブラウスを着ている。唇が適当に赤くて、濡れている。眉が描いてある。まぶたや頬が自然の色ではない。化粧に浮身《うきみ》をやつす性格であろう。こぼれるような媚《こ》びが漂《ただよ》っている。

男が鏡の中でこちらを向いた。仕立てのよい服、派手なネクタイ、どうしてこれは女以上の美男子である。濃い眉、催眠術的な目、恰好《かっこう》がよくて太やかな鼻、赤い唇、映画の美男俳優にこれとそっくりの顔があった。

「君は新鮮だよ」

「そう。新鮮な女が、古風な夫婦生活をしている」

「古風だね、たしかに」

「そうよ。クサクサしちゃうわ」

二人は声をそろえて笑った。

その時、森川弁護士のすぐそばで、びっくりするような別の女の声がした。

「大旦那様がお目にかかりますから、どうかこちらへ」

さいぜんの女中であった。

「ア、そう」

思わず大きな声で答えて立ち上がった。そして、チラと大鏡の中を見た。男も女もおどろいたように、こちらを見ていた。男がツカツカと客間へはいって来た。

「お客さんがいらっしゃるとは知らなかった。お前、なぜそう云わないんだ」

「すみません。大旦那さまのお客さまだったものですから」

「お父さんは病気で、客を断っているはずだが」

と云って、うさんらしく森川を見る。

「私は健作さんのお招きを受けて、さっきここへ通されたのです。しかし、余り静かにしていて、お驚かせして、すみませんでした」

「いや、そんなことはいいんですよ。この家が古すぎるんです。不必要に広くて、暗くて、陰気で、まるで墓場だ」

男は吐き出すように云って、西洋風に肩をすぼめて見せた。そこへ、女もはいって来たので、

「奥さんもびっくりなさったでしょう。あなたからお詫《わ》びして下さい」

と云うと、男はなぜか変な顔をして、黙っていた。しきりにネクタイを引っぱりながら、口をモグモグやっている。

するとその時、思わぬ方角から、妙に落ちついたバスの声が響いて来た。

「丈二、お前は紹介がへただね」

それは四十歳ぐらいに見える。ルパシカ(注1)のような型の黒い上衣《うわぎ》を着た、背が高くて、痩《や》せていて、どこか西洋人くさい顔つきの男。頭の毛を長くのばし、モジャモジャにもつれさせている。見覚えのある蛭峰健一であった。

「やア、森川さんですね。いつかは失礼。丈二、弁護士の森川さんだよ。こいつは僕の弟の丈二です。それから、この人は鳩野桂子です」

と、ぶっきらぼうに云う。

「エ、鳩野？」

弁護士が意外に思って、つい口走ると、健一は唇を妙にまげて、

「この隣の蛭峰家の娘ですよ。そして、鳩野芳夫君の細君です」

と云ってニヤリと皮肉な苦笑をもらした。

森川はそれを聞くと、両蛭峰家の間にモヤモヤしているえたいの知れない秘密の一

つに、早くもぶつつかったような気がした。

奇人の遺志

弁護士は女中に案内されて、小型エレベーターの中にはいった。

「動かし方、ご存知でございますか」

女中がとびらの外に立ったまま、たずねる。

「ウン、この3と書いたボタンを押せばいいのでしょう。そうすれば、三階で自然に停まるのでしょう」

小さなオフィスなどには、こういう自動エレベーターがよくあるので、彼はその動かし方を知っていた。

「ハア、そうでございます。そして、こちらのドアからお出まし下さい。向こう側のドアですとお隣へ出ますから」

つまり、エレベーターのこちらのドアは兄蛭峰家の方にひらき、向こうのドアは弟蛭峰家にひらいているのだ。女中がドアをピッタリしめるのを待って、3のボタンを押すとエレベーターは静かに上昇して、やがて停まった。ドアをひらくと、そこに別の女中が待っていて、健作老人の部屋に案内した。そこは下の客間に比べると、はるかに居心地のよい部屋であった。やはり純洋式のいかめしい飾りつけであったが、よく手入れがとどいていたし、部屋のまん中に、これも間に合わせの石炭ストーブが据えてあって、室内は春のように暖かかった。

健作老人は窓を背にした大きなソファにグッタリと沈みこんでいた。ゆるやかなガウンを着て、膝《ひざ》から胸にかけて厚い毛布にくるまっている。ちょっと見たところでは、七十歳の老人と思われぬほどのガッシリした体格だ。オールバックにした純白の頭髪は房々《ふさふさ》しているし、太い眉毛はまだまっ黒で、その下に鋭い目が光り、太やかな鼻の下に、白い口髭《くちひげ》がきれいに刈りそろえてある。背も高そうだし、肩幅も広い。若い頃には運動で鍛えたからだに違いない。だが、近づいてよく見ると、頬がゲッソリとこけている。こめかみが凹《へこ》んで、静脈《じょうみゃく》がふくれ上がっている。顔色は渋紙のように艶《つや》がない。

「ああ、森川さん、よく来て下さった。わしはごらんの通りの病人です。このままで失礼します。あなたのことは伜から聞いております。まあお掛け下さい」

それだけのことをいうのにも、老人は息をはずませていた。余程の大病らしく思われる。弁護士が挨拶《あいさつ》をして着席すると、老人は女中を立ち去らせて、ふるえる手で、卓

上の小さなコップをとって、唇をうるおし、

「実は、三十分ほどすると、ここへ隣の老人がやって来るのです。わしが呼んだのです。あれが来るまでに、一応問題の要点をお話ししておかなければなりません。ごらんの通り息切れがするので、ごくかいつまんでお話ししますが、わしと隣の老人との間に一つ取り極《き》めをしたいのです。それには、双方の余り親しくない弁護士さんでないと困る。どちらにもひいきをしない人でないと困る。そこで、お名前だけ知っているあなたをお願いしたわけです」

老人はそこでグッタリとなって、一《ひ》と休《やす》みした。しばらく息をととのえてから、又はじめる。これからあとの長話も、決してスラスラ喋ったわけではなく、何度となく休んでは、またつづけるという、まだるっこしい話し方であった。

「わしと隣に住んでいる康造とは双生児《ふたご》です。昔の習慣でわしの方が後に生まれたので兄、康造は弟、と呼ばれ、そのまま今でもわしが兄ということになっています。実をいうと、わしたち兄弟は捨て子だったのです。わしたちは今でも、生まれ故郷も、ふた親の名も知らない。蛭峰の父がわしたちを拾って育ててくれた。そして、実子以上に可愛がってくれた。蛭峰の父には一人の実子があった。わしたちはその人を兄と呼んでいたが、この兄は病身で早く亡くなりました。わしたちふたごの兄弟だけが、こん

なに長生きをしたのです。ザックバランに申し上げるが、わしたちの父親は紙屑屋から身を起こして大身代《だいしんだい》を作った男です。偉くもあったが、ひどい変わり者でもあった。金を儲《もう》けるために無理をしたのでしょう。晩年は病身だったが、働き盛りには健康が自慢で、おれは百二十歳まで生きるんだと豪語しておった。新聞や雑誌もそのことを書き立てるので、父はこれを何よりの誇りにしておったのです。

「しかし、六十近くになると、もう駄目になってしまった。父はそれが肝《きも》にこたえて、くやしかったのですね。病身になって、寝たり起きたりの日を送るあいだに、この世に健康と長寿ほど尊いものはないという、狂信を持つようになった。よく「金が敵」というが、父にとっては「健康が敵」だった。それで、父は自分では実現できなかった長寿の理想を、子供たちによって満たそうと決心したのです。

「さっきも申し上げた通り、わしたちには十歳も年上の兄があったが、これは子供の時から病身で、問題にならなかった。ふたごではあるが、わしたちの方が遙《はる》かに丈夫だった。そこで、父はわしたちの方に望みをかけたのです。実子ではないが、わしたちを後継者にしようと考えたのです。そして、なんとかしてわしたちを百までも長生きさせようとした。老いの一徹《いってつ》で、もうそればかりを気違いのように考えておったのですね。どうすれば、わしたちを長生きさせられるか。考えに考えて、結局途方もない遺言を残したのです。

「父の全財産は一応、長男の兄に譲る。しかし兄はそれを保管するだけで、死ぬまでに兄としての正式の遺言状を作っておくこと。その遺言状には、わしたちふたごのうち、少しでも長生きしたものに、正式に家督《かとく》をつがせ、全財産を譲る。わしたちのどちらかが死ぬまでは、財産を信用のある会社に託して管理させ、それから生ずる、利子、配当、地代、家賃などの総額を、折半《せっぱん》して、わしと康造とに与えるが、財産そのものには手をふれさせない。そして、わしたちふたごのどちらかが死んだ時、はじめて、生き残った方に財産を与える、という遺言状なのです。

「病身の長男は父の遺志をそのまま実行しました。この兄は全くの病身もので、ほとんど寝て暮らしていたのですから、家内ももらわず、子供のできる心配もなかった。病身の兄は年のちがうわしたちふたごを、自分の子供のように、思っておったのです。病身の兄にとっては、父以上に健康が尊かった。だから、一も二もなく父の意見に賛成したのです。

「兄は明治の末に死んだのですが、死ぬ前に、さっき話した通りの遺言状を正式に作製し、全財産を、父の親友が重役をしていた商事会社に委託したのです。その商事会社が大正時代に信託会社となり、今もそれがつづいています。現在の八千代《やちよ》信託です。

「ふたごのわしたち兄弟が、この事を申し渡された時は、まだ三十前の無分別《むふんべつ》な頃で、遠い先の事など考えもせず、さア、長生き競争だぞと、面白半分に承知してしまったのです。それというのが、財産そのものはしばられていても、それから上がる収入の半分を貰《もら》っただけで、いくら贅沢《ぜいたく》をしても使い切れないほどのものがあったからです」

その時、老人は余程疲れたらしく、グッタリとなって、目をつむったが、ふるえる手をのばして、ソファの横に置いてある小卓の上の呼鈴をおした。女中がはいって来ると老人はたいぎらしく目だけで卓上のコップを示す。女中はすぐその意味を悟って、部屋の一方の立派な西洋戸棚から薬瓶《くすりびん》を取り出して、コップにつぎ、それを老人の口元へ持って行った。老人はコクリと飲んで、しばらく瞑目《めいもく》していたが、女中に「隣の老人がやって来たら、そとに待たせておいて、わしに知らせるのだよ」と命じ、女中を立ちさらせてから、また話しはじめる。

「ところがじゃ。兄が死んで五年六年と年がたつにつれて、わしたちふたごのあいだが、だんだん変になって来た。お互いに健康法に夢中になった。そして、その様子を相手に見られまいとした。この家を半分に仕切るようなことをしたのも、その気持が嵩《こう》じたからです。

「弟の康造は昔から消極的な、用心深い男で、ただもう養生法《ようじょうほう》ばかりをやる。食いものに気をつける。酒も煙草ものまない。部屋の温度や湿度も絶えず計っている。決して怒らない。怒ればそれだけ寿命が縮まるという。まあそういうやり方ですね。

「わしの方は青年時代から運動がすきで、山登りもやる。水泳もやる。その代わりに酒も煙草ものむという、手荒いやり方だから、つい不節制もする。それがいけなかったのですね。どうやらこの勝負は、わしの負けです。弟には内証じゃが、わしはもう医者の宣告を受けておる。心臓が駄目になっているのです。あと十日か半月の寿命です。

「わしには二人の男の子が生まれたが、弟には子供がない。わしが羨《うらや》ましいので、あいつは亡くなった家内の身内から男の子と、女の子と二人まで養子をして、あくまで長生きに勝つ腹なのです」

老人はそこで又一服して、コップの薬を嘗《な》めたかと思うと、なんとも云えない苦い顔をした。薬が苦かったばかりではないようである。

「長年の対立というものは妙なものです。子供の頃はあんなに仲のよかったふたごが、まるで敵《かたき》同士になってしまった。あいつは、わしばかりでなく、わしの子供たちにも、少しも好意を持たないのです。わしは、そこまでは考えていなかった。たとえわしがあいつより先に死んでも、まさか父の遺言を楯《たて》にとって、わしの子供を乞食にすることはあるまいと、たかをくっていた。ところが、この頃のあいつのそぶりでは、あやしいものです。また、たとえあいつに、いくらかの好意があるとしても、あいつにはちゃんとした養子と養女がある。その子供たちが一向人間味のないやつでね。わしはどうにも安心が出来ません。

「そこで、わしの目の黒いうちに、あいつと確かな取り極めをしておかなければならないと感じたのです。しかし、医者の宣告がなければ、わしはまだこんなことを云い出さなかったでしょう。あの弟に頭を下げるのは何よりもつらいですからね。だが、もうそんなことは云っていられない。子供たちが乞食になるかどうかの境目です。わしはあいつに妥協《だきょう》を申し込む決心をしました。

「そういうわけで、あなたのご足労を願ったのです。あなたに立ち会ってもらって、あいつを説き伏せて見るつもりです」

語り終わって、老人は目をつむり、烈《はげ》しい息使いをしている。

「ちょっとお尋ねしておきたいのですが、その遺産の額は大体どのくらいなのですか」

森川弁護士は、戦前の財産が今もそのまま残っているはずはないと考え、その点を確かめようとした。

「それは、明治の末に兄が死んだ時には、有価証券、土地家屋、美術品などをあわせて百五十万ぐらいのものだったでしょうか。それが三十何年後戦争の直前には、株式の増資だとか、土地家屋の値上がりによって四百万近くになっていました。今の値うちにすれば(注2)十数億のものです。

「むろん戦後の変動、財産税などによって、その大部分を失いました。しかし、一部の土地が残り、その多くが東京都内の繁華街にあったので、今では土地の値上がりと、それから、ご承知かも知れませんが、芝にある蛭峰美術館ですね。父は学問はなかったけれども、鹿鳴館《ろくめいかん》時代の西洋かぶれでしてね。こんな西洋館に住んで見たり、私立美術館を建てたりしたのです。その美術館がそっくり残っている。それに、この古くさい西洋館にしたところで、今となって見れば大した値うちですよ。そういうものをひっくるめて評価をすると、まだ相当な資産が残っているのです。

「もっとも、今はそういうものは何も産んでくれません。かえって持ち出しです。仕方がないので、土地や美術品のごく一部を、信託会社の手で売却してもらって、それを弟と折半して、生活費にあてているわけです。しかし、その額は全体の資産から見れば、知れたものですよ」

　これ以上の会話は許されなかった。今に隣の康造老人がやってくれば大いに闘わなくてはならない。そのためには出来るだけからだを休めておく必要がある。老人は又目をとじて、グッタリとしてしまった。こめかみの静脈だけがピクンピクンと動いている。森川弁護士も老人の気持を察して、黙りこんだまま、煙草を吸いつづけた。

二　老人

しばらくそうしていると、女中が現われて康造老人の来訪を告げた。

健作老人はそれを聞くと、ハッと身を起こして、あわただしく女中に命じた。

「この膝の毛布をとってくれ、そして、隠すんだ。それから、薬瓶もコップも……」

女中が手早くそれらの始末をすると、今度は森川と女中を見比べて、

「わしを立たせて下さい。あいつに弱味を見られたくない。二人でわしを立たせて下さい」

森川と女中が左右から老人の手をとって、ソファから立ち上がらせた。病人とは云え、骨太《ほねぶと》の大きなからだだから、相当の手ごたえがあった。

「よし、それでよろしい。手をはなして。わしはひとりで立っていなくてはいけない」

指先に力をこめて、ソファの腕に立て、それをささえにして、やっと立っている。

正面のドアから康造老人がはいって来た。蛭峰家は皆が洋服生活と見え、この老人も古風な仕立ての黒い背広を着ている。

「おお、康造か、よく来てくれた」

兄老人が快活らしく声をかけた。

康造老人は、ふたごとは見えぬほど、何から何まで兄と違っていた。骨細のきゃしゃなからだ、後頭部に灰色の毛を僅《わず》かに残して、すっかりはげた頭、痩せてはいるが、ほとんど皺《しわ》のない艶々《つやつや》した顔、薄い眉、穴の底からのぞいているような金壺眼《かなつぼまなこ》、肉の薄い鷲鼻《わしばな》、髭がないので、異様に間伸びのした鼻の下、薄い唇。

彼は何かつまずくものでもありはしないかと、念入りに足元を見ながら、ゆっくりとはいって来た。トボトボと弱々しく、兄老人よりも老《ふ》けて見えるが、その実は案外健康らしい。動作がのろいのは、並々《なみなみ》ならぬ用心深さのためであろう。彼は注意深い目で、どんな小さなものでも見のがすまいとするようにジロジロと部屋の中を見廻している。

森川弁護士との初対面の挨拶がすむと、弟老人はソファの一つに腰をおろす。兄老人もそれを待ちかねていたように、元の椅子に倒れこんだが、その時思わず、ハッと大きな溜息《ためいき》をもらしたのを、相手の老人はわざと気づかぬふりで、

「健作、お前加減が悪いそうだが……」とゆっくり云う。

「なあに、ちょっと風をひいたばかりさ。大したことはないよ」

「お前はどうも用心が足らん。見るがいい。すっかり弱りこんでいるじゃないか」

「まあ、そんなことはどうでもいい。今日森川さんに来てもらったのは、実はわれわれの問題を、この際はっきり取り極めておきたいのでね」

「エ、われわれの問題というと？」弟老人はとぼけている。

「わかっているじゃないか。お前にとっても、わしにとっても、これほど大きな問題はない。あれがわれわれの生活を支配するようになってから、四十年もたった。わしはこの頃、つくづくその重大な意味がわかって来た。あの問題があるために、お互いにどんなに苦労しているか。また気まずい思いをしているか。もうこれ以上、わしは堪《た》えられんのだ」

「それはなんの事だ。わしにはとんとわからんが」

「お前。わからんというのかッ」健作老人は危うく癇癪《かんしゃく》を破裂させるところであった。額の静脈が恐ろしいほどふくれあがった。だが、やっとの思いで怒りを嚙み殺して、

「もちろん、例の遺産相続の問題だよ」

「おお、あのことか」康造老人は落ちつきはらって、

「あれにはお前、死んだ親父と兄貴の二重の意志がこもっている。法律から云っても非のうちどころはない。今更《いまさ》らわしたちにはどうにもできんことじゃないか」

「いや、お前さえ承知すれば、二人の合意でなんとでも出来る。親父や兄貴だって、まさかこんなことになるとは、知らなかったに相違はない。親父も兄貴も、わしたち二人を同じように可愛がっていたのだからね。どちらか一人が悲惨な目に遭うなんて、決して本意じゃないだろう」

「だが、四十年もたって、今更らそういうことを云いだすのは、どんなものかな。そんなことは初めからわかっていたのだからね。異議があれば、兄貴が遺言状を見せてくれた時に、云うべきではなかったかな……じゃが、それにしても、お前が突然こんなことを云いだしたのは、何かさしせまったわけでもあるのかね」

弟老人はそう云って、意地わるく相手の顔を見つめた。

「これ、康造、子供の頃を思い出してくれ。わしたちはあんなに仲よしだったじゃないか。同じ着物を着せられて、同じおもちゃをあてがわれて、顔までソックリ同じ顔で、いつも一緒に遊んだじゃないか。それが、お前にしても、わしにしても、どちらか先に死んだ方の子供たちが、乞食になってしまうなんて、こんな残酷なことがあるだろうか」

「おい、健作、お前そう興奮してはいかんよ。病気には興奮が一ばん毒じゃ。この次にしよう。ネ、この話は、お前がもっと元気になってからにしよう。今日話さなくても、まだいくらも機会がある」

「いや、わしはなんともない。病気ではない。せっかく森川さんにも来てもらったのだから、今話をきめておきたいのだ。わしたちは久しく仲たがいをしているが、どうか水に流してくれ。子供の時を思いだしてくれ。なア康造、お前はわしよりも長生きをする気でいるから、そんな無慈悲なことをいうが、どんな事で、お前が先に死なないものでもない。そうすればお前の可愛がっている子供たちが路頭に迷うのだ。ここをよく考えてくれ。なア康造」

弟老人は黙って考えていた。心の中で細かく計算をして利害損失を割り出しているらしい。一分ほどもそうしていたあとで、やっと用心深く口をひらいた。

「フーム、それで、お前はいったい、どうしようというのだね」

それを聞くと、健作老人の顔に、サッと喜びの色が浮かんだ。

「わしはこう考えるのだ。お前でもわしでも、どちらか生き残った方が財産の半分を、先に死んだ方の子供たちに分けてやる。つまり、お前の子孫も、わしの子孫も、公平に親父の恩恵を蒙《こうむ》るようにするのだ。……森川さん、それには法律上、どんな手続きが要《い》りますかな」

全く聴き役に廻っていた森川弁護士に、やっと口を利く折が来た。

「そうですね」と咳ばらいをして、

「お二人がそれぞれ、そういう内容の遺言状を作っておかれてもよいのですが、遺言状は後日、本人の気持次第で書き変えることもできるのですから、一ばんたしかなのは契約書ですね。ちゃんとした契約書をお互いに取りかわしておくのです。生き残った方が相手の遺族に対して、信託してある全財産の半額を、必ず分配するという意味の契約書ですね」

「おお、それだ。康造、わしはこの案が一ばんいいと思うが、お前の考えはどうだ」

「いや、ちょっと待ってくれ。わしとお前はどうも性分が違うのだよ。お前は昔から気の早い方で、なんでもその場で極めてしまうが、わしはそうじゃない。何を考えるにも時間がかかる。殊《こと》にこういう問題は、四方八方から熟考して見なけりゃならん。まあゆっくり考えさせてくれ」

弟老人はそう云って、ノロノロとチョッキのポケットをさぐり、古風な懐中時計を取り出したが、それをじっと見ながら「おお、こりゃいかん。持薬《じやく》を飲む時間が過ぎてしまった。今日はこれで、おいとまする。いずれ、そのうちに相談することにしよう」

と椅子を立ち上がる。

「康造、わしの考えはきまった。お前は今日はとても決心はつくまいが、それはそれとして、わしは森川さんに今の契約書を作ってもらおう。そして、わしの判だけ先に捺《お》しておくことにする。お前はあとから捺してくれればいいのだ」

「ウーム、お前は相変わらず気の早い男だなぁ。ま、それはどうでもいい。わしには暫《しばら》く考えさせてくれ。では森川さん、わしはこれで失礼しますよ」

老人は例の用心深い歩き方で、ドアの外に消えて行った。

「森川さん、女中を……」

健作老人はソファにのけぞるようにして、苦しい声で「早く……」と、かすかにつぶやく。

森川の押した呼鈴で、女中が駈けこんで来た。そして、老人が発作《ほっさ》を起こしたと知ると、経験があるものと見え、西洋戸棚から手早く薬瓶を取り出し、それをコップについで老人に飲ませた。

しばらくすると、まるで死んだようになっていた老人がやっと目を開いた。

「森川さん、今の契約書を、至急、作って下さい……八千代信託に、おたずね下されば、財産の内容は、わかります……今、紹介の名刺を書きます。急いで下さい。今晩までに出来ませんか……森川さん、あいつには、いくらだって、考える時間があります。しかし、わしには、それがないのです。もう、これが、わしの最後の切り札なのです」

そして、老人はまたグッタリとなってしまった。

消える焔《ほのお》

森川弁護士が、この奇妙な依頼を引き受け、老人を慰めて辞去すると、それを待ちかねていたように、健作老人の部屋へ、穴山弓子がはいって来た。弓子は老人の亡妻の妹で二十年前未亡人となって以来、蛭峰家に入り、姉の残した二人の子供を育て、健作老人の家政を、とりしきって来た五十八歳の老婦人である。

「どうでした。お隣の因業爺《いんごうじい》さんは承知しましたか」

小肥りの小柄なからだに、キチンと和服を着て、黒縮緬《くろちりめん》の羽織《はおり》をひっかけている。半白の髪をオールバックにして、無表情な黄色い顔には、ほとんど皺がなく、小さな目が鷲《わし》のように鋭い。

健作老人は、ソファにグッタリとなったまま、目をつぶって、僅かに首を横にふって見せる。

「フン、そうでしょうね。で、なんていうんです」

「よく考えて見る。即答はできないといって、プイと帰ってしまった」

「あの人が考えると云い出したら、早くて一《ひ》と月《つき》はかかりますよ」

「わしの病気は、そんなに待ってくれない。あいつは、それを見抜いているのだ。なんとかして確答をのばしているうちに、わしの方が死んでしまうことを、ちゃんと勘定しているんだ。あいつはそういうやつだ」

膝の毛布の上にのせた老人の手が、怒りのためにブルブルふるえている。

「健さん、いやですよ、そんな気の弱いことを云っちゃあ。健一や丈二のことを考えて下さい。いまあんたがそんなことになったら、あの二人はどうするんですか」

「それだよ。あの二人がしっかりしていてくれたら、わしもこんなに心配しやしない。あれらは生活不能力者だ。自分で稼いで食って行くということを知らないのだ。わしたちの育て方が間違っていたのだ」

穴山弓子の鷲のような目が、チラッと老人を見た。育て方については彼女にも大いに責任があったからだ。

「そんなことはありませんよ。二人とも、どこへ出しても恥かしくない立派な紳士です。健一は音楽評論家として、世間に認められているし、丈二の油絵だって、そのうちには物になりますよ。あんなに熱心なんですから」

「音楽評論が時々雑誌にのるぐらいでは、飯は食えないよ。丈二の油絵にしたって、一枚でも売れたことがあるのかね。それでいて、二人とも浪費にかけては人並以上だ」

「でも、お隣の良助さんに比べたら……」

「ウン、あいつも、稼ぐことを知らない道楽者《どうらくもの》だ。どいつもこいつも、立派な遊民《ゆうみん》ばかりだよ。わしらの両家で、生活能力を持っているのは、隣の桂子の亭主の芳夫だけだよ。あれは大したもんだ。ちゃんとした事業をやっているんだからね。わしの子供に一人でも、あんなのがいてくれたらと思うと、なさけなくなるよ」

鳩野芳夫は友人と合資で証券業を経営していた。年配も年配だが、両家のうちで、自分の力で収入を得ているのはこの人だけであった。

穴山弓子の黄色い無表情な顔に、サッと血の気がのぼった。わが子のように愛している健一と丈二が、(注3)「妻《さい》のろ」の芳夫(彼の細君孝行は近隣にまで知れわたっていた)などと比べて、非難されるのを、心外に思ったからである。

「あんたはまるで、自分の子供がちっとも可愛くないような云い方をなさいますね」

それを聞くと、健作老人の大きな目に、涙が光った。

「バカを云いなさい。可愛ければこそ、こんなに心配しているんじゃないか。わしは自分の死ぬことなんか、少しも苦にしていない。ただ、子供たちのために、一日でも、一時間でも、康造より生きのびたいと、この数年来、どれほどの苦労をして来たと思う」

「わかりますわ。それはもう、よくわかってますわ」

弓子の鋭い目が、可愛らしく細められ、誘われた涙が、もり上がって来た。

その時、ドアがひらいて、当の健一と丈二が、そろってはいって来た。二人はまだ何も聞かされていないけれども、康造老人と森川弁護士の来訪によって、大体のことは察していた。そして、若《も》し父が隣の叔父より先に死ねば、自分たちが、どんな身の上になるかということも、知りすぎるほど知っていた。

「お父さん、気分はどうです」

「元気を出して下さい」

兄弟は心配らしく老人の顔をのぞきこみながら、声をかけた。

この兄弟は前にもちょっと読者の前に顔を出したが、兄の健一は黒いルパシカのようなものを着て、長い頭髪をモジャモジャにした、西洋人のように背の高い男。髭のない口辺に、いつも皮肉な苦笑を浮かべている。弟の丈二は色艶のよい快活な美男子。兄とは比べものにならないほどキチンとした仕立ての、立派な背広を着ている。健一は三十六歳、丈二は三十二歳、二人とも独身だが、健一の方は変人で細君を貫わないのだし、丈二の方は妻を定めることを惜しがっているような性格であった。

健作老人は、二人の目がじっと自分の顔に注がれているのを、まぶしそうにして、

「お前たち、まるでわしを罪人かなんかのように、見つめているね。そんなに責めないでくれ。わしは何も好んで病気になったのじゃない。もっと生きていたいのだ。お前たちのために、もっと生きていたいのだ」

「わかっていますよ。病気のお父さんを責めるなんて、そんなバカなことがあるもんですか。ゆっくり養生をして治って下さい。でないと、僕たちはどうしていいかわからないのです。そりゃ隣の叔父さんは、僕たちを飢えさせるようなことはしないでしょう。しかし、僕はめぐまれるのはいやです。乞食のように憐れみを乞うのはいやです」

丈二はおろかにも、最も父を苦しめるようなことを口にした。健一は突っ立ったまま腕組みをして、例のシニカルな苦笑をうかべながら、傍観者となっていた。責めないという口の下から、責められている健作老人こそ哀れであった。

「だから、わしはこのからだで、康造を呼んで相談をかけたのだ。先に死んだ方の子供たちにも財産を折半して与えるという相談を持ちかけたのだ。森川弁護士に来ても

らったのも、そのためだよ」

「しかし、叔父さんは承知しなかったのでしょう」

この皮肉な反問をしたのは、兄の健一の方であった。わかりきったことだと云わぬばかりである。老人はフーッと長い溜息をついて、

「康造はしばらく考えさせてくれと云った。だが、考えた上で承知しそうな様子は見えなかった。あの因業爺いが承知するはずはないのだ。わしもバカな相談を持ちかけたものさ。もうこの上は、奇蹟《きせき》を待つばかりだ。何かの奇蹟がおこって、わしの方があいつより生きのびるという、信じられないことを信じるほかはないのだ」

ここまでの会話が、健作老人の精一ぱいであった。彼は肩で息をしながら、土のような顔色になって、グッタリとソファに沈みこむと、目をつむってしまった。

兄弟と叔母の穴山弓子とは、それぞれの位置に立ったまま、黙りこんでいた。叔母の無表情な黄色い顔、細めた瞳の中から光っている鋭い目、健一の唇をまげた皮肉な微笑、丈二の一途な困惑の表情、しばらくのあいだ、三人三様に(注4)生人形《いきにんぎょう》のように身動きもしないでいたが、やがて、健一が足音を立てないでドアに近づくと、音のしないようにそれをあけて廊下に出た。丈二もしぶしぶそのあとにつづいた。

もう夕方であった。昼間でも薄暗い廊下はまっ暗になっていた。

「兄さん、絶望だろうか」

丈二が兄に追いつきながら、ささやくように云った。その絶望という言葉には、父の病気と叔父の返事との二重の意味がこめられていた。

「それは神様にしかわかるまいよ。親父は奇蹟を待つばかりだといった。奇蹟がおこるかも知れない。起こらないかも知れない。それは神か、それとも悪魔だけが知っている」

「相変わらずだなぁ。よくそう超然《ちょうぜん》としていられたものだ」

「オイ、おれは超然となんかしてないよ。君に比べたらおれの方がどれほど心配だかわからないのだ。君は女にかけては凄い腕を持っているからね。それが君の何よりの武器だよ」

「オイ、ひどいことを云うなよ」

「さっきも下の客間で森川弁護士に何か見られたじゃないか。君はドギマギしていたじゃないか。彼女にいろんな贈り物をしているんだろう。叔母さんは君が身分不相応の買物をするといって、いつも心配しているよ。しかし、君は別に借金をこしらえた様子もない。それは、君の贈り物の代金は、贈られる方で支出しているからだ。むろん、あのけちな叔父さんが桂ちゃんに、そんな小遣いをやるはずがない。みんな芳夫君の財布から出ているんだよ。情婦への贈り物の代金を、その夫に払わせてりゃ世話はないよ。だから、その伝で行きゃあ、君はちっとも困ることなんかありゃしない。しかし、芳夫君も甘いもんだなぁ。オイ、用心してくれよ。芳夫君に気づかれたら大変なことになるよ」

「大丈夫だよ。桂ちゃんは叔父さんの養女だけれど、僕にとっては、やっぱり従兄妹《いとこ》なんだからね。いとこ同士仲よくしたって、誰も変な目で見やしないよ」

兄弟はそこで別れて、階段を降り、二階の銘々の部屋にはいったが、それから一時間ほどして、日の暮れきった頃二人は妙な場所で顔を合わせることになった。

丈二は鏡の前で頭に櫛《くし》をあてたり、ネクタイを直したり、念入りに姿を整えた上、隣家を訪問するために、二階のエレベーターに近づいた。玄関を廻るよりも、エレベーターで一階におりて、向こう側の扉をひらけば、そこが隣家のホールだからである(両家は各階とも厚い壁で仕切られていたが、エレベーターだけは両側に扉をつけて、両家でもや(注5)いに使うようになっていた)。

扉をひらくと、エレベーターの中は、まだ誰も電燈をつけてなかったと見えて、まっ暗だった。丈二はその中にはいって、スイッチを押そうとしたが、すると、何か柔らかいものにぶっつかった。そして、頬に暖かい息がかかった。ギョッとして、思わず逃げ腰になる。

「逃げなくってもいい。僕だ。まだ幽霊なんか出やしないよ」

健一の、人を小馬鹿にしたような声であった。

「兄さんか。どうしてまっ暗にしているんだい」

「慣れているから暗くたって、エレベーターは動かせるさ」

「お父さんの部屋に行ったの？」

「ウン」

「どうだい、様子は」

「わるいね……だが、君はどこへ行くんだ。又お隣かい。芳夫君を怒らせちゃいけないよ。それにしても、隣へ行ったら、叔父さんの様子に気をつけるんだね。どんな風の吹き廻しで、親父の提案に同意する気持にならないとも限らないからね。もし万一、そんな様子が見えたら、夜中だってかまわない。親父に知らせるんだよ」

「ウン、それはわかってるが、しかし、そんなに切迫しているのかい」

健一はそれには答えないで、ポケットからマッチを出して、シュッとすった。赤い光がお互いの顔を、不気味に照らし出した。健一はその焔をじっと見つめていたが、いきなりフッと吹き消したかと思うと、

「こんなぐあいにね」

と意味ありげな一と言を残して、そのまま廊下を向こうへ立ち去って行った。

守銭奴の倫理

その夜半午後八時、弟の蛭峰家では家族一同が揃って、おそい夕食をとった。夕食には一階の大食堂を使う例になっていた。二十人は優《ゆう》にはいれる食堂で、現在の家族には広すぎたが、康造老人は昔通りにそこを使っていた。食卓についたのは老人と養子の良助、養女の桂子、その夫の鳩野芳夫の四人であった。猿田という老執事が、地下室の炊事場から女中の運ぶ料理を受け取って、それを大食卓に並べ、老主人のうしろに立って、西洋風に給仕の役を勤めた。執事というのは、つまり西洋のバトラーに当たるわけで、これは鹿鳴館好みの先代以来の仕来《しきた》りであった。しかし、ただそういう古い形式が残っているばかりで、服装までやかましく云うわけではなく、男は皆ふだんの背広姿だったし、桂子も昼間のままの緑色のブラウスを着ていた。猿田老人もむろん正式の給仕服ではなく羊羹《ようかん》色になったダブダブの黒背広といういでたちであった。

この辺で、その大食堂のある一階全体の略図を掲げておくことにする。この間取《まど》りが、やがて起こる殺人事件に、少なからぬ関係を持っているからである。主人の康造老人は煖炉をうしろにして、大食卓の中央に着席し、その右に良助、左に鳩野夫妻という順序で食事をとった。康造老人の正面には、三つの出入口が並んでいた。一つは配膳室へのドア、一つは中央の廊下へのドア、もう一つは広い客間に通ずるアーチ型の通路で、ここにはドアはなく、左右にひらくビロードの垂れ幕がさがっていた。

　康造老人は女のように、大きな毛糸のショールで頸《くび》から肩を巻き、無言で、注意深く食事をとった。老人の料理は他の家族のものとまったく違っていた。油っこい肉類を避け、軽い魚類と野菜料理であった。これも老人の長寿法の一つなのだ。また食事中は決してわき見をしなかった。ゆっくりと料理を味わい、それを咀嚼《そしゃく》することに全力を傾け、人が話しかけても「ウン、ウン」と生返事《なまへんじ》をするばかりであった。鳩野芳夫は、いつものことながら、ただもう美しい桂子夫人の顔色ばかり気にしていた。夫人が笑顔を見せればソワソワと嬉

三角館一階の図

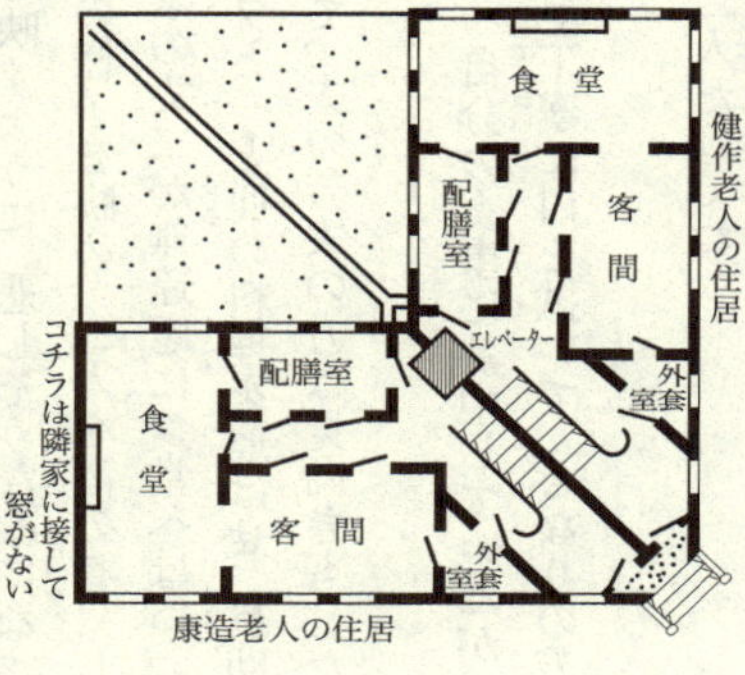

しがり、不機嫌になれば芳夫の方も、まるで鏡にでも映すように、悲しそうな顔になってオドオドした。桂子の兄の良助は、面白そうにその様子を眺め、二人を酒の肴《さかな》にして、時々揶揄《やゆ》の毒舌を吐いた。食事の終わる頃、隣家の丈二が無遠慮に食堂へはいって来た。桂子は猿田老人に命じて、彼のためにコップと一皿《ひとさら》の料理を運ばせ、良助の独占している洋酒をとって、ついでやった。そして、夫の芳夫の方は見向きもしないで、丈二とばかり話をした。

康造老人は、そういう身辺の風景にはお構いなく、自分の食事に熱中していたが、最後のコーヒーをゆっくり飲み終わると、ナプキンで丁寧《ていねい》に口を拭《ふ》いて、となりの芳夫の方をふりむいた。

「芳夫、お前にちょっと話があるんだが……お前と二人だけでね」

と云って、他の三人の顔をジロジロと見廻した。この老人は言葉まで倹約である。黙っていてもわかることは、それでわからせてしまう。良助も、今日養父が隣家へ呼ばれたことも、森川弁護士が来たことも知っていた。だから、老人の話というのも大体想像がついている。その話相手に自分たちを選ばないで、一ばん縁の薄い芳夫を選んだことを、余り快くは思わなかったが、別にこだわるというほどでもなかった。良助はまっ先に、つづいて桂子と丈二とが肩をならべて、食堂を出て行った。

執事の猿田老人は女中に手伝わせて、食卓の上をかたづけた。六十歳のヨボヨボ爺さんだが、長年の慣れで、手早く順序よく始末して行く。

「もうそれでいいから、お前たちはあっちへ行きなさい」

康造老人は手をふって執事と女中を立ち去らせ、芳夫の椅子を自分のそばへ近よせるように、さしずした。

「芳夫、お前もおおかた察しているだろうが、隣の老人とわしとのあいだに、ちょっとむずかしい問題が起こっているのだ。わしはそれについて、あらゆる方面から考えて見たのだが、大体決心もついた。そこで、お前にそれを話しておきたいのだよ。良助や桂子では話にならん。ここのうちで、そういう実際問題の相談相手になるのは、お前だけだよ。お前はちゃんとした事業を経営して、自立する力を持っている。経済や法律のことにも明るい。だから、わしは誰よりもお前を信頼しているのだよ……ところで、隣の老人との問題だが、今更ら説明しなくても、お前にはわかっているだろうね」

老人は食事と同じように、物を云うのも、ゆっくりと、一語一語よく嚙みしめて話すという風であった。七十歳の老人とも見えぬ、スベスベした色艶のよい顔、大事の上にも大事をとる金壺眼、肩の狭い女性的なからだ、それを一層女性的に見せている毛糸の肩掛け。

芳夫は義父の信頼を感謝するように、しかめつらしい顔になって、何度もうなずきながら答える。

「その事はうちじゅうのものが知ってますよ。そして、みんな心配しているのです。お父さんのお考えを知りたがっているのです」

「ウン、隣の健作の病気は相当重いのだよ。あいつは隠しているが、わしの見たところでは、もう長いことはない」

老人はそこまで云って、フッと言葉をとめた。金壺眼がキョロキョロ動く。

「なんだ、あれは」

「エッ、どうなすったのです」芳夫はその意味がわからなかった。

「客間に誰かいる。音がした」

老人は何かに脅《おび》えていた。芳夫は老人を安心させるために、気軽に立って行って、客間との境のビロードの垂れ幕をのぞいて見た。

「誰もいませんよ。向こうのエレベーターの音じゃありませんか。誰かがエレベーターを動かしたのでしょう」

老人はそれで安心したように、また話をつづける。

「わしたちはふたごの兄弟だからなあ。わしもあいつの病気には心から同情しているのだよ。しかし、まず駄目だね。あの様子ではとても回復の望みはない。ところで、あいつに万一のことがあれば、全財産がわしにころがりこんでくる。健作の子供たちは無一物になる。困った立場だよ。当然あいつたちはわしを恨むことになる。現にもうわしを恨み憎んでいる。今日の健作の顔つきに、それがまざまざと現れていた」

「しかし、それは昔からきまっていることですから、今更ら恨むのは理窟《りくつ》に合いませんね。お父さんが長生き競争にお勝ちになったのです。あなたの方が運がよかったのです」

「そうかね。運がいいのだろうかね。どうもわしにはそう思われんのだがね。わしは金が嫌いではない。金というものを人一倍大切に思う。大切に思うから、責任を感じることも強いのだ。金――財産というものには、実に重い責任がつきまとっているのだよ。先祖が汗水たらして作り上げ、わしたちに残してくれた財産だ。一銭だっておろそかにはできない。ちゃんとそれを保管し、利殖して行くのが、子孫たるものの義務だ。それを思えば、うっかり財産なんか持てるもんじゃない。

「ところが、健作のやつは、その大切な財産を半分にわけて、健一と丈二に無駄使いさせようというのだよ。どんな財産だって、あの二人にかかっては、たちまちめちゃくちゃになってしまう。火を見るより明らかなことだ。うちの良助も仕様のないやつだが、良助にはまだ慾がある。金のねうちを知っている。ところが、隣の二人と来ては、金のねうちを知らないのだからね。

「元来この財産というものは、健作のものでもなけりゃ、わしのものでもない。墓場に眠ってござる親父さんのものだ。わしたちはただその保管を託されているにすぎないのだ。親父がわしたちに長生き競争をさせた意味は二つあると思う。健作なんかはそこまで考えていないようだが、わしはちゃんとそれを知っている。むろん一方では、わしたちに長生きをさせたかったのにちがいない。だが、親父の真意は、長生き競争にかこつけて、わしたちの生涯、財産を自由にさせないで、そのまま残しておくという点にあったのじゃないかと思う。そこに親父の深謀遠慮《しんぼうえんりょ》があったのじゃないかと思うのだよ。

「ところで、今日健作がわしと弁護士を呼んで、相談を持ちかけたのは、一と口でいうとこういうことだ。わしたち二人のうち、どちらが生き残っても、残った方が全財産の半分を、死んだ方の子供たちに分けてやる。つまり、結局は財産を四分して、わしの子供の良助と桂子、健作の息子の健一と丈二、この四人に公平に分配するという案なのだ。わしたち二人のあいだに、そういう契約書を取りかわしておこうというのだ。

気の早い健作は、その契約書の書類を弁護士に作らせ、自分だけ先に判を捺すといっていた」

「それで、お父さんはどうご返事なすったのですか」

「何も云わないで帰って来た。そして、よく考えて見たが、やっぱり、わしはこの申出を断わることにきめた。だが芳夫、誤解してはいけないよ。わしは何も財産を惜しむのではない。さっきも云う通り、親父の遺志を尊重したいのだ。これは親父の作った財産だ。そして、長生きをした方が、三年でも五年でも、その財産を減らさないように保管するというのが、親父の遺志なのだ。芳夫、お前は、このわしの考えをどう思うかね」

「お父さんのおっしゃるのが、ご尤《もっと》もだと思います。健一君や丈二君には気の毒ですが……」

「いや、いくらなんでも、わしは健一や丈二を路頭に迷わせるようなことはしないよ。むろん今のような贅沢な真似はさせられないが、或る程度の――まあ最低の生活費は補助してやるつもりだ。しかし、あの先生たちと来たら、健作の血を継いでいるだけあって、金の値うちも知らないくせに、自尊心だけは人並以上だからね。補助なんか受けたくない。乞食はいやだというかも知らない……だが、それはどうも致し方のないことだ。

「で、お前もわしの意見には、大体異議はないわけだね。誰かに一応話しておかないと、気がすまなかったのでね。世間のことをよく知っているお前が、同意してくれたので、わしも安心したよ。健作には、むろんわしから返事をするが、お前も健一や丈二に、わしの考えを、誤解しないように伝えておいてもらいたいね、わかったかね」

「わかりました。どうも苦しい役目ですが、僕もお父さんのお考えは正しいと思っているのですから、まあ、やって見ますよ。で、ご用はそれだけでしょうか」

「いや、つまらないことだが、ついでにもう一つお前の智恵を借りたいことがあるのだよ」

康造老人は、毛糸のショールの前をかき合わせながら、金壺眼のふちに皺をよせ、薄い唇をニッと曲げて、奇妙な微笑をもらすのであった。

幽霊

「それはね、いつかもちょっと話したと思うが、このうちに泥棒がいるんだよ。金額は僅かだけれども、うちの中に泥棒がいるのを捨てておくわけにはいかない」

「ああ、お父さんの手提《てさげ》金庫の札《さつ》が減るというのでしたね」

「ウン、それも一度や二度じゃない。絶え間なく、チビチビ減って行くのだ。昨日わしの手提金庫の中には、三万二千六百円はいっていた。たしかにそれだけはいっていた。ところが、さっき調べて見ると、千三百円減っているのだ。千円札が一枚と、百円札が三枚、なくなっているのだ」

その時、二人の正面左手にある配膳室のドアが、ソッと細目にひらいた。芳夫は話に気をとられていて、少しも知らなかったが、注意深い康造老人は、早くもそれに気づいて、キッとその方を見た。

「なんだね、爺さん」

ドアの隙間から、執事の猿田老人の顔がのぞいていた。名前の通り、まるで猿のように皺だらけの顔だ。なんだかオドオドして、ちょうど壁の穴からチロッと首を出す鼠のような感じであった。

「ごめん下さい。お呼びになったのかと思いまして」

「ここの片づけがすんでいないというのだろう。それはもっとあとにしてくれ。まだ話がすまないのだ」

「ハイ、承知しました」

猿田執事の醜い顔が引っこんで、ドアがピッタリとしまった。

鳩野芳夫は、腰を折られた話を元に戻した。

「その泥棒は、沢山《たくさん》の札の中から一枚や二枚減っても、お父さんは気がつくまいと思っているのでしょうね。ずるいやつですね」

「そうだよ。だが、わしはまだ、それほど耄碌《もうろく》はしておらんよ。百円札一枚だって、先祖の息がかかっている尊い金だ。何度も勘定して、手提金庫の中にどれだけはいっているか、いつでも空《そら》で覚えている。それを一枚か二枚ずつくすねて、わしの目をごまかそうとする卑劣なやつがいるのだ。この犯人をどうかして見つけ出してやりたいのだよ」

「その手提金庫は、二階のお父さんの部屋にあるのでしょう」

「そうだよ。わしの部屋の大箪笥《おおたんす》の開きに入れてある」

「金庫にはいつも鍵がかけてあるのですか」

「ウン、かけてはあるが、簡単な形の鍵で、余り安全とは云えない。ほかの鍵で、ひらくかも知れん。わしは鍵束を肌身はなさず持っているから、どうも別の鍵でひらくらしいのだね」

「手提金庫をここへ持って来て見ましょうか」

「ウン、ご苦労だが、ちょっと持って来てくれ。箪笥の開きの中だよ」

芳夫は気軽に立って食堂を出て行った。康造老人は、広い部屋に、たった一人ぽつねんと残されたが、その顔には何かひどく楽しそうな、奇妙な微笑が浮かんでいた。

しばらくすると、今度は廊下に通ずるドアが一杯にひらいて、又しても例の猿のような顔がのぞいた。そして、空《から》になった芳夫の席を、いぶかしげに見ながら、

「鳩野さまは、どちらへ？」とたずねた。

「ちょっと、わしの部屋へ行った。すぐ帰ってくる」

猿田執事はそのまま顔を引っこめたが、そこへ二階から鳩野芳夫が、手提金庫をかかえて戻って来た。そして、金庫を康造老人の目の前に置いた。すると、待ちかねていたように、猿田執事が又顔を出す。

「鳩野さまにお客さまですが」

「僕に？　今ごろ誰だろう」腕時計を見るともう十時だった。「名前を聞いたかい」

「わかっているからと云って、名前はおっしゃいません」

「フーン、別に誰も来るはずはないんだが……いると云ったのかい」

「ハイ……」猿田執事は困ったような顔をして、モジモジしている。

「お父さん、ちょっと見て来ますから」

芳夫はビロードの垂れ幕をわけて、客間にはいって行ったが、やがて、変な顔をして食堂へ戻って来た。

「誰もいないじゃないか。客間にも、玄関のホールにも、誰もいないよ。猿田、その人はどこにいるんだい」

「ハイ、客間の方へお通りになったと思いますが……」

「見てごらん、客間には誰もいやしないよ」

芳夫は先に立って垂れ幕をひらく。猿田も「そんなはずはないのですが」と云いながらそのあとにつづいたが、しばらくすると、二人は不思議そうに顔を見合わせながら帰って来た。

「たしかに客間へお通りになったのですが、あなたさまにお会いしたいと云って……」

猿田は何かわけのわからぬことをブツブツ呟《つぶや》いている。

「爺さん、お前今夜はどうかしているんじゃないか。わたしたちの話し中にそう度々《たびたび》邪魔をしてもらっては困るな。今のさわぎは、いったいどうしたというのだ」

康造老人は腹立たしげに、金壺眼を光らせた。

「いや、なんでもありませんよ。猿田は多分幽霊でも見たのでしょう」

「なに、幽霊だって？」

「僕を訪ねて来たという男が、煙のように消えてしまったのです」

「フフン、バカな。オイ、猿田、その男のところへ行って云うんだ——お前が客間へ通したのなら、客間にいるだろう——この夜更《よふ》けに、人のうちへはいりこんで、隠れんぼうなんかしてもらっては困りますとな。そして、早く追っぱらってしまえ」

「ハイ、承知しました」

猿田は、しかつめらしく答えて、廊下のドアから消えて行った。

「芳夫、もう一度ここへ掛けなさい。これだ。この手提金庫は、ほかの鍵でもひらく」

康造老人はポケットから鍵束を出して、そのうちから一つの鍵を選び金庫の鍵穴にさして、カチンといわせた。

「ほらね、これはこの金庫の鍵ではない。形が似ているので、やって見たのだが、わけなくひらく。これと似た形の鍵が、この鍵束の中に三つはある。そのどれを使っても、ひらくのだ」

老人は、金庫の錠《じょう》をおろして、その三つの鍵を一つ一つ使って、三度ひらいて見せた。

「ね、だから、泥棒は別の鍵で、これをひらくことが出来たのだ」

「お父さん、この金庫の滑らかな面に、泥棒の指紋がついているかも知れませんね」

芳夫はふと気がついたように、笑いながら云った。

「いや、わしだって、そのくらいのことは知っているよ。金がなくなった度に、わしは虫眼鏡《むしめがね》でひまにまかせて調べて見たが、わしの指のあとばかりだった。泥棒先生ぬかりなく手袋をはめていたのだよ」

「驚きましたなあ、お父さんは指紋までお調べになったのですか。それにしても、盗まれた額は、全体どれほどなのです」

康造老人は、何か口の中で呟きながら、指を折っていたが、やがてはっきり答えた。

「八千六百円だよ。たしか六回だった。二月《ふつき》ほどのあいだに六回だった」

「可愛らしい泥棒ですね。ここのうちで、ほんとうに盗む気になれば、十万や二十万はわけなく盗めるのですからね。僕の札入れにだって、いつも十万ぐらいははいっていますよ」

「オイ、芳夫、お前は証券業をやっているから、そりゃ金は儲かるだろうが、札入れに十万円も入れて、持ちあるくのはよくないね。どうもお前は金銭をおろそかにしていけない」

「いや、お父さん。お父さんは別ですが、僕はここのうちの誰よりも、金の値うちを知っているつもりですよ。よく注意していますから、札入れをすられたこともなければ、落としたこともありません」

「まあ、よろしい。お前はその点では、なかなかしっかりしている。それはわしもよく知っているよ。ところで、問題はこの小泥棒だが、どうかして、こいつの尻尾をつかまえてやる工夫はないものだろうか。お前の智恵を借りたいというのは、そのことなんだよ」

「金庫に入れる時、札にしるしをつけておけばいいじゃありませんか」

芳夫は事もなげに云う。

「エ、しるしというと?」

「札の隅っこに、ちょっと見たのでは気づかぬほどの、ごく小さなしるしをつけておくのですよ。どんな形でもよろしい。お父さんが見ればすぐわかるようなマークを書きこむのです。鉛筆では消すことが出来ますから、ペンがいいでしょう。そうしておけば、そのしるしのついた札を持っていたやつが泥棒です。みんなの札入れを調べて見れば、一と目でわかります」

「フーン、なるほど、さすがにお前はうまいことを云うね。よし、早速しるしをつけることにしよう。わしはもう、これが気になって仕方がなかったのだが、お前のお蔭《かげ》で助かったよ。いくら僅かの金額でも、うちの中に泥棒がいるのを、うっちゃってはおけない。わしはそういうことにはひどく潔癖なのだ。金額が少ないから、まあいいわで、ほうっておいたら、泥棒を奨励するも同然だからね」

老人はそこで突然言葉を切って、聞き耳を立てた。彼の耳は若いものよりも鋭敏であった。芳夫が少しも気づかないかすかな物音を聞きとった。

「客間に誰かいる。妙な音がした」

「気のせいですよ。やっぱりエレベーターの音かも知れません。隣には夜更けにエレベーターを使う連中がいますからね」

芳夫は幽霊を探しに行くのはごめんと云わぬばかりに、席を立とうともしなかった。

しかし、幽霊はいたのである。その夜の怪奇なる訪客は、消えうせたと見せかけて、実はどこかに隠れていた。隠れて、時期の来るのを待っていた。彼は文字通りの幽霊ではなかったけれども、幽霊と呼ばれても仕方のないほど、いまわしい、まがまがしい姿の怪物であった。その怪物の正体は、この物語の終わりまで判明しない。そいつこそ人殺しの犯人なのだが、それが何者であるか、少しもわからないのである。そのものの存在は、登場人物によって間接に語られるばかりでなく、物語の半ば以後に於《お》いて、やはり正体不明のまま、そのまがまがしい姿を、読者の前に現わしさえするのだ。

今一つ読者の注意を惹《ひ》いておきたいことは、この章で作者は、手提金庫の小泥棒についての多くの言葉を費したが、これは決して場所ふさぎの無駄言ではなかったということである。この極めて些細《ささい》な出来事が、やがて起こるべき二重殺人事件そのものに、実に運命的な、一種異様の関係を持っていたのである。それが如何《いか》に異様な関係であったかは、この物語の最後の章に於て、読者の前に曝露《ばくろ》されるであろう。

さて、その夜、十時三十分頃、康造老人の三角館に一発の銃声が響いた。押し殺したような低い銃声であった。二階にいた良助が、まっ先にその音を聞いて、現場にかけつけた。現場は一階の大食堂であった。

君が犯人？

良助が、現場に駈けつけたのは、銃声が響いてから一分もたっていなかった。彼はいきなりドアをひらいて、食堂にはいったが、大テーブルの中央に、グッタリとなっている父の姿を見ると、驚いてそのそばに駈けよった。

康造老人はテーブルの上に、上半身をうつぶせにして、じっとしていた。左の肘《ひじ》をまげて、その上に顔をのせ、右手は、それを力に立ち上がろうとでもしたように、まっすぐにテーブルの上に伸びていた。五本の指がひらいて、テーブルの滑らかな表面に手の平がピッタリくっついている。

良助は老人のうしろにまわって、抱きおこして見た。チョッキの脇がベットリ濡れている。上半身を元にもどして、今度は手首の脈をさぐって見た。脈は全くなくなっている。

「君がやったんだな」

死体のそばにボンヤリ立っている鳩野芳夫を、にらみつけて云った。

芳夫は、良助の顔を見つめたまま、黙っていた。何か遠い所を見ているような目つきでもあった。青い顔をして、両手をダランとさげ、人形のように突っ立っているばかりであった。

「君は、なぜ親父を殺したんだ」

芳夫はそれでも黙っていた。口を利く力がないように見えた。

妙な睨《にら》みあいがしばらくつづいた。部屋の広さに比べて電燈が暗かった。康造老人の毛の薄い頭や、のばした手が、血の気を失って、蠟人形《ろうにんぎょう》のように見えた。そのそばに突っ立っている鳩野芳夫も、やっぱり奇妙な生人形のような感じであった。

突然、芳夫は下げていた洋服の両腕を、鶏《にわとり》がはばたくように、性急にバタバタとやった。そして、いつもとは、まるでちがった声で、

「あっちだ。早く、早く、早くしなけりゃあ……」

と云って、右手で客間との境の厚い垂れ幕の方を指さした。そこにはドアがなく、広いアーチ型の通路にビロードの幕がさがっているのだ。

良助の顔にハッと警戒の色が浮かんだ。垂れ幕の向こうに何者かが隠れているのではないかと気づいた様子である。彼は一種の身構えをしながら、ツカツカとその方へ歩いて行き、思いきったように、垂れ幕の合わせ目をひらいて見た。シャンデリヤは消えて、向こうの隅のスタンドの電燈が、ボンヤリついているばかりであった。

彼は広い客間へはいって行ったが、二、三歩進んだかと思うと、「アッ」と小さな声を立てて、思わず逃げ腰になった。向こうのテーブルの蔭に、黒い洋服の人間の足が二本横たわっていたからである。

しかし、よく見ると、その足はグッタリとなっていて、こちらへ飛びかかって来るために、そこに待ちぶせしているという感じではなかった。良助はだんだん大胆になってその足の方へ近づいて行った。

「ウーン、ウーン」

その足の持ち主は、かすかに唸《うな》っていた。全身が見える所まで近よると、それは執事の猿田老人であることがわかった。うつぶせに倒れて、苦しそうに身もだえしながら、瀕死《ひんし》のうめき声を立てていた。

「オイ、爺さんじゃないか。どうしたんだ」

抱きおこして見ると、猿のように醜い顔の、口がだらしなくひらいて、よだれが垂れていた。顎が紫色にふくれ上がっている。誰かにひどく殴《なぐ》られた様子だ。手をはなすと何の弾力もなくグッタリと倒れて、ウーン、ウーンとうめくばかり、質問に答える力などは全くないように見えた。とにかく医者を呼ばなければいけない。そして警察だ。良助はそこへ気がつくと、客間の一隅の卓上電話に駈け寄った。

名探偵

弁護士森川五郎は健作老人に呼ばれて、蛭峰家の奇妙な事情を聞かされたあと、前から約束してあったので、警視庁捜査一課の名探偵と云われている篠《しの》警部と夕食を共にした。二人は中学時代からの友達で、月に一回は一緒に食事をして、何かと話し合う仕来りになっていた。その夜は森川の方がおごる番で、銀座《ぎんざ》の雄鶏亭《おんどりてい》の洋食であった。

非常に親しい間柄だし、お互いに相手が秘密を守ってくれることを信じていたので、職業上の出来事についても、うちあけることがあった。森川弁護士は、蛭峰家の不思議な事情について、あらましを語った。篠警部は猟犬のように、その話の中から犯罪の匂いをかぎ出していたかも知れない。しかし、何も云わないで、フンフンと聞いていた。

その晩十一時少しすぎ、篠警部から森川弁護士の自宅へ電話がかかって来た。

「さっき君から話を聞いた蛭峰家に殺人事件がおこったのだ。殺されたのは康造という老人らしい。本庁から自動車で迎えに来たので、これから現場に行くんだが、君も一緒に来ないか。君がいてくれるといろいろ参考になると思うんだ。大した廻り道でもないから、行きがけに君の家に寄る。用意していてくれたまえ」

ということであった。森川弁護士にとって、これは初めての経験ではなかった。今までにも二、三度、篠警部にたのんで現場捜査に立ち会ったことがある。森川自身刑事弁護もやっているので、犯罪捜査に少なからぬ興味があった。

厚い外套《がいとう》を着、マフラーを巻いて待っていると、表に自動車の停まる音がした。捜査課の自動車のうちでも、一ばん立派なやつであった。運転席には私服の刑事が一人同乗していた。うしろの座席には篠警部と嘱託医《しょくたくい》が乗っていた。自動車は警部の自宅へ来る道で、医師の家に寄ったのであろう。森川はこの老医師とも見知り合いであった。

「寒いのにご苦労さまだが……」と篠警部。

「いや、望むところだよ。殊《こと》に蛭峰家は僕の依頼者だからね」

席について挨拶を交わしているあいだに、もう車は走っていた。寒気がきびしいので、朝の雪がまだとけていない。それが夜に入って又凍ったので、車はともすればすべりがちであった。

「君に蛭峰家の話を聞いておいて、いいことをした。だいたい予備知識があるわけだからね。しかし、もう一度おさらいをしておこう。エーと、死んだ老人には養子と養女があったんだね。なんとか云ったたな」

「良助と桂子だよ。桂子は鳩野芳夫という証券業者の細君になって、その鳩野も蛭峰家に同居している」

「それから一方の、康造老人が死んだために財産がころがりこんで来る方の、心臓病の老人、健作とかいったね。それには実子が二人ある。健一と……」

「丈二だよ。二人とも生活能力のないインテリ遊民だ。順当に健作老人が先に死んでいたら、路頭に迷う連中だね」

「わかった。それ以上仮想動機なんか考えない方がいい。犯人は家庭内にいるとは限らないのだからね」

そして、篠警部は黙りこんでしまった。彼は背が高くて痩せ型、年は四十を越したばかり、痩せて骨ばった顔、草叢《くさむら》のように茂った眉、底光りのする目、高い鷲鼻、髭のない短い唇、頭髪はモジャモジャにして、帽子は冠っていない。鼠《ねずみ》色のダブダブの外套を着て、グッと腕組みをしたまま、車が三角館に着くまで、一《ひ》と言《こと》も物を云わなかった。

三角館の前には二台の自動車がとまり、入口には一人の制服巡査が立ち番をしていた。一同が玄関にはいって、案内を乞うと、蛭峰康造と表札のかかった方のドアがひらいて三人の男女が目白押しに立っていた。

「警視庁の方ですね。ああ、森川さんもご一緒ですか。わたし蛭峰健一です。これは弟の丈二、こちらは僕たちの叔母の穴山さんです。驚きました。僕たちは今、事件のことを聞かされたばかりです。つい今しがたです」

皮肉屋の健一も、さすがに興奮しているように見えた。

「わたしは捜査一課の篠というものです。すると、あなた方は、お隣の蛭峰健作さんの方のかたですね。どうして、こちらへ来ていらっしゃるのですか。事件の起こった時、あなた方は、こちらの家《うち》におられたのですか」

警部は三人の顔を見比べるようにしている。

「いや、そうじゃありません。つい今し方、知らせを受けたので、こちらへやって来たのです」

「それじゃ、一度お宅の方に引き取って下さい。人数が多くては混雑するばかりですから。いずれあとから、いろいろお訊ねすることになると思います。それまでは、どなたも外出なさらないように」

彼らが玄関の土間を通って、隣家へ戻るのを見届けた上、一同はホールの奥へはいって行くと、所轄警察署の刑事が待ちうけていて、犯罪現場の食堂へ案内した。

食堂には多勢の人がつめかけていた。所轄署の刑事たち、先着した警視庁鑑識課の人々、死体は元のままの姿で、テーブルにうつぶせになり、そのそばに、一人の背広の紳士が見張りをするように立っていたが、篠警部の顔を見ると、こちらに近づいて来て挨拶した。所轄署の捜査主任であった。

家族の良助と鳩野芳夫とその妻の桂子とは、部屋の一方の隅に一とかたまりになっていた。桂子だけが椅子にかけ、ハンカチで顔をおさえている。夫の芳夫は、桂子の顔をのぞきこむようにして、何かと慰めの言葉をかけているらしかったが、桂子はすねたように、かぶりを振るばかりであった。良助は腕組みをして警官たちの様子をジロジロ眺めていた。

「じゃあ、先に写真をとってもらおう。みんな一度部屋を出て下さい」

篠警部のさしずで、一同ゾロゾロと廊下に出ると、待ち構えていた鑑識課員たちが、二つのカメラを使って、あらゆる角度から、死体とその附近の写真をとった。

廊下では、篠警部が所轄署の主任から報告を聞いているところへ、客間のドアがあいて、一人の紳士が飛び出して来た。

「やっと物が云えるようになりましたよ。なにしろ、年をとっているので、ひどく弱っているが、もう大丈夫です。アッパー・カットですね。恐ろしいやつを一つ、グワーンとくわされたんですよ」

それは蛭峰家から呼んだ附近の医師であった。康造老人の絶命を確かめたあとで、客間に倒れていた猿田執事に手当を加えていたのである。捜査主任がこの人を篠警部と警視庁の医師に引き合わせた。

「猿田という執事の老人が、客間に倒れていたのです。犯人に殴られたらしいのですね。今まで何を訊ねても、物も云えなかったが、やっと口が利けるようになったというのです」

それから、二人の医師は、何か専門語でボソボソ話し合っていたが、写真の撮影が終わるのを待ちかねるようにして食堂へはいって行った。死体検診がはじまるのだ。

片輪者

「心臓を撃たれてます。即死ですね。傷口の附近に煙硝《えんしょう》のあとはありません。近くから撃ったものではない。弾《たま》はやや下方に向かって入り、体内に留まっています。被害者は老年だが、別に病気は持っていなかったようです。あとは解剖して見なければわかりませんね」

これが医師の報告であった。

医師が立ち去ると、食堂には篠警部、森川弁護士、良助、鳩野芳夫の四人が残った。桂子は悲しみの余り、自分の部屋に引きこもってしまった。所轄署の捜査主任や刑事たちは、建物の外を調べているらしく、姿が見えなかった。鑑識課の指紋係の人たちは、篠警部の聴き取りがすむまで、ホールに待たされていた。

篠警部は食堂の両側の窓をしらべて、いずれも中から掛け金がかけてあることを確かめ、それから、部屋のまん中に立って、配膳室へのドア、廊下にひらくドア、客間へのアーチ型の通路と、順々に目をくばり、その構造を頭に入れているようであったが、やがて、そこに立っている良助の方へ向き直って話しかけた。

「蛭峰良助さんでしたね。あなたが警察へ電話をかけられたのですか」

「そうです、そうです」良助はやっと発言の機会を得て、どもりながら答えた。「わたしは二階の自分の部屋にいました。雑誌を読んでいたのです。この食堂では、父と芳夫君が二人だけで、何か話しこんでいました。すると、突然音がしたのです。その時はピストルとは思わなかったのですが、なんとなく変な様子なので、降りて見ました。すると父がこの有様で、そのそばに、芳夫君が立っていたのです。芳夫君のほかには誰もいませんでした」

彼はそばに立っている鳩野芳夫の方を盗み見るようにして、言葉を切った。良助はだらしなく着ているけれど、肩の張った新型の背広で、ネクタイなども派手やかなのに反して、芳夫の背広は肩のすぼんだ古風なもので、なんとなく風采《ふうさい》があがらない。鼻下にチョビ髭をたくわえているがそのために実際の年齢よりふけて見える。

「では、鳩野さん、あなたのお話を伺いましょうか」

警部に見つめられて、芳夫は青ざめた顔を、なぜかパッと赤くした。そして、乾いた唇で答える。

「わたしは父のとなりに腰かけて話しておりました。すると突然、父は話をやめて、聞き耳を立てたのです。老人ですが、若いものも及ばないほど耳ざとい方でした。何かかすかな音を聞きつけたのです。あの客間との間のカーテンの方を見つめて、立ち上がりそうにしました。わたしも、思わず、その方を見たのです。すると、カーテンの合わせ目に、何か動くものが見えました。ごく小さなものです。それが、アッと思う間に、火を吐いたのです。誰かがカーテンの向こう側に隠れて、ピストルを撃ったのです。わたしの見たのは、ただそれだけです。たった一発でした」

「それで？」芳夫が口をつぐんでしまったので、警部は促すように云った。

「父はうめき声を立てて、テーブルの上に倒れました。わたしは思わず父を抱き起こそうと……」

「芳夫君、それよりも、なぜ曲者《くせもの》を追わなかったのだい。カーテンの向こうにいたやつをさ」

良助が詰問するように口をはさむ。

「あとからはなんとでも云えるが、とにかく、相手はピストルを持っていたんだからね。それに、僕はお父さんが死んだとは思わなかった。先《ま》ず介抱しなければと考えて……」

芳夫は渋面《じゅうめん》を作って、弁解がましく云った。

篠警部は黙って、客間との境の垂れ幕の方へ歩いて行った。そして、その合わせ目のところを調べていたが、

「ビロードが焦げている。そして、煙硝の匂いが残っています」

と云って、三人をさし招いた。良助と芳夫と森川弁護士とは、そこに近づいて、ビロードの焦げているのを確かめた。ピストルがそこから発射されたことは、疑問の余地がなかった。

「それでは、次に猿田執事の話を聞くことにしましょう」

警部はそう云って、客間のソファに横になっている猿田老人の方へ歩いて行った。三人もそのあとにつづく。負傷者はそれを見ると、やっとのことでソファの上に起き直った。顎が恐ろしく腫《は》れて、醜い顔が一層醜くゆがんでいる。老人はそこを濡れタオルでおさえながら、上目使いに近づく人々を見上げた。

「楽にしていたまえ。もうわたしの訊ねることに答えられるかね」

「ハイ、えらい目にあいました。なんだか恐ろしい夢を見たようで……」

存外はっきりした答えである。

「君はそいつを見たんだろうね」

「ハイ、見ました。あいつがピストルを撃つところを、この目で見ました」

「それは、ここにいる鳩野さんじゃなかっただろうね」

「エ、鳩野さん？　飛んでもない。鳩野さんはご主人と食堂でお話をなすっていたのです。あいつは外から来たやつです。化物みたような恐ろしいやつです」

「フーン、外からね。どうして外から来たということがわかるんだね」

「玄関のベルが鳴ったので行って見ますと、あいつがドアのそとに立っていたのです。鳩野さんにお目にかかりたい、お約束がしてあるというものですから、変なやつだと思ったが、客間に通しておいて、鳩野さんにそのことを申し上げたのです」

「フン、それから？」

「鳩野さんと、この客間にもどって見ると、誰もいないのです。どこかへ隠れてしまやがったんです。それがわかると、ご主人にひどく叱られました。そいつを探し出して、おっぱらってしまえとおっしゃるのです。それで、てまえは、そこらじゅうを探しまわりました。二階にも上がって探しました。だが、どこにもおりません。二階からおりてもう一度この客間へはいりました。グルッと見まわしながら配膳室の方へ出ようとしますと、ホラ、あすこの隅から、ボーッと影のように現われて来たのです。あいつが現われて来たのです」

　老人は震える手で、恐怖に堪えぬものの如く、部屋の隅を指さした。

「顔を覚えているだろうね」

「いや、顔は見ません。恐ろしくて見られなかったのです。それに、あいつはこの部屋でも、外套を着てソフトを冠ったままでした。外套の襟を立てて帽子のひさしをグッとさげているので、顔はよく見えないのです。玄関でも、この客間でも、電燈が暗いものですから」

「外套や帽子の色は？」

「鼠色でした。あいつは頭のてっぺんから足の先まで鼠色で、あのよく壁を這ってい る平ぺったい大蜘蛛《おおぐも》のようなやつでした」

「何かそのほかに特徴はなかったかね」

「ありますよ。一《ひ》と目《め》見れば忘れられないほどの、ひどいかたわものでした。右の肩が、大きな瘤《こぶ》でもできているように、こうギューッと吊り上がって、左の肩は逆にさがっているのです。首も左の方にひどく曲がっていました。それから、足もびっこらしく、歩くときに左の足をひきずるようにしていました」

「そんな恐ろしい男を、どうして客間に通したんだね。玄関に待たせておいて、鳩野さんに云えばよかったのに」

「ハイ、それが、玄関ではさほどに思わなかったのです。最初は無理にからだを、まっ直ぐにしていたものと見えます。しかし、この客間にはいって来た時にはもう右の肩がグッとあがっていました。それから二度目に姿をあらわした時には、それに輪をかけた恐ろしい姿になっていました。てまえはこの年になりますが、あんないやらしい恰好の人間に出会ったのは、今夜がはじめてでした」

「それで、そいつが二度目に姿を現わしてから、どうしたのだね」

「逃げるひまは何もありません。アッというまに、飛びかかって来ました。そして、ガクンとここをやられたのです。てまえは倒れたまま、動くことも、声を出すこともできなくなっていました。目の前が暗くなって、気が遠くなるような気持でしたが、でも、気絶したわけではありません。それから、あいつのやったことを、ちゃんと覚えているからです。

「あいつは、てまえを殴り倒しておいて、いきなり、カーテンの所へ駈けよりました。そしてピストルを撃ったのです。見えませんけれども、パッという音で、それがわかりました。しかし、追っかけようにも、からだを動かすことができません。助けを呼ぼうにも、声を出すことができません。ただもう、夢のように、あいつの逃げて行く姿を見守っているばかりでした」

「それで、どちらへ逃げたのだね」

「そこのドアから、廊下へ出て行きました。その先はどちらへ行ったかわかりませんが、表からでも裏からでも、逃げようと思えば、どこからでも逃げられます」

「よろしい。君も疲れただろうから、それだけにしておこう。あした又詳しいことを聞くかも知れない。蛭峰さん、女中さんにでも云って、この老人を部屋へつれて行かせてはどうですか。今夜はゆっくりやすませる方がいいでしょう」

篠警部はそう云い残して、森川弁護士と二人で廊下へ出て行った。

足跡の謎

二人が廊下に出ると、所轄署の捜査主任が待ちかねていたように、近づいて来た。

「重大な発見がありました。足跡です」

「エッ、足跡？」

「こちらへお出《い》で下さい」

捜査主任は客間と相対しているドアをあけて、配膳室にはいった。見ると、裏庭に面したガラス窓が、ひらいたままになっている。

「ここから逃げたのです。この窓だけあけっぱなしになっていたので、気がつきました、のぞいてごらんなさい」

篠警部がその窓から首を出すと、目の下に丸い光が二つあった。庭にいる二人の刑事がそれぞれ懐中電燈で地面を照らしていたのである。

庭は今朝から誰も歩かなかったと見えて、一面に雪が積もったままだが、その雪の上に、窓の下から裏門の方に向かって、大きな靴跡が点々とつづいている。

「ここから飛びおりたのでしょう。しかし、窓の真下は、コンクリート敷になってい て、雪も積もっていないので、飛びおりた跡はついていませんが、すぐその先から足跡がはじまっているし、この窓がひらいたままになっていたところを見ると、ここから飛びおりたとしか考えられません。それから、残っているのは足跡ばかりでなく、いろいろな遺留品もあるのです。地下室から庭へ出て見ましょう」

捜査主任の案内で暗い階段を降り、地階の炊事場を通って裏口に出ると、ドアの外に四、五段のコンクリートの階段があり、それを登ると、裏庭に出る。

「たくさんの遺留品です。あなたにお見せするまで、少しも手をつけないでおきました。この懐中電燈で、ご自身ごらん下さい」

主任は一人の刑事の手から懐中電燈をとって、篠警部に渡す。それを振り照らして見ると、なるほど、いろいろな品が、雪の上にちらばっていた。鼠色のオーバー、鼠色のソフト、鼠色の手袋、それから一挺の自動拳銃。

「フーン、やっぱり手袋をはめていたな。それじゃ、指紋は調べるまでもあるまい。このピストルにしても、ピストルを投げてから手袋を脱いだにちがいないから、指紋は残っていないだろう。ところで、外套とソフトだが、どうも出来合いの新品らしいな。恐らくマークなんか、みんなはぎ取ってあるだろう」

調べて見ると、警部の推察通り、マークは切り取ってあった。オーバーのポケットにも、何もはいっていなかった。警部はそこにしゃがみこんで、懐中電燈で雪の上の靴跡を照らし、熱心に見ていたが、

「ドタ靴だ。恐らく犯人がいつもはいている靴とは似てもつかないものだね。しかし、念のために型をとっておくことにしよう」

と云って、一階のホールにいる鑑識課員を呼ばせた。そして、靴型をとることと、遺留品を鑑識課に持ち帰ることを頼んでおいて、森川、捜査主任、刑事などと共に、庭の中央の敷石づたいに、裏門まで辿《たど》って見た。

右の靴跡は普通であったが、左の方はどれも、引きずったような跡がついていた。

猿田老人が犯人はびっこだったと云った言葉と一致している。

裏門をひらいて見ると、そのそとは川っぷちの往来で、すっかり雪どけ道になっていて、もう足跡を見分けることは出来なかった。

時計を見ると、夜中の一時であった。今から町を捜索して見ても、得るところがありそうにも思われなかったので、一《ひ》と先《ま》ず引き上げることにした。三角館の表と裏には見張りをつけ、両蛭峰家の家人は一歩も外へ出さないように命じておいて、人々はそれぞれの自動車に乗った。

医師は一と足先に帰ったし、来る時に運転席に同乗していた刑事は、見張りのために残ったので、帰りの自動車は篠警部と森川弁護士のさし向かいであった。

「犯人が外部のものとなると、事面倒だね」

車が走り出すと、先ず森川が話しかけた。

「君はそう思うかい」

篠は腕組みをして、ニヤニヤ笑っていた。

「そう思うかとは？」

「犯人を外部のものと思うかというのさ」

「僕はあの足跡のことを云っているんだぜ」

「ウン、足跡と遺留品ね。あれは子供だましだよ」

「エ、子供だましって？」

「君はあの足跡なんかについて、何か矛盾を感じなかったかい。感じなければ、どうかしているよ」

森川弁護士はまたお株がはじまったと思った。篠の名探偵たる所以《ゆえん》はここにあった。

シャーロック・ホームズは、常に人の意表を突くことを愛するものである。しかし、そうは云うものの、森川には相手の意味が、まるでわからないのだから仕方ない。ワトソンに甘んずるほかはない。

「僕には例によってわからないね」

「あの庭には裏門までずっと敷石が続いていただろう」

「ウン、敷石がつづいていた」

「犯人はなぜ敷石の上を歩かないで、わざわざ雪に足跡を残したのか、これが第一の矛盾」

「なるほど、そう云えば変だね。犯人は隠すべき足跡を、わざと見せびらかしたということになるね」

「第二の矛盾は、あの外套と帽子と手袋とピストルを、なぜあすこへ捨てておいたかということだ。たといマークを切り取ったにもせよ、又、ピストルには指紋がついていなかったにもせよ、ああいう証拠品を、現場の近くに残しておくというのは、犯人の心理ではないね。一応はそのまま身につけて逃げ、どこか現場から遠い所で処分するのが普通じゃないだろうか」

「なるほど、それもそうにちがいないね」

「第三の矛盾は、裏門が締まっていたことだ。あの門は鍵がなければひらかないのではない。掛け金をはずしさえすればひらくのだ。現に僕たちはそうしてひらいた。それが内側から掛け金をかけたままになっていたのは、どうしたわけだろう」

「門の扉をのり越して逃げたのだろう。煉瓦塀よりも扉の方が低くて越しやすいからね」

「じゃあ、のり越したあとがどこかについていたかね」

「それは知らない。あの時はそこまで考えていなかったからね」

「僕は気がついていた。それで、よく調べて見たが、どこにもそういう痕跡はなかった」

「それじゃ、外に出てから、何かの手段で、内側の掛け金をかけたのだろう」

「オイオイ、馬鹿なことを云っちゃいけない。配膳室のガラス窓はあけっぱなしになっていたんだよ。遺留品の数々は放り出してあるし、ここから逃げましたという足跡までつけてあるんだぜ。それに、裏門の掛け金だけを、そんな苦心をしてかけて見たって、何になる」

「ホイ、またしくじったか。どうもワトソンというやつは損な役廻りだね。君の方じゃ、ちゃんと結論を持っていて僕をからかっているんだし、僕の方は残念ながらその結論を知らないと来ているんだからね」

「じゃあ、結論を云おうか。それはね、犯人は逃げなかったのだよ」

「フーン、すると、やっぱり、犯人は蛭峰家の内部にいるというんだね」

「正確に云えば、両蛭峰家の内部にだよ。なぜといって、両家は玄関とエレベーターとで、いつでも往き来ができるようになっている。たとえば玄関の一方のドアに鍵をかけても、エレベーターだけはあけっぱなしだ」

「それはそうだが……待ってくれ、君は大変なことを忘れている。犯人は窓から飛びおりて、遺留品を残し、足跡をつけた。そして、戻りの足跡は残さないように、庭のまん中の敷石をつたって帰って来た。そこまではいいんだが、さて、犯人はどこから、家の中にはいったのかね。配膳室は一階だけれども、地階が半地下になっているから、そとからよじのぼるには、あの窓はちと高すぎる。それに、あの窓から戻って来たのでは、家人の誰かに見つかる危険がある。すると、やっぱり地下室の入口から戻るほかないが、あの地下室と庭の間のドアは中から閂《かんぬき》がおろしてあった。それは捜査主任が明言していたから、君も聞いたにちがいない。その上地下室から庭へのドアは、玄関と同じに両蛭峰家共通のものだ。犯人が隣の蛭峰家へ逃げこんだということも考え得ない。つまり、犯人は足跡をつけたのはいいが、家にはいる方法がなかったのだ。さア、ホームズ先生、これをどう説明する」

「それが僕の云おうとしていた第四の矛盾なんだよ」

森川弁護士は、あきれたように、じっと相手の顔を見つめた。

「おや、おや、君はそこまで、ちゃんと考えていたのか」

「君はまた結論を隠しているというのだろう。しかし、これがソクラテスの弁証法だから仕方ない。では、結論をいうがね、犯人は犯行のあとでは、あの四つの遺留品を、窓から投げただけなのさ」

「なんだって？　それじゃ、犯人は家の中から一歩も出なかったというのか」

「そうだよ。足跡は犯行前の昼間のうちに、そっとつけておいたのだよ。温度が低くて雪がとけないことを、犯人はちゃんと見越していた。そして、犯行後、外套などを窓から捨てることによって、足跡もその時についたのだと思いこませた。なかなかうまいトリックだね」

「うまい。この犯人はなかなか一と筋縄で行くやつじゃない。そこまで考えたかと思うと、なんかゾーッとするね」

そのまま二人は黙りこんでしまった。自動車はもう森川邸に近づいていた。もう一つ町角をまがれば、自宅の前に出るという時になって、森川が頓狂《とんきょう》な声を立てた。

「靴だ。オイ、君、あのドタ靴だよ」

「エ、ドタ靴がどうかしたのかい」

今度は篠の方が驚かされる番であった。

「犯人は昼間のうちに、足跡をつけて戻って来た。するとあとには、あのドタ靴が残っているはずだ。あれをどこへ隠したか、その隠し場所がわかれば、君の推理が証明されるわけだね」

「ああ、そのことか、それならわかっているよ」

「エ、わかっているのか」

「それは僕よりも、君の方がよく知っているはずだぜ」

「おやおや、またはじまった。結論を云ってもらおう」

「君は雄鶏亭で僕に、蛭峰家を訪ねた時のことを話した。その話の最初に出て来る情景だよ。ハトロン包みが、君の頭をかすめて、川の中に落ちた。むろん蛭峰家の庭から誰かが投げたものだ。あの包みの中に、いったい何がはいっていたと思うね」

「おお、あれが靴だったのか」

「そうだよ。そのほかに考え方がないのだ。君があの煉瓦塀の外を歩いていたちょうどその時に、犯人は庭に靴跡をつけていたんだ。その時、塀を隔てて、君は殺人犯人と相対していたのだよ」

深夜の散歩者

その翌朝、篠係長と森川弁護士は、早くから再度犯罪現場へ出向いて来たが、わざと、少し離れたところで、自動車を降りて、三角館の前に近づいて行った。

「朝の光で、この建物をよく見ておきたいのでね」

篠警部は長い足で、先に立って、大またに歩きながら、機嫌よく云った。

屋根や道路の両側に、雪はまだ残っていたが、朝日がキラキラと輝いて、寒さも昨日ほどではなかった。

「フーン、よくこんな古い建物が、残っていたものだ。正《まさ》に十九世紀だね。しかし、どうも陰気くさいね。見ただけでも、何か恐ろしい怪事が起こりそうな建物だ」

明治中期に建てられたという、石と赤煉瓦で出来た、三階建ての西洋館は、一面にくろずんで、煉瓦の間には苔さえ生えて、石も角々が欠け落ち、殊に朝日の前には、荒廃の色、隠すべくもなかった。

玄関の石段のところに、一人の巡査が見張り番を勤めていた。道路の反対側には、寒いのに物好きな人々が、十数人ひとかたまりになって、このまがまがしい西洋館を見守っていた。殺人事件のことは、もう附近に知れわたっていたのである。

「昔は立派な建物だったろうね。まん中で仕切って、変な三角館なんかにしたのは勿《もっ》体《たい》ないね」

「双生児《ふたご》でいながら、四十年も敵視し合っていたんだからね。住む人の執念《しゅうねん》が、建物の外観にだって影響するわけだよ」

しばらくそこにたたずんだあとで、二人は玄関に近づき立ち番の巡査に目礼して、石段を上がって行った。先《ま》ず両家共通の大扉をあけて土間に入り、そこの二つの入口のうち左側の、事件のあった方の家庭のドアをひらくと、薄暗いホールに、先着の捜査課の刑事が待ちうけていた。

「別状ないね」

「ハア、みな静まり返っています」

「女中たちは？」

「地下室の炊事場です。朝めしのあとかたづけです」

「よし、それじゃ、地下室から始めよう」

篠警部はそう独りごとを云って、森川をうながして、エレベーターわきの、暗い階段を降りて行った。

「静かに、音を立てないで」

警部はなぜか、ささやき声で森川に注意した。二人は足音をしのばせて、炊事場の手前の一郭に達した。召使たちの食事をする部屋である。篠警部は森川の腕をおさえて、そこに立ちどまった。炊事場の方から、二人の女中の話し声が手にとるように聞こえて来る。

なるほど、これを聞くためだったのか。森川はやっとそれに気づき、警部と目を見かわして、微笑した。

女中たちの話は、なかなか事件に触れて来なかったが、辛抱《しんぼう》強く待っていると、やがて、それらしい話題にはいって行った。あの大事件の翌日、召使たちが、その噂《うわさ》をしないはずがないのである。

「……こんなに顎を腫らしちゃって、ちょいと可哀そうね、いやな気味のわるい爺さんだけど……あの人猫みたいに足音がしないのね。ひょいと振り向くと、すぐうしろに、黙って立っていることがあるわね」

「ここのうちの人、みんな足音をたてないのよ。若旦那だけは、ふだんは乱暴だけれど、でも、時々足音を立てないで歩くことがあるわ。それはそうとね、足音といえば、あたし、あんな怖かったことってないわ」

「まあ、何かあったの」

「まだ誰にも話さないけれどね。云っていいかどうか。あたしわからないの。でも、ほんとうにゾーッとしちゃった」

「なによ。早くおっしゃいよ」

「お隣の大旦那さまよ。ご病気でしょう。奥さまなんか、明日にもわからない大病だって云ってらしたわね。その大旦那さまがね、ゆうべ、夜ふけに、ここのうちの、二階の廊下を歩いていたのよ」

「まあ……それ、ほんと？」

「二階の、こちらの大旦那さまのお部屋の方へ、まるで幽霊のように、フラフラしながら、歩いていらしったわ。あたし廊下のまがり角を出ようとすると、それを見たのよ。あぶなくキャッて云うところだったわ。でも、あのうす暗い廊下でしょう。それに重病人のあの方が、目をまん丸に見ひらいて、ハアハア息をつきながら、歩いているんですもの、たいてい、びっくりするじゃないの」

「まあ……で、あんた、どうした？」

「いそいで、あとへ引き返してしまった。それっきりよ。二度と二階の廊下へ行く気がしなかったのよ」

「お隣の大旦那さまは、それから、どこへいらしったんでしょう。まあ、気味がわるい……あんた、人違いじゃなかったの？」

「人違いにもなんにも、正面から顔を見たんだもの、先方でもお気づきになったらしいわ。だから、決して間違いじゃない」

「あんた、それ、警察の人に云うつもり？」

「云わない。お隣の大旦那さまが自分でおっしゃ

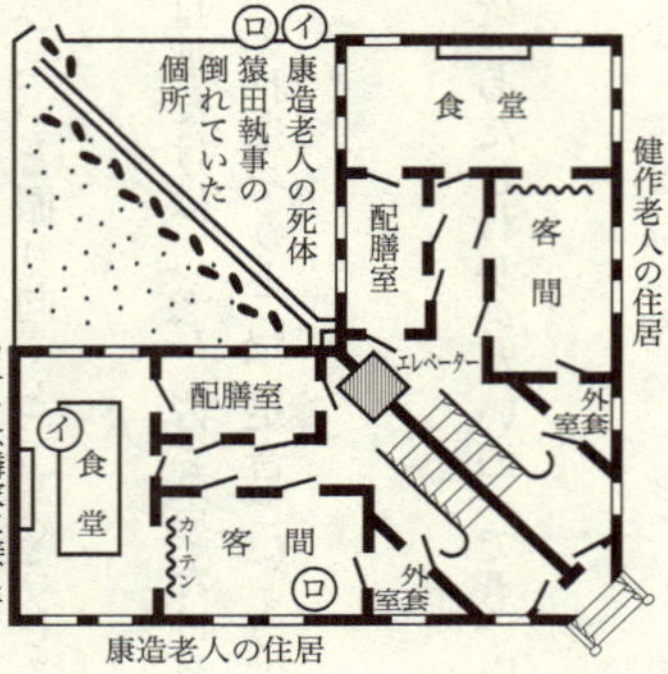

るまで、云わない。うちの大旦那さまより、あの方のほうがいい方なんだもの」

「それはそうね。亡くなった方のことを云っちゃ、なんだけど、うちの大旦那さまみたいなけちんぼう、あたし聞いたこともないわ」

女中たちの饒舌《じょうぜつ》は、いつ果てるとも見えなかったが、それからあとの会話には、捜査上の参考になるような事柄は余りなかった。殺された康造老人の養女桂子（鳩野芳夫の妻である。その夫の鳩野は、老人が殺された時、現場に居合わせ、一応の疑いを受けたことは前に記した）と、隣家の二男の丈二とが、芳夫の目をかすめて、よろしくやっていることも話題にのぼった。二人の関係は女中たちにも目に余っていたのである。それらの無駄話の中に、一つだけ篠や森川の気になる事柄がまじっていた。

「あの時、あたし三階にいたでしょう。ピストルの音は聞こえなかったけれど、若旦那が階段の下から、大きな声でお呼びになったので、いそいで下をのぞいて見ると、若旦那は、二階から一階へ降りる階段の上にいらしったわ。ねえ、あたし、なんだか不思議なんだけれど、その時若旦那はハアハア息を切らしていたわ。これから下へおりるのではなくて、今、下から駈け上がって来たってふうに見えたのよ。なんだか変じゃない。でも、これも警察の人には云えない。もしあたしの思い違いだったら、たいへんですもの」

一人の女中がそんなことを云った。若旦那というのは殺された老人の養子、蛭峰良助のことである。やがて、女中たちの話は、ほかの事に移って行ったので、篠は森川の肘をついて、又忍び足で階段をのぼり、一階のホールに帰った。

「犯罪捜査となると、立ち聞きなんて風《ふう》のわるいこともしなけりゃならない。しかし、この手は女中なんかには実に有効なんだよ。正面から訊ねたって、決してあれだけの収穫はないからね」

「それにしても、あの重態の健作老人が、一人で歩いて、こちらのうちへやって来たなんて、どうも信じられないことだが、もし事実だとすると、なんだか恐ろしい話だね。重病人が、深夜、隣家の廊下をさまよっていたなんて」

「ウン、恐ろしい事だ。しかし、深夜の散歩者は、老人だけではなかったかも知れないぜ。ここには、足音を立てないで歩き廻る連中が、幾人もいるらしいからね」

篠警部はそう囁《ささや》いて、意味ありげに微笑するのであった。

紙幣の秘密

「次に殴られた猿田老人に話を聞きたいのだが、ああ、ちょうどいい、あの部屋にいる。鳩野さんも一緒だ」

篠警部はそれを見つけて、配膳室へはいっていった。

「朝っぱらからお邪魔します。お差し支えありませんか」

鳩野芳夫は猿田老人の持って来たコーヒーを飲んでいるところであったが、二人がはいって来るのを見ると、なぜかパッと顔を赤くした。このチョビ髭を生やした中年紳士は、子供のように赤面するくせがあると見える。そして、あわてたように立ち上がると、そこの椅子を勧めながら、

「どうかおかけ下さい。ちっとも構いませんよ。いろいろご苦労さまです。爺さん、弁護士の森川さんと、ゆうべの警察の方だよ」

「篠と申します」

「おお、篠警部さんでしたね。爺さん、お二人にコーヒーを入れておいで。こんな部屋で失礼ですが」

配膳室といっても、そこは朝と昼の、家族の食堂に兼用されていた。大食堂は夕食と来客のある時だけ使用される習慣であった。

「ああ、猿田さんでしたね。もう痛みませんか。ひどい災難でしたねえ」

篠が声をかけると、猿のような顔の猿田老人は、ジロッと上目遣いをして、ニヤリ

と笑った。幽霊のような殺人犯人に殴られたという下顎は、ゆうべよりも大きく腫れて、一面に茶色の薬が塗ってある。

「エヘヘヘヘ、なあに、大したことはありませんです。大旦那さまのことを思えば、てまえなんぞは……」

と云って、丁寧なおじぎを一つして、部屋を出て行った。

「余ほどの年のようですが、ご当家に古くからいるのですか」

篠がたずねても、鳩野芳夫は、何か遠くを見ているような目つきで、ボンヤリしていたが、言葉は聞き取ったと見えて、少したってから、あわてたように答えた。遠くで打っている杭《くい》に、木槌《きづち》が当たってから、しばらくして、その音が聞こえて来る、あの感じであった。

「古いにもなんにも、先代の子飼いの男ですからね。わたしどもが生まれる前から、この家にいるんですよ……如何です一つ」

芳夫は放心の表情で、ポケットから何か取り出し、篠警部の方へさし出した。

「いや、有難う。しかし、それはどうも……」

篠が笑ったので、芳夫は驚いたように、手元を見たが、煙草のつもりで出したのは、実は婦人用の小型化粧函だったのに気づいて、又、パッと赤面した。

「やア、これは失礼。桂子の——私の家内の物ですよ。私のポケットには、あれのものが一ぱいはいっているのです。ひどく物を置き忘れる女でしてね。私はあとから廻って拾っているものだから、こんなに溜ってしまうのです。ごらん下さい、これです」

そう云って、ポケットから、一《ひ》と摑《つか》みの品物を取り出して見せる。香水のプンプン匂うハンカチ、女持ちのシガレット・ケース、宝石入りの首飾りなど、彼はその蒐集《しゅうしゅう》品《ひん》を手の平にのせてニヤニヤしている。恥かしそうでもあり、何か得意らしいようなところも見える。余程の細君孝行に違いない。

「しかし、煙草もあったはずですよ。ア、これです。どうか」

残り惜しそうに蒐集品を取りかたづけ、別のポケットから西洋煙草を出して勧めた。篠と森川がそれを一本ずつ取って火をつけると、芳夫はやはり放心の体《てい》で、前のコーヒー茶碗をいじくっていたが、やがて、それをグッと一と息に飲みほしてから、こちらを向くと、

「ゆうべの事をお訊ねになるのでしょうね」と訊いた。

「そうですよ。ゆうべは詳しくお聞きするひまもなかったので……実は、猿田さんに先に話を聞きたかったのですが、ちょうど御手すきのようだから、あなたのお話を伺うことにしましょう。最初から順序をおってお話し下さい」

「承知しました」

鳩野芳夫はそこで、昨夜の食事の様子、食事中に隣家の丈二が食堂へやって来たこと、食事が終わると、康造老人が芳夫だけ残るように命じたこと、先代の遺志で、双生《ふた》児《ご》の健作老人と康造老人のうち、どちらでも長生きした方に全財産が譲られるという、奇妙な約束が取り結ばれていたこと、健作老人が病気になったので、二人の息子のことを心配して、生き残った方が、相手の子供たちに、財産の半分を譲るという、新しい取り極めをしたいと申し出たこと、康造老人はその申し出を受けて、熟考した上、これに応じない決心をしたこと、などを物語った。

「何かその話の間に変わったことはありませんでしたか。どんな些細なことでも漏らさずお話し下さい」

警部は女中が運んで来たコーヒーをかきまぜながら、うながす。

「変わったことと云えば、度々妙な物音がしたことです。老人のくせに、ひどく耳ざといものですから、私に聞こえないような音にも、きき耳を立ててね。隣の客間に誰かいるというのです。ゆうべ変なやつが私を訪ねて来たことはお承知ですね。その時私は客間を充分探したのですが、誰もいませんでした。しかし、老人は誰かそこに隠れていると感じたらしいのですね。今になって思えば、老人の勘が当たっていたわけですが」

「なるほど、そこで、ご老人はあなたに、健作老人の申し出を拒む決心をしたと話されたのですね。その時まで、そのことは誰にもわかっていなかったのですか。もっと早くご老人の気持が、みんなにわかっていたというようなことはありませんか」

「それは、大体は察しがついていました。老人の性格として、この申し出を受け入れるはずはなかったのです。しかし、老人の口からキッパリと断るつもりだと聞いたのはその時がはじめてでした」

「ご老人の決心は最後的なものでしたか。どんな手段を以《もっ》ても、動かし得ないようなものでしたか」

「非常に頑固ものでしたから、こうと極めたら、決して変わることはなかったと思います」

「それで、お話はそれだけでしたか」

「もう一つ別の話がありました。ごくつまらないことですが」

「いや、捜査の材料に、つまらないというものは一つもありません。ごく些細な事に、往々にして重大な手掛かりが隠れているものです。どうかお話し下さい」

そこで芳夫は、康造老人の手提金庫から、小額の金が絶えず盗まれていたこと、自分がその金庫を老人の部屋から食堂へ持って来て、二人でしらべたこと、手提金庫の鍵はごくありふれた簡単なもので、似た形のほかの鍵でも、わけなくひらくこと、老人に訊ねられて、この小泥棒を捉えるには、紙幣に、他人にわからぬような、小さな目印をつけておくに限ると教えたことなどを、話した。

「あの金庫の指紋は調べさせたのですが、ご老人とあなたの指紋しか出ませんでした。その泥棒は余程用心深くやっているのですね。念のために、あなたの前で金庫の中味を調べて見たいのですが、お手数でも、もう一度ここへお持ち下さいませんか。ゆうべは、そのひまがなかったものですからね」

警部の言葉に、芳夫は気軽く立って、部屋を出て行ったが、じきに問題の手提金庫をかかえて帰って来た。

「森川君、君、それをひらいて中味《なかみ》を取り出してくれないか。ちょっとメモを取っておきたいのでね」

森川弁護士は云われるままに、芳夫のさし出す鍵で蓋をひらいて、中の札束を取り出した。千円札が二十九枚、百円札が二十三枚。それぞれ丁寧に帯をかけて入れてあった。そのほかには何もはいっていなかった。

篠警部は、森川が帯を抜いて算《かぞ》えた紙幣を、一枚一枚調べながら、何か手帳に書き込んでいた。あとになって考えて見ると、警部がこの時、金庫の紙幣を丁寧に調べたことには、非常に大きな意味があった。森川も鳩野芳夫も、少しもそれに気づかなかったが、名探偵はさあらぬ体《てい》を装いながら、実はある些細な、しかし見方によっては極めて重大な事実を、鋭く観察していたのである。

幽霊再現

金庫の調べがすむと篠警部は又、

「鳩野さん、ゆうべの出来事は、それで全部ですか、何か云いもらされたことはありませんか」

と念を押した。

「何もありません。それだけです。金庫の蓋をするかしないに、老人が客間に音がすると云ったのです。そして、カーテンのすき間からピストルがのぞき、アッと思うまに、老人は撃たれていたのです」

「それじゃ、猿田さん、今度はあんたの番だ」

森川がびっくりして、うしろを見ると、そこに猿田老人の醜い顔があった。猫のように足音を立てないとは、よく云ったものである。しかし、敏感な篠警部は、さすがにそれをちゃんと知っていた。

「ゆうべは詳しく聞けなかったので、犯人の様子をもう少し詳しく話してもらいたいのだが」

猿田老人はおずおず前に出て、又、丁寧なおじぎを一つすると、顔を上げてニヤニヤと笑った。笑うと顔じゅうに不気味な皺がよって、一層醜くなる。

「さア、どんなふうに申しましたらよろしいのでしょう……」

「例えば、その男の背の高さだね。私は五尺七寸、この森川君は五尺四寸……森川君も鳩野さんも、ちょっと立って見て下さい。鳩野さんは一ばん低いですね。どれほどお有りですか」

「私は五尺二寸だった思います」

「猿田さん、どうだね。犯人は、われわれ三人のうち、誰に一ばん近かったと思うね」

「そうですね。どうもハッキリしたことは申し上げられませんが、こちらの森川先生ぐらいではなかったかと……」

そして、老人はわざとのような咳ばらいをした。

「顔はよく見なかったのですね」

「ハイ、帽子と外套の襟で隠しておりまして……しかしチラと見たところでは、なんだか薄黒い顔をした、恐ろしげな奴でございました」

「一度も見た事のない男だね」

「ハイ、あんな妙な片輪者には、ついぞ出合ったことがありません」

「右肩が上がって、左肩がさがっていたというのですね。それから、左足がビッコだった……」

「ハイ、こんなふうにね」

猿田は右肩をグッと持ち上げ、左肩をさげ、首をまげて片輪者の真似をして見せたが、顔が顔だから、まるでゴリラのような恐ろしい姿になった。

森川弁護士はそれを見ると、たちまち目の前に別の世界が現われたような、一種異様の感じを受けた。血の底からおどろおどろと、魔界の物音が響いて来るように思われ、奇妙な姿をしている猿田老人が、あのいまわしい殺人犯その人ではないかと怪しまれるのであった。彼は何かしらゾーッとして、思わず顔をそむけたものである。

「ハハハハハ、あんた、なかなか物まねがうまいね。もうよろしい、もうよろしい」

猿田がいつまでも、その不気味な恰好をつづけているので、警部は手を振って、やめさせた。

それ以上別段の収穫もなく、配膳室の聴き取りは終わりをつげた。「それでは」と警部が立ち上がると、猿田老人は大急ぎでドアを開いて、又、おじぎをした。そこを出る時、警部がじっと彼の顔を見ると、老人はまぶしそうに、目をパチパチやったが、警部と森川が背中をむけるやいなや、刺し通すような目でその後ろ姿を見つめていた。

二人がホールに出ると、階段から降りて来た良助に出合った。ゆうべよく眠らなかったと見えて、目が充血して、青い顔をしている。顔を剃る時に顎を切ったらしく、ハンカチでそこをおさえていた。ハンカチに小さく血がにじんでいるのが異様に目についた。彼は二人の姿を見ると、まるで敵にでも会ったような、こわばった表情になったが、すぐ気をとりなおして、声をかけた。

「犯人はまだわかりませんか」

篠警部は微笑して、

「まだです。そんなに早くは、つかまりませんよ。われわれの仲間が、今八方に手をひろげて捜索中です……ところで、ちょうど幸いだから、あなたにひとことお訊ねしたいのですが」

「なんです」

良助はたちまち不機嫌になって、噛みつくように聞き返した。

「昨夜ピストルの音を聞かれた時、あなたはどこにおられたのですか」

「それはゆうべも云ったじゃありませんか。自分の部屋で雑誌を読んでいたと」

「ピストルの音を聞いて、すぐ食堂へ降りて来られたのですか。その前に三階にいる女中を呼ばれたのではありませんか」

良助は目を三角にして、こちらの二人を見比べるようにした。

「それがどうかしたのですか。呼びましたよ。呼んではいけなかったのですか」

「いや、そういう意味じゃありません……それから、猿田老人が殴られたという、あの奇妙な犯人ですが、あなたはそんな人物について、何かお心当たりはありませんか」

「ありません」

吐きすてるように云って、立ち去りそうにするのを、警部は別に怒りもしないで、丁寧に呼びとめた。

「あなたの妹さん、桂子さんでしたね。ちょっとお会いしたいのですが」

「今は駄目ですよ。ゆうべのショックで、病人のようになってますから、もう少しあとにしてやって下さい。それにこの事件については、桂子は何も知りませんよ。あなた方にお話しすることは、一つもないはずです」

「お聞きしたいのはね、桂子さんが、事件の直前、どこにおられたかということですが」

「それはわかってます。桂子は三階の自分の部屋にいました。ピストルの音さえ聞こえなかったといってます」

良助はそのまま、鳩野芳夫のいる配膳室へはいって行った。篠警部はそれを見送って、ちょっと眉をしかめて見せながら、呟くように云う。

「ひどく怒りぽいね。極端な我儘者《わがままもの》の感情家だ。ああいう男は、感情が激すると、まるで理性を失ってしまうタイプだね」

二人がそのままホールで立ち話をしている所へ、玄関のドアがひらいて、見覚えのある刑事がはいって来た。そして篠警部に近づくと、何かボソボソと囁いた。

「ア、そうか、それじゃ、そうしよう。ねえ、森川君、君一《ひ》と足《あし》先に隣のうちの客間へ行って待っててくれないか。今度はお隣の連中の番だよ。健作老人も僕たちに会うと云ってるそうだ。僕はこの人と、ちょっと打ち合わせがあるので、それをすませて、じきあとから行く」

篠はそう云って刑事と一緒にホールの奥へはいって行った。

いまわしき前兆

森川弁護士が隣家のベルを押すと、最初訪問した時の女中が現われて、見覚えのある客間に案内した。大きな煖炉の中に、間に合わせの小さな瓦斯ストーブがチロチロ燃えて、壁一ぱいの鏡が、うすら寒く光っている。森川は、その大鏡に隣室の丈二と桂子の姿が映り、はからずも二人の秘密を知ったことを思い出していた。あれからまだ二十時間ほどしかたっていないのに、それが何か遠い昔の出来事のように感じられた。

庭の足跡がにせものであったとすると、犯人は両蛭峰家の家庭の誰かに違いない。そして、犯行によって利益を得るものを疑えという原則からすれば、こちらの健作老人の側《がわ》に濃厚な嫌疑がかかって来るわけだ。その上、重病人の健作老人が、殺人事件の前に、隣の家の廊下を、さまよっていたという、何とも得体の知れない不気味な事実がある。それに、この家の長男の健一は、虚無主義者のような男だし、次男の丈二は、美男の女たらしで、手におえないやくざものだ。この難物どもを篠のやつ、どうさばくか、こいつは見物《みもの》だわい。

森川は骨董品《こっとうひん》のようなソファに、深く身を沈めて、とりとめもないことを考えていたが、ふと気がつくと、どこかから、人の話し声が聞こえて来た。昨日の午後と同じことが起こったのだ。その声の主《ぬし》は、あのアーチ形の通路の、厚いカーテンの向こうにいた。今日はカーテンがピッタリとじていて、彼らの姿が鏡に映らないだけの違いである。

「フフン、どうだか怪しいもんだね」

聞き覚えのある健一の声であった。

「いや、そうじゃないよ。僕は彼女にハッキリ云い渡したんだ。お互いに深入りしすぎた。君は鳩野のれっきとした奥さんなんだから、もうこの辺で慎んだ方がいいってね。兄さん、僕はほんとうは芳夫君が嫌いじゃないのでね。彼にもすまないわけだし」

丈二であった。森川はそれを聞いて、丈二の心変わりにあきれ果て、むしろ桂子に同情したいほどに感じた。

「フフン、それは又、豹変《ひょうへん》したもんだねぇ。おかしいぜ。何かわけがあるんじゃないのかい」

「わけなんかあるもんか。僕は少し心を入れかえて、まともな人間になろうとしているばかりさ」

「おやおや、君が心を入れかえたって？　なるほどねぇ。(注6)恒産《こうさん》なければ恒心《こうしん》なしか。

昨日まで乞食になるのかと心配して、半分やけくそになっていたやつが、財産がころがりこむとなると、こうも変わるもんかねえ」

「オイ、兄さん、つまらないこと云うもんじゃない。このうちには、今、刑事がウジャウジャ入りこんでいるんだぜ」

そこで、二人の声が俄《にわ》かに低くなって、もう聞きとれなくなったが、その時、柔らかい人の手がソッと森川の肩にさわった。ギョッとして振り向くと、いつの間にはいって来たのか、篠警部がニヤニヤ笑っていた。そして、目で合図をして森川を部屋のそとに連れ出し、エレベーターの方に歩きながら、囁き声で云った。

「僕も聞いたよ。なかなか面白い話だったね。大いに参考になったよ」

エレベーターの前には、さっきの女中が待ち受けていた。

「大旦那さまが、三階のお部屋へおいで下さいますようにと、おっしゃいました」

そう云って、二人をエレベーターの中に入れると、そのまま立ち去ってしまった。森川が最初訪問した時とまったく同じことだ。これがこの家の仕来りと見える。

「どうも、こいつは苦手だね。どうすれば動くんだい」

篠は自動エレベーターを、扱ったことがない様子であった。森川は昨日経験ずみなので、説明しながら、3と記したボタンを押して見せた。エレベーターが三階に停まると、そこに又昨日と同じ女中が待っていて、二人を健作老人の部屋に案内した。

「ご老人は、今日はどうだね」

「余りおよろしくはございませんの。ゆうべはひどくお苦しみになって、もう駄目かと思ったほどですわ。でも芯《しん》がよっぽどお丈夫なのですわね。もうすっかり、おちついていらっしゃいます」

ドアをひらいて、女中が二人の来たことを告げると、アームチェアにグッタリとなっていた老人が、薄白い目を開いた。まるで死んださかなの目のように艶がない。顔も筋だらけに痩せこけて、一《ひ》と晩《ばん》のうちに、すっかり様子が変わっていた。

「ご老人、おわかりになりますか、森川です。こちらは警視庁の篠係長です」

森川がそばによって、声をかけた。老人はしばらくの間ボンヤリと二人の顔を見比べていたが、

「ああ、森川さん、警察のお方……ごくろうです」

としわがれた声で、途切れ途切れに云った。二人が老人に向き合って腰かけると、その時、ドアにノックの音がして、健一と丈二がツカツカとはいって来た。

「警察のお方、わしの息子たちが、どうしても立ち会うといって聞かないのですが、かまいませんかな」

　老人が精一ぱいの力で喋っているのを見て、健一がたまりかねたように、老人のアームチェアのうしろに立った。

「お父さん、いけません。医者があんなに云っていたじゃありませんか。長い会話が一ばん毒だって」

　そして、警部を睨みつけるようにして、

「出来るだけ簡単にして、切り上げて下さい。ごらんの通りの重態ですから」と念を押した。

「女中さんに聞きましたが、ゆうべ発作があったんだそうですね。ご心配お察しします。決して長話はしません」

　篠は健一にそう答えておいて、老人の方に身をかがめた。

「ご老人、ゆうべの発作には、何か原因があったのではありませんか」

「いや、なにも」

　老人は目をつむって、力弱く否定する。篠はそれを聞くと、軽い笑い声をたてた。

「ハハハハハ、ご老人、医者のいうことをもっとよく聞かなけりゃいけませんね。私はある事情で、あのことを知っているのですが、ゆうべのような無茶をなすっちゃ、病気をわるくするばかりじゃありませんか」

健作老人の青ざめた顔じゅうが、恐ろしく痙攣《けいれん》した。そしてパッと驚くほど大きく目を見ひらいて、警部の顔を見つめた。

「キ、君は、知っているのか。ゆうべ、わしがこの部屋を出たことを、そして、遠くまで歩いたことを……」

「そうです。お隣の女中さんが、二階の廊下で、あなたに出会っているのです」

篠の鋭い目が、老人の目の中に喰《く》い入っていた。老人はすべてを承認するように、又グッタリとなって、

「わしは気が変になっていたのだ。もし、わしがこのまま死んでしまえば、伜《せがれ》たちは乞食になる。それを思うと、わしはじっとしていられなかった。あいつの返事を待っている時間はない。今すぐこちらから出向いて、あいつを説き伏せなけりゃと思った。わしは気が狂っていたのだ」

「それで、康造さんにお会いになったのですか」

篠の目は、まだ老人の目に釘づけになったままだ。

「いや、あわない。エレベーターで向こうの二階におりるのが精一ぱいだった。廊下を二、三歩あるくと、わしは死にそうになった。残念だが引っ返すほかはなかった。どうしてここまでたどりついたか、ふしぎなくらいだ……わしもばかなまねをしたもの

だ」

篠はもう睨みつけてはいなかった。目をふさいで、黙りこんでいた。長いあいだ、誰も物を云わなかった。老人の烈しい息遣いだけが、異様に大きく、部屋じゅうに満ち溢れているように感じられた。

「康造、お前も可哀そうなやつだなぁ。あんなに頑張ったくせに、この病人のおれよりも先に参ってしまうとは……」

老人は聞き取れぬほどの声で、うわごとのように云って、ポロポロと涙をこぼした。青ざめた、痩せからびた頬を、涙が一と筋の川になって流れた。

そして又、長い沈黙がつづいた。

「おお、森川さん、今こそ、あんたにやってもらわなければならない。森川さん」

老人はじっと森川弁護士を見つめて、興奮に震える声で叫んでいた。

「私に何かご用ですか」

森川が驚いて、老人の方に顔を近づける。

「わかっているじゃないか。ホラ、あの書類だ。作って下さったか。いそいで持って来て下さい。わしはあれに判を捺すのだ。康造のやつに、わしが嘘つきでない証拠を見せてやるのだ」

「すると、康造さんが亡くなられた今になっても、やはり財産を半分にわけると、おっしゃるのですか」

森川は半ば驚き半ば感嘆した表情で、思わず声高になる。

「そうとも。わしはそれを主張しつづけていたのだ。今になって、卑怯なふるまいをする気は毛頭《もうとう》ありません」

「お父さんッ」

健一と丈二が恐ろしい形相で、病父の両側に詰めよっていた。

「お父さん、そんなことは、あとにして下さい。今、そんなことで興奮しては、あなたの命にかかわります。森川さん、この件はあとでゆっくりご相談しましょう。今日は一と先ずお引き取り下さい。われわれには、父の命が何よりも大切です」

虚無主義者まがいの健一が、これほど真剣な顔つきをしたのは、珍しいことであった。丈二もまっ赤になって、何かわめいていた。

「コラ、お前たち静かにせんか。森川さん、いそいで下さい。わしは明日をも知れぬ病人じゃ。せめて今晩までには……」老人の精一ぱいのかすれ声に、おっかぶせるようにして、健一のバスの声がひびく。

「森川さん、今の父の状態は正常じゃありません。重大な法律問題など決断し得る精神状態じゃありません。どうか一と先ずお引き取り下さい。父を休ませなければなりません。今一と眠りさせなければ、死んでしまいます」

「わかりました。私たちは引き上げましょう。しかし、私としては、依頼人であるご老人の正しいご希望は容《い》れないわけにはいきません。私はともかく、今夜、ご依頼の書類を持参することにします」

森川はキッパリと云い放った。

健一は一瞬、今にも摑みかからんばかりの恐ろしい形相を示したが、何を思ったのか、たちまち日頃の嘲笑《ちょうしょう》的な表情に返った。目は空《うつ》ろになり、顔は無表情になり、薄い唇の隅がキュッと吊りあがって、メフィストフェレスの笑いを笑っていた。言葉には出さなかったけれど、「ではいかようとも、ご随意《ずいい》に」と云わぬばかりである。

森川弁護士は、この健作老人の病室での、一連の出来事に、まがまがしい前兆のようなものを感じた。何かしら、えたいの知れない、ゾーッと背筋の寒くなるような、一種異様の予感であった。そして、それは、結局、単なる予感には終わらなかったのである。

意中の人

森川弁護士は一《ひ》と先《ま》ず事務所に帰って、健作老人の正しい要求に基づいて、財産分与の書類を作製した上、篠警部と電話でうちあわせ、三角館の近くのレストランで落ち合うことにした。夕食をとりながら、事件について、何かと話し合うためである。

「例の書類は、その鞄の中にはいっているんだね」

レストランの小部屋にはいって行くと、もう、テーブルについて、待ちかまえていた篠警部が、先ずそれをたずねた。

「ウン、ちゃんと揃えて来た。健作老人が判をおしさえすれば、蛭峰家の財産の半分が、康造老人の遺族の手に渡るわけだ。健作という爺さんは、実に物のわかった人だね。息子たちの方が、よっぽど、わからず屋だ」

篠警部は、それには答えなかった。卓上のフォークをいじくりながら、何かほかの事を考えていた。

スープが運ばれ、給仕が出入りしはじめると、事件のことは話せなかった。食事中、二人の会話は落語の話でもちきった。「文楽《ぶんらく》」とか「志ん生《しんしょう》」とか「松鶴《しょうかく》」とかいう名前が出た。そして犯罪を取り扱った落語のことから、「棠陰比事《とういんひじ》」「桜陰比事《おういんひじ》」などという裁判物語の批判にまで及んだ。

食事が終わって、ボーイがコーヒーを持って来ると、警部は「しばらく話があるから、誰もはいって来ないように」と命じ、小部屋のドアを閉めさせた。そして、テーブルから椅子をずらせて、ゆったりとした姿勢になり、煙草に火をつけた。

「ここに億を越える財産がある。双生児《ふたご》のうち永生きしたものに、その全財産が譲られることになった。この奇妙な取りきめが行われてから、四十年が経過した。双生児はお互いに、少しでも相手より生きのびようと、そればかりを考えて暮らして来た。競争心が敵意に変じ、住宅をまっ二つに仕切って、同じ建物の中で、まったく別の生活をつづけた。そして、双生児は七十歳の老人になった」

篠警部は煙草の煙の中で瞑目《めいもく》して、独白《どくはく》のように喋っている。長い脚、長い指、鼻の高い痩せた顔、黒の背広がスラッとよく似合って、警察官というよりは大学教授である。

森川弁護士は中学から大学まで、篠と一緒だった。篠の瞑想的な独白を聞いていると、大学時代、彼がゼミナールで、何かの研究を発表した時の様子が思い出される。その頃も痩せてヒョロ長い、異様の風格の青年であった。

「早死にをした方が無一物になることは、その本人にとっては、なんでもない。双生児たちも、若い頃はそう思っていた。死んでしまえば財産なんか要らないと思っていた。ところが、一方には二人の男の子が生まれ、一方には男女の養子が出来た。自分の後継者への愛情……三十歳の頃にはそこまで考えていなかった。子供たちが無一物になって、路頭に迷うことが、親にとって、どれほど苦痛であるかを正当に評価していなかった。そこで、永生き競争は、悲壮な様相を呈して来た。相手より少しでも生きのびなければならない。一日でも半日でも一時間でも。

「その双生児の老人の一方が、病気になった。医者は余命いくばくもないことを告げた。健作老人だ。老人は病気をおし隠して競争相手の康造老人に相談を持ちかけた。どちらが先に死んでも、子供たちが路頭に迷う。今のうちに早死にした方の子供たちにも、財産の半分を与えるという約束を結んでおこうと、多年の仲たがいを忘れ、涙を流して頼んだ。しかし、相手は健作老人の病気を知っていた。その弱点を見抜いていた。むろん、申し出に応じなかった。

「ところが、その康造老人の方が、昨夜何者かにピストルで撃ち殺されてしまった。情況は逆転した。あれほど心配していた重態の健作老人が、全財産を握ることになった。ほうっておけば、康造老人の養子良助と、養女桂子は無一物になるところであった。しかし、健作老人は、一たん云い出したことを、相手が死んだからといって、(注7)へんがえはしない、財産の半分を相手の遺子たちに与えると云いはった。実子の健一と丈二が烈しく反対するのもかまわず、弁護士に財産折半の書類を作るように頼んだ……そこで、君はその書類を作って、鞄の中に入れて、ここへやって来たという順序だね。「ときどき、こうしておさらいしてみないとね。世間に類のない奇妙な事情だし、このややっこしい財産問題の中に、恐らく殺人事件の動機が隠れているんだからね」

篠はそこで煙草を灰皿にもみ消して、又一本新しいのをつけた。森川弁護士に、やっと口を利くおりが来た。

「すると犯人は殺された康造老人の一家ではなくて健作老人の側《がわ》にいるわけだね。この殺人で利益を受けるのは、そっちの側だからね」

「早急にきめてはいけない。探偵はあらゆる人を疑う。最も疑わしくない人物は、一層注意しなければいけない。ただ犯人が外部のものでなくて、両蛭峰家の家族の中にいるということだけは、だいたいきめてもいいのだが」

「君は、あれから、皆のアリバイを調べたのだろうね」

「君が午後、事務所へ帰ってから、もう一度、一人一人あたって見た。図書室で読書していたとか、自室で雑誌を読んでいたとか、もうベッドにはいっていたとか、それぞれの答えがあった。あのピストルの発射された時には、両家の人たちは皆、どこかの部屋に一人きりでいたのだ。しかし本人がそう云うだけで、確証はない。つまり誰一人として、アリバイを持っていないのだね」

「しかし、鳩野芳夫と猿田執事は現場にいた」

「そう、それだけはハッキリしているね。鳩野は康造老人のために、二階から例の手提金庫を食堂へ持って来た。それからピストルが発射されるまで、ずっと、老人とさし向かいで話をしていた。一方猿田は客間の隅から現われた怪人物のために、頭をやられ、倒れたまま、その怪人物がカーテンのすきまからピストルを撃つのを見たというのだが、これも本人がそう云っているだけで、厳密な意味の証拠はない。鳩野と猿田とのあいだはカーテンで隔てられていてお互いの姿を見ることは出来なかったのだからね」

「僕は、あの猿みたいな顔をした爺さんは、どうも虫が好かんね。あいつは、ひどく裏表のあるやつだ。こっちがあいつの顔を見ると、ヒョイとそっぽを向いて、そしらぬふりをしているが、一度背中を向けるとあいつは、突き通すような目で、うしろから見つめている。君の背中を、そうして睨んでいるのを、僕は二度ほど見たんだよ」

「それは僕も知っている。あの爺さんは、どっか病的なところがあるね。病的といえば、三角館の住人は、みんな病的だが」

「しかし、良助君なんか、ずいぶん感情家のようだけれども、気でも違わない限り、養父を殺すはずはないよ。みすみす自分が乞食になることだからね、猿田だけは別だけれど。そのほかの鳩野君にしても桂子さんにしても、同じわけでまず圏外《けんがい》に置いていいんじゃないか。疑えばむろん生き残った健作老人の一家だよ。これはもう家族全員に、非常に強い動機がある。健一君にしても丈二君にしても、自分たちが路頭に迷わないためには康造老人が変死でもしてくれるほかに、道はなかったのだからね。又、性格から考えても、健一はああいうニヒリストだし、丈二は道徳観念のない女たらし

三角館各階の居住者

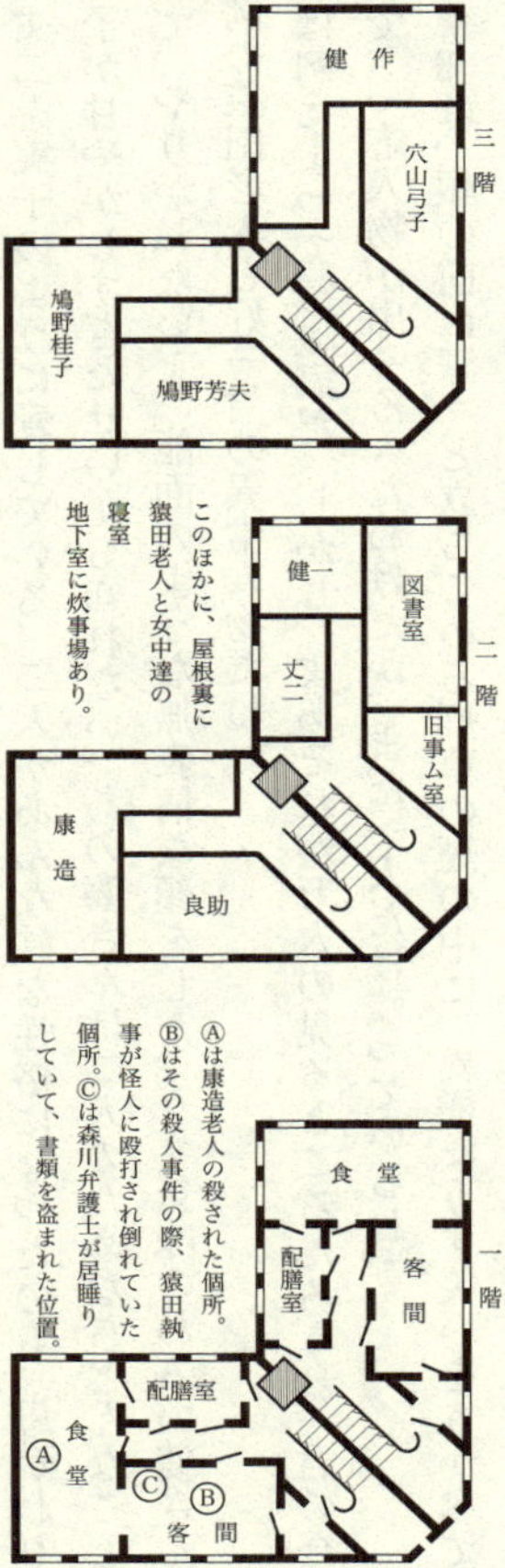

このほかに、屋根裏に猿田老人と女中達の寝室
地下室に炊事場あり。

Ⓐは康造老人の殺された個所。Ⓑはその殺人事件の際、猿田執事が怪人に殴打され倒れていた個所。Ⓒは森川弁護士が居睡りしていて、書類を盗まれた位置。

だ。申し分のない容疑者だよ。それから、あの穴山弓子にだって、充分動機がある。健一と丈二を実子のように愛している。二人があんな妙な性格になったのも、母がわりの弓子が甘やかしすぎたせいかも知れない。あの婆さんは二人のためならどんなことだって、やりかねないよ。能面のような無表情な顔をした、うす気味のわるい婆さんだ。例の猿田老人と好一対の異常人物だね」

「君は例によって常識家だ。しかし、まあそれが万人の見るところだろうね。君の今の話で、一応人物が出そろったわけだが、まだ一人だけ残っているね」

篠警部は、顔の前に濛々《もうもう》と立ちこめる煙草の煙の中に、異様なうす笑いをうかべていた。

「そうだ。一人だけ、僕はその人物に触れるのが恐ろしいのだよ。瀕死の重病人が、深夜、自室を抜け出して、隣のうちの廊下をさまよっていた。しかも、それはあの殺人事件の直前なんだ。あの老人が、子供たちのために、どれほど煩悶《はんもん》していたか、僕はこの目で見て、よく知っている。ミイラのように、痩せおとろえた老人が、瀕死の執念に燃えて壁にすがりながら、隣の廊下へよろめいて行った姿を想像すると、僕はゾーッとしないではいられない」

森川弁護士は、ほんとうに総毛立ったような顔になって篠警部の目の中をのぞいた。

「しかし、老人は自発的に財産の半分を、相手の子供たちに分けてやろうとしている。ヒューマニストだね。ああいう正義派の性格《よう》で、殺人罪なんか犯せるかね」

「正義派だからこそ、一方が巨万の富を擁し、一方が路頭に迷うという不公平に堪えられなかったのだとも云える。だから、仮りに健作老人が犯人だったとしても、財産を折半することとは矛盾しない。あく迄《まで》公正を貫く意味でね……僕はね、ひょっとしたら、老人は、おれが殺したんだと今に自白するんじゃないかと、ふっと思うことがあるんだよ。僕は実はそれが怖いのだ」

篠はこれに対して、何も云わなかった。やはり煙草の煙の中で、何か遠くを見るような目をしていた。

「篠君、君はもう意中の人を持っているのか」

「意中の人って？」

「つまり容疑者さ、疑わしい人物はいろいろあるが、その中の誰が真犯人かということさ」

「五里霧中《ごりむちゅう》だよ」

「ハハハハハ、いつかシャーロック・ホームズも、そんなことを云ったっけね。そして、ほんとうはちゃんと犯人を知っていた。ただワトソンづれに、打ちあけないだけなんだ」

「僕は超人じゃないよ。だから、あらゆる人物を疑っている。君のように、先ず白と黒とに大別して、白の方は圏外に出してしまうという、軽卒な真似ができないだけのことだ。僕にはまだ意中の人はない。もしそういう人物が出来たら、出来たというつもりだ。但し、それが誰かということは、君にだって、ある期間伏せておかなければならない場合もあるだろうがね……僕は間もなく意中の人が出来るような気がする。なんだか、そんな予感がしている」

篠はそう云って、妙な微笑を浮かべたが、この予感は的中した。間もなく彼らは、真犯人の推定に役立つ、一つの不思議な事件にぶっつかることになったのである。

猿類の歌

七時すぎ、レストランを出ると、二人は四、五丁歩いて、三角館の石段をのぼった。石段にはまだ一人の巡査が立ち番をつとめていて、篠警部に目礼した。

玄関にはいって、健作老人のドアのベルを押して、それがひらかれるのを待つ間に、篠警部は森川を顧《かえり》みて、「例の書類は大丈夫だろうね」と念を押した。森川は小脇にしていた鞄を前に出して、この中にちゃんとはいっていると、うなずいて見せた。

ドアをひらいたのは健一であった。二人は挨拶の言葉をかわして、中にはいると、森川はホールの片隅のテーブルの上に鞄を置き、そのそばの椅子に外套と帽子をのせた。篠警部は、同じテーブルに帽子を置き、外套を別の椅子にかけた。そのテーブルの上には電気スタンドと花瓶があり花瓶には黄色い小さな花を無数につけた草花が生けてあった。つやつやしたマホガニーのテーブルの表面に、花粉が少しこぼれていた。

健一は二人を客間に導きながら、「今日は隣の連中も、こちらの食堂で食事をしたのです。事件があったばかりのあの食堂は使えませんからね。今食事がすんで、みんな客間に集まっているところですよ」

と説明した。

両家の全員が客間に集まり、思い思いの椅子にかけ、或いはその前に立ち、低い声でボソボソと話し合っていた。天井の高さ、部屋の広さに比し、例によって電燈が暗すぎるので、ひどく陰気な感じである。

康造老人の死を悲しんでいるような顔は一つも見えなかった。老人の養女の桂子や養子の良助にすらその色がない。財産折半の手続きがとられることは、既に知れわたっていたので、彼らはむしろ、その喜びを隠しきれないようにさえ見えた。人々は何かソワソワしていた。殺人事件、財産折半の問題と、次々に襲いかかる激情に、人々が落ちつきを失っているのは、無理もないことであった。

「もし、ご都合がよろしかったら、すぐ、お父さんにお目にかかりたいのですが」

森川弁護士が健一に云っていた。むろん、例の書類に署名捺印《なついん》を受けるためである。健一は昼間、あれほど財産折半に反対したのに、今はまったく自説を飜《ひるがえ》したかのように、冷静をきわめていた。

「今、女中に云いつけます。ちょっとお待ち下さい」

彼はそう云いすてて、す早く部屋のそとへ出て行った。ガッシリした体格にも似ず、行動は非常に敏捷《びんしょう》であった。

篠はそばにいた丈二に声をかけた。

「お父さんのぐあいはどうですか」

「いくらかいいようです。おやじは案外芯の強いところがあるのですよ」

そう云って、彼もどこかへ立ち去った。

それから数分後、森川弁護士は、食堂との境のカーテンの近くにいる時、カーテンの向こうから男女の話し声がきこえて来た。

「あれは忘れて下さい。ゆうべの事件があってから、自分が何をしているのか、何を云っているのか、まるでわきまえていなかったのです。頭がめちゃくちゃになっちまってね。あれは取り消しです。許してくれるでしょう」丈二の声であった。

「そりゃわかってるわ。まさか、あんなこと、正気でおっしゃったとは、考えていないわ」

そして、嬉しそうな笑い声を立てたのは桂子であった。

森川にとって、これは三度目の立ち聞きであった。しかも、その都度《つど》丈二の心持が一変しているのに驚かされた。今日午前中には、兄の健一に「彼女ときっぱり別れる」と云っておきながら、又しても、よりを戻したのである。この美青年の無軌道ぶりは、森川の理解力を越えていた。間もなく、ドアのところに、女中が現われて、室内を目で探しているのに気づいた。森川はいそいでその方へ近づいて行ったが、篠警部もそこへやって来た。

「僕はここに待っているよ。そんなに時間はかからないだろうね」

「むろん、じきにすむはずだよ。さてと、鞄はどこへ置いたかしら」

「ホールのテーブルの上だよ」

二人はホールに出て、森川はそこのテーブルから鞄をとって、小脇にかかえた。篠も手をのばして、同じテーブルの自分の帽子をとり、そのつばの上にこぼれていた黄色い粉を、指先で軽くはじいた。テーブルの上の花瓶に生けてある黄色い花の花粉であった。

森川が女中といっしょに、エレベーターの方へ立ち去るのを見送って、篠は帽子を元にもどすと、また客間へはいって行った。

「いったい捜査はどうなっているんですか。犯人はまだわからないのですか」

良助が篠の腕をとらえて、広間の一同を代表するような調子でたずねた。それを聞くと、警部は一応皆に説明しておく必要があると思ったので、自分の部下たちが、外部で熱心な捜査活動を続けていること、多少時間がかかるかも知れないが、犯人は必ず捕えて見せるということを、前例などあげて、丁寧に説き聞かせた。

一同は熱心に耳を傾けていた。鳩野桂子は夫の芳夫の腕にすがるようにして、片手でハンカチを丸めたり、といたりしている。芳夫は彼女をいたわるように見つめていた。良助は両手をズボンのポケットに突っ込んで、棒のように立っていた。健一は静かにテーブルにもたれて、じっと警部の顔を見据えていた。そして、ほとんど無意識に、洋服の袖についた黄色い粉をはたき落としていた。さいぜん警部の帽子のつばにこぼれていた花粉と同じ性質の粉であった。丈二は長椅子にグッタリと身を沈めて、窓の外を眺めていた。穴山弓子は肘掛椅子に腰かけていたが、彼女の顔面筋肉は、何かの奇妙な彫像のように、微動だもしなかった。またたきさえ、しないように見えた。

警部の話が終わった頃に、ちょうど森川が帰って来た。それを見ると、良助と桂子の顔に、ホッと安堵《あんど》の色が浮かんだ。

「皆さんご報告します。蛭峰健作さんは、この証書に捺印されました。そして、これを皆さんにお見せしてくれということでした」

森川は客間の中央に立って、鞄の中からハトロンの大型封筒を取り出し、その中の半紙を綴《と》じた書類を、一同に見せた上で、読み上げた。

その内容は、自分の譲り受けた全財産を折半して、蛭峰康造の遺族に与える。すなわち蛭峰良助と鳩野桂子の両人に、全財産の四分の一ずつを贈与するという意味を、法律語で書いたものであった。それに詳細な財産目録が添えてあった。

読み終わると、森川はその書類を、近くにいた良助に渡した。一同は良助のまわりに集まって来た。良助が一読すると、次には鳩野芳夫、それから健作側の人々と、漏れなく廻覧され、最後に篠警部の手に渡った。彼はそれにザッと目を通した上、森川から封筒を受けとり、書類をそれに納めて返し、森川はその封筒を鞄にしまいこんだ。

「ちょっとおたずねしたいのですが」健一が薄い唇をまげて云い出した。「僕たちの先祖の全財産の半分が良助と桂子さんに与えられることはわかりました。そこで、あとに残った半分は親父が亡くなれば、当然、僕と丈二が相続するわけでしょうね」

「その通りです」

「ああ、これで僕たちもせいせいしたよ。永年の両家の不和のもとが、すっかり解消したわけですからね」

彼は小鼻のわきに嘲笑のようなものを浮かべながら、そのまま大股に部屋を出て行った。

「ほかにご質問はありませんか」

誰も答えなかった。そして、これでもう用事はすんだとばかり、次々と部屋を出て行く。穴山弓子も椅子から腰を上げると、歩く彫像といった恰好で、森川のすぐそばを、すれちがいながら会釈もしないで立ち去った。

「さア、これで僕の役目はすんだ。なんだかひどく疲れたよ。君はまだ帰らないのかい」

森川はグッタリとソファにもたれて、眠そうな目で篠警部を見上げた。

「ウン、もう一度女中に聞いておきたいことがあるんだ。大して時間はかからないから、それがすむまで、つき合ってくれたまえ。僕の車で送るよ」

篠はもうホールの方へ歩き出していた。森川も仕方なく例の鞄を抱えてあとにつづく。二人はホールの椅子においた外套と帽子をとり、エレベーターの前に行くと、篠が上階にいるエレベーターを一階に呼ぶボタンを押した。自動装置だから、どの階からでも、ボタン一つで昇降させることが出来る。ガーという音を立てて、エレベーターがおりて来た。それの停まるのを待って二人は扉を開き、中にはいる。そして、その扉をしめ、反対側の扉から、隣家のホールへと通り抜けた。

「これは便利な通路だね。玄関を廻るより余程早い。せっかく両家を壁で仕切っても、こんな簡便な通路があっちゃ、なんにもならないね」

二人はホールを客間の方に近づいて行ったが、思わず目を見合わせて立ちどまった。妙な音が聞こえたからである。何かがこまかく振動しているような、車がギリギリ回転しているような、ふしぎな音であった。その音が、ある時は高く、ある時は低く、空中をフワフワ漂っているように響いて来る。よく聞いていると、どうも人の声らしいのだが、何かしら聞くものに不安を与える、まがまがしい響きを持っていた。

二人は又目を見かわした。篠の目が「客間の中らしいぜ」と云っていた。彼はツカツカと客間に近づいて、サッとドアを開いた。

片隅のスタンドの電燈がボンヤリついているだけで、広い部屋は霧の中のように薄暗かった。見ると、フラフラとこちらへ近づいて来るものがある。猫背になった猿のような人間であった。その者の口から車のきしるような音が出ている。歌っているのだ。猿類の歌を歌っているのだ。

「ああ、君は猿田さんだね」

篠はとがめるように、声をかけた。

怪人現わる

猿田執事は篠の声に、びっくりして顔を上げた。醜い皺だらけの顔に、サッと狼狽《ろうばい》の色が浮かぶ。

「これは飛んだところを……ご無礼をいたしました。てまえは、一人でいると鼻唄を歌うくせがございまして、ついお耳に入れてしまいました」

ひたすら恐縮している。老人は歌を歌っていたのだ。なんというふしぎな歌であろう。文句もなにもわからない、ただ抑揚《よくよう》のある振動にすぎないのだ。恐らく老人の少年時代、どこかの山奥で流行した田舎歌ででもあろうか。

篠は笑って、「いやそんなことは構わないんだよ。ちょっと、ここのうちの女中さんに話があるんだが、年上の方、みよさんとか云ったね。あの人はどこにいるんだろう」

「ああ、みよでございますか、上の自分の部屋にいると思います。てまえが呼んでまいりましょう」

「それじゃ、そこの配膳室に待っているからね。来るように云って下さい」

「ハイ、承知いたしました」

猫背の猿田は、ヨチヨチと階段の方へ立ち去って行く。

森川弁護士は、客間の大きなアームチェアに、グッタリとたおれこんでいた。篠はそのそばに立って、何か考えていたが、

「女中が来るまでに、ちょっともう一度、隣へ行って来る。やっぱり女中に用事があるんだが、まだ下で、あとかたづけをしているはずだから、時間はかからないと思う。もしみよがおりて来たら、配膳室の方で待っているように云ってくれたまえ」

「ウン」

森川は面倒くさそうに、生返事をして、目をつむってしまった。篠の取り調べに立ち会う元気もないのである。

篠は再びエレベーターを通り抜けて、健作老人の住居にはいり、客間をのぞいて見た。もう家族は誰もいなかった。ただ一人、彼の目ざす女中が、部屋のとりかたづけを

していた。

「ああ、君にちょっと、たずねたいことがあるんだが」

若い女中は、びっくりしたように、ふりむいて、彼のそばに近づいて来た。

「ゆうべ、あの事件のあった時、健一さんはこの客間で本を読んでいたんだそうだね。君は、それを知っているだろうね」

「ハイ、あたし、ゆうべは、ずっと下に居りましたので、よく知ってます。若旦那さまは、ここで本をお読みでした」

「健一さんは、どのくらいのあいだ、ここにいたんだろうね」

「ハイ、夕ごはんのあと、ずっとですわ。二度ばかりここを出て、洗面所へおいでになったようですけれど……」

「エレベーターにははいらなかった？」

「多分おはいりにならなかったと思いますわ。でも、あたし、見ていたわけではございませんけれど」

「ほかに、何か変に思うようなことは、なかったかね。ゆうべ、あの事件の前後にだよ」

「ハイ、別に……」

それだけのことを聞き終わると、篠は三たびエレベーターを通過して、又、康造老人の住居にはいった。腕時計を見ると、十時十五分であった。

こちらの女中のみよは、もう配膳室に待っていた。篠は彼女を椅子にかけさせて、主として昨夜の鳩野桂子の行動について、たずねたが、はっきりとした答えを得ることは出来なかった。みよは、事件のおこった時には、若奥様はご自分の寝室でおやすみになっていたらしいと云った。しかし、彼女はそれを見たわけではなかった。

「君たちは、良助さんに呼ばれて、食堂へかけつけたんだね。その時、何か妙に思うことはなかったかね。良助さんは二階からおりようとしていたのか、それとも、下から二階へ上がって来たところだったのか……」

女中は、ハッとしたように、篠の顔を見たが、むろん、ほんとうのことは云わなかった。

「あたしたち、びっくりしてしまって、何を考えるひまもありませんでした。若旦那がどんなふうをなすっていたか、まるでおぼえてませんわ」

予期した通りであった。篠は今朝ちゃんと立ち聞きをしていたので、それ以上追及しないでもよかった。

しばらく、問答がとだえた時、又しても、車のきしるような、猿類の歌が聞こえて来た。老人は歌いながら廊下を向こうへ遠ざかって行くらしく、その声はだんだんかすかになり、やがて消えて行った。

「あの爺さんは、いつもあんな鼻歌を歌うのかね」

「ええ、しょっちゅうですわ。あたし、あれを聞くと、なんだかゾーッとします」

女中は、さも気味わるそうに、顔をしかめて見せた。

間もなく質問を打ち切って、篠は廊下に出た。廊下もホールも一帯に薄暗くて、家じゅうが墓場のように静まり返っていた。彼自身の靴の音が、高い天井にこだまして、異様に耳についた。彼はふと立ち止まった。なんだろう。何かある。彼は思わず片手で壁をおさえていた。

「ギャーッ」という恐ろしい叫び声が、すぐ近くからほとばしった。篠はいきなり走り出した。すると、向こうの曲がり角から、影のようなものが、こちらへ突き進んで来た。あぶなくぶっつかりそうになった。

篠はそのものを、抱きとめるようにした。猿田老人であった。息を切らして、からだじゅうがブルブル震えている。

「どうしたんだ。今、叫んだのは君か」

篠の腕に倒れこんでいた猿田は、立ち直って、頷《うなず》いて見せた。

「なぜ叫んだのだ。君は、何を見たんだ」

猿田はやっと口がきけた。

「あ、あいつです。あの化けものです。ソフトをかぶった、オーバーを着た、肩のこうなった……」

そして、彼は自分の右肩を、ひっつるように、ギューッとあげて見せた。あの、いやないやな恰好をして見せた。

「康造さんを撃ったやつか」

「そ、そうです」

猿田はそのまま壁にもたれたかと思うと、ズルズルと、そこにしゃがんでしまった。気が遠くなって行くように見えた。

篠警部は、老人をそのままにしておいて、飛鳥《ひちょう》のように走り出した。ホールから、ちょっと客間をのぞいたかと思うと、玄関に飛び出していた。誰もいない。表の大扉をあけると、立ち番の巡査を呼んだ。

「今、誰かここを出なかったか」

「いいえ、誰も出ません。一時間ほど、まったく出入りがありません」

篠はそれを半分も聞かないで、ホールへとって返し、階段を見上げ、エレベーターにかけつけた。エレベーターは一階に停止している。怪人の姿はどこにもない。地下室におりて、裏庭へのドアを見る。ちゃんと閂《かんぬき》がかかっている。それから地下室の階段を三段ずつ飛び上がって、エレベーターから、隣家へ飛び込むと、さっきの女中がまだうろうろしていたので、

「誰かエレベーターから、こっちへ来たものはないか」

と叱るように訊ねた。女中は目を丸くして「誰も」と答える。

あきらめて、元の康造老人の家の客間に戻ると、森川弁護士が、暗いスタンドの光の中で、アームチェアに腰かけたまま、ぼんやりしていた。その足元には、例の鞄が投げ出され、中のいろいろな書類が、床一面にちらばっている。

「君は見たのか」

「エ、何を?」

森川は、今目がさめたばかりという、ねぼけ声だ。

「怪人が現われたんだ。そして、これを」

床の書類を指さす。

森川は、やっとそれに気づいたように、のろのろと立ち上がって、床にうずくまると、ちらばった紙片を集めだした。篠もそれを手伝う。

「僕は何も知らなかった。君は見たのか」

紙片を鞄におさめると、森川がたずねた。

「僕じゃない。猿田が見たんだ。僕は君に注意しておくべきだった。手抜かりだった。別にけがはないだろうね。今度は君がやられたんじゃないかと、一時はゾッとしたよ」

「いや、僕は別状ない。疲れていたもんだから、ついウトウトやったんだよ。何か恐ろしい叫び声で、目をさました。それから人の走る音がした。鞄の中のものがちらばっているのは、君がはいって来てから気がついたんだよ」

「じゃ、あいつを見なかったんだね。君が目をさました時この部屋にはもう誰もいなかったんだね」

「誰もいない。そとの廊下に、人の走る音がしていたばかりだ。いったい、あれは誰の叫び声だったの」

「猿田だよ。君は猿田の姿も見なかったんだね」

「ウン、僕が目をひらいた時には、誰もいなかった。この部屋はまったくからっぽだった」

森川はその時になって、やっと気づいたように、鞄を引きよせて、中身をしらべはじめた。書類を一《ひ》と綴《つづ》りずつ繰《く》っていたが、そのうちにあわて出した。鞄をさかさまにして、中身をすっかり取り出し、丁寧に書類の仕分けをした。

「無いッ。健作さんの署名した、例の証書が紛失している。盗まれた。あいつが盗んで行ったんだな」

森川の狼狽に引きかえて、篠警部はおちついていた。

「むろん、そうだろうと思った。そのほかに、あいつの現われる意味がないからね。君は眠っていてよかったよ。そうでなかったら、ゆうべの猿田のような目に遭っていたかも知れない。いやそれよりも、もっと悪いことが起こったかも知れない」

そこへ、うすぐらい入口から、影のようなものが、フラフラとはいって来た。猫背の猿田老人だ。醜い顔が紙のように青ざめている。

「猿田さん、詳しく話して下さい。あんたは何を見たんだ。そして、あいつはどこへ逃げたんだ」

篠の叱りつけるような声に、椅子の背によりかかって、やっと立っていた猿田老人は、ヨロヨロと二、三歩前に進んで来た。糸の切れた操《あやつ》り人形のような恰好であった。

彼はそこの椅子にクナクナと倒れ込んで、白い目で篠警部を見上げると、色のない唇を、ベロッと舐《な》めて、何か喋り出した。

幕間《まくあい》の挨拶

作者はむろん、この物語の結末を知っている。知った上で筆を執《と》っているのだから、真犯人が何者であるかも、よくわかっている。わかっていながら、それを書かない。ただ、事件の進行のあとを、そのまま記して行くという、日記風の記述法を採るのである。

今のところ、作中人物は誰も犯人を推察し得ないでいる。真犯人自身のほかには、完全に秘密が保たれている。名探偵篠警部すら、相当の深さまで事件の真相に迫ってはいるが、真犯人を確信するには至っていない。

真犯人はまだ安心している。探偵をあざむき得たと思って、ほくそ笑んでいる。しかし、第一の殺人は見事にやってのけたが、つづいて第二の殺人の必要に迫られた。一回目と違って、今度は名探偵の目の前で、それを実行しなければならない。篠警部をはじめ多くの刑事たちが、三角館の内外を監視している。その監視のまっ唯中で、全く手掛かりを残さない殺人を実演しなければならないのである。ほとんど不可能と云ってもよい難事業である。

犯人はこの難問題を、一方では大いに楽しんでいた。衆人監視の中で、一つの不可能を為《な》しとげて見せるという自負に興奮していた。しかし、一方では、徐々に迫って来る焦慮《しょうりょ》をどうすることも出来なかった。名探偵篠警部は何事かをすでに察しはじめたのではないか。犯人の身辺にはたえず名探偵の異様に鋭い二つの目があった。二つの目が、光の中でも、闇の中でも、彼をジロジロと見つめていた。彼はその焦慮と恐怖の中に、第二の殺人を、第二の不可能事を為しとげなければならないという、死にもの狂いの難関に追いつめられていたのである。

第二の殺人手段も、一見みごとであった。外見だけで云えば、第一の殺人よりも一層不可能な事柄が為しとげられた。エレベーター内の「密室殺人」という奇怪事が為しとげられた。しかし、その手法は、あとになって考えて見ると、第一の殺人に比べて、遙かに劣っていた。奇術の独創性が不足していた。

これから、その第二の殺人に入るのだが、それを記し終わった頃に、作者は読者諸君に挑戦するつもりである。その頃には、名探偵篠警部は、既に真犯人、犯罪の動機、犯罪の手段などを、ほとんど察知している。そして、その判断の材料となったものは、すべて読者の知っている事ばかりなのである。その時に、作者は名探偵と読者との智恵比べを提案する。

さて、この殺人事件の犯人は、蛭峰家内部のものと推定された。篠警部がそう考えているばかりでなく、作者もそれを、ここに断言しておく。又、両蛭峰家には二人ずつ女中がいるが、これは嫌疑のそとに置いてよい。篠警部はまだ必ずしも、この四人の女中を除外して考えているわけではないが、読者の判断の混乱を防ぐために、作者の言葉として、女中たちは無関係であることをあらかじめお知らせしておく。

するとして残るところは、第一の被害者の康造老人を除いた八人の中に（その内の一人は第二の殺人の犠牲者となるのだが）真犯人が隠れているわけである。康造老人の死によって、全財産が健作老人の方にころがりこんで来るのだから、この方の四人、すなわち健作、健一、丈二、穴山弓子には何《いず》れも動機がある。健作老人は重態の病人とは云え、犯罪の夜、隣家の廊下をさまよっていたという、ふしぎな事実があり、嫌疑のそとに置くことは出来ない。穴山弓子は殺人による直接の利益はないけれども、健一、丈二の両人をわが子のように熱愛しているのだから、これも除外できない。

被害者康造老人の側の人々は、老人の死によって全財産を失うのだから、表面上なんらの動機がないけれども、良助は養子、桂子は養女で、老人とは直接に血のつながりがなく、殊に良助は非常識な感情家で、老人とは必ずしも仲がよくなかった。財産問題とは別の動機でもあれば、何をやるか知れたものではない。鳩野芳夫は桂子の夫であり、老人にもたよりにされていたのだし、一見何の動機もないが、血つづきから云えば、両家の誰よりも薄く、まったくの他人であるという点に、一抹の疑念が残る。猿田執事も他人には相違ないけれども、この異常な老人は、むろん度外視することが出来ない。何か秘密を持っている。絶えずオドオドしている。なんとなくまがまがしい怪人物である。

唯一の目撃者

さて、お話は前章のおわりにつづく。

篠警部の鋭い詰問にあった猿田老人は、色を失って唇をベロッと舐めて、うやうやしく答えた。

「ハイ、それはもう間違いありません。あいつは、ホラ、そこの入口の近くに、向こうを向いて立っていました。この前とそっくりの姿です。ソフトを深くかぶって、オーバーの襟を立て、そして、右の肩をキューッと上げた、いやな恰好をして……」

老人は自分の右肩を思いきり上げて、その方へ首をかしげ、片輪者のまねをして見せた。猿のような醜い顔に小さな目が異様に光っている。

「てまえは、あいつをよくおぼえております。一《ひ》と目《め》見たら忘れっこありません。あいつでした。たしかにあいつでした」

「で、あいつは、その時、何をしていたんだね」

「わかりません。ただ立っていたように思います。てまえは、何を考えるまもなく、逃げ出しました」

その時、廊下にドヤドヤと足音がして、この家の三人の家族がはいって来た。良助と、鳩野芳夫と、桂子である。桂子は芳夫の腕にすがって、恐怖におののいていた。

「何かあったのですか。さっき妙な叫び声がしたようですが」

先頭に立った良助が、なじるように目を光らせた。

「健作さんが捺印された例の証書を盗まれたのです。お父さんを射《う》ったあの怪物が、また現われたのです」

篠警部が手短かに事の次第を語った。

「フン、また片輪者か。あいつは僕たちの親爺を殺した。それだけでは満足しないで、今度は、隣の伯父さんの好意を、反古《ほご》にしようとしている。せっかく作って下さった証書を盗んで行った。あくまで僕らを乞食の境涯におとしいれようというんだな。恐ろしい執念だ。だが僕にはわからない。僕も桂子も、そんなひどい恨みを受ける覚えがない。芳夫君、君だってそうだろう」

「僕にもむろん、そういう心当たりはないね」

「警部さん、これはいったいどうしたことです。えたいの知れない片輪者を、いつまでのさばらせておくのです。警察はいったい何をしているんです」

良助はまっ赤になって、なじった。しかし、篠警部はその相手にならず、鳩野芳夫の方を向いてたずねる。

「猿田君の叫び声を聞いた時、あなた方はどこにいられたのですか」

「僕は下に用事があったので、三階の自分の部屋から二階へおりたところでした。あの叫び声を聞いて、立ちどまっていると、良助君が二階の部屋から出て来ました。二人で今のは何だろうと話しあっていると、桂子も三階から降りて来たのです。そこで三人がいっしょになって、階段をおりここへやって来たわけです」

「フン、すると、オーバーの男は、こちらの階段から逃げたのではないですね。もし階段をあがれば、あなた方に出会うはずだからね」

「そうです。僕は怪しいやつは見ませんでした。あの声が聞こえた時、ちょうど二階の階段の上にいたのですから、間違いありません。そいつは玄関から出て行ったのではありませんか」

「いや、玄関のそとの立ち番の巡査は、誰も出なかったと云っています。地下室から裏庭への出口も、中から閂《かんぬき》がかかっていました。窓も大丈夫です。表の道路に面した方には、鉄格子がはめてあるし、裏庭に面した方も、さっき調べて見ましたが、異状ありません。みな中から締りがしてあるのです」

「すると、エレベーターか、玄関の土間を通って、隣へ逃げたとしか考えられませんね」

「それも、調べました。エレベーターを通りぬけて、隣の女中に聞いたのですが、誰もエレベーターからはいって来たものはないという返事でした。しかし、玄関の方はわかりません。女中がいた場所からは、玄関までは見えなかったはずです……もう一度隣を調べて見ましょう」

篠警部は先に立って客間を出ると、エレベーターを通路として、隣の健作老人の住居へはいって行った。一同もそれにつづく。そして、ホールを階段の方へ進むと、階段をおりて来る健一の姿が見えた。

「おやおや、この夜更けに、お揃いで、まだご勉強ですか」

健一は階段の途中から一同を見おろし、例の薄い唇をまげて、シニカルな笑いを浮かべた。

「いや、今度は僕の番でしたよ。ひどい目にあいました」森川弁護士が答える。「健一さん、さっきお父さんの捺印された証書を盗まれたのです。犯人は例のオーバーとソフトの怪人物ですよ」

健一はそれを聞くと、一瞬固い表情になったが、たちまち元の嘲《あざけ》り顔にかえった。

「それは、いつ、どこで？」

森川が手短かに事の次第を語った。そして、じっと相手の顔を見つめながら、

「ところで、あなたは、さっき僕たちが、あちらへ行ってから、どこにおられたのですか」

と訊ねたが、健一は眉一つ動かさず、相変わらず唇を嘲笑的に曲げながら、答える。

「二階の図書室で本を読んでいましたよ。僕の所在が、何かこの事件と関係でもあるのですか」

「犯人はエレベーターか、玄関から、こちらへ逃げこんだらしいのです。そして、二階へ上がったかも知れません。足音か何か、怪しい気配《けはい》はしませんでしたか」

「いや、いっこうに。本に夢中になっていたせいか、何も気づかなかったですね」

森川は話しながら、階段の中途までのぼって、健一と並んで立っていた。

「僕はお父さんに証書が盗まれたことをお知らせしなければなりません。お父さんはもうおやすみですか」

「むろん寝ています。あすにして下さい。この夜更けに病人を起こすのは可哀そうですよ」

「しかし、重大なことだから、ちょっとお耳に入れるだけ入れておきたいのですが……」

「何も一日を争うことはないでしょう。あすにして下さいあすに」

すると、その時、深夜の声高な会話が耳に入ったのか、三階の階段の上から、健作老人の声が響いて来た。

「なんだ、何事が起こったのだ」

姿は見えないけれども、階段の空洞《くうどう》は一階から三階まで突きぬけているので、声は間近に聞こえる。病老人はまだおきていて、下の話し声に不審を抱き、三階の廊下まで出て来たのであろう。

健一はギョッとしたように、声する方を見上げた。非常な表情の変わり方であった。しかしたちまち元にもどって、

「ああ、父は起きているようです。それなら差し支えありません。どうかおあがり下さい」

と、さりげなく云う。

森川弁護士が、それではと、急いで階段をのぼって行くと、健一は「皆さん、よろしかったら下の客間で待つことにしましょう」と、階段を降り、一同を客間に案内した。

「お父さんは、よほどご気分がいいようですね。廊下まで出て来られるほどですから」

篠警部が健一に話しかけた。

「動いちゃいけないんですがね。父はどこか芯に強いところがあるのですよ。それに、財産をあちらの遺族に分けてやることにきめたので、安心したのでしょうね。ずっと持ちなおしたようです」

しかし健一はそれを喜んでいる表情ではなかった。彼の顔には一ときわ皮肉な嘲笑が浮かんでいた。

「今日午後には、車椅子の実験をやったほどです。父の希望で、病人用の車椅子を注文してあったのが、出来上がって来たので、車椅子のままエレベーターに乗る実験をやったのです。父が自分でボタンをおすと、車椅子に乗ったまま、二階へでも、一階へでも降りられるのですよ」

良助と鳩野夫妻とは、思い思いの椅子に腰かけて、黙りこんでいた。財産折半の証書が盗まれたことは、良助と桂子に大きな打撃を与えたように見えた。もう一度同じ証書が作られ、それに捺印されるまでは、少しも安心できないという焦燥感が、彼らの眉宇《びう》にありありと現れていた。森川弁護士の降りて来るのが待ち遠しいのである。

そこへ穴山弓子の黒縮緬の羽織を着た和服姿がはいって来た。彼女も階下のざわめきに気づいて、降りて来たのであろう。そして、鳩野芳夫のそばに立って、しばらく話し合っていたが、やがて、篠警部に近より、例の能面のような無表情な顔で話しかけた。

「今、芳夫さんから聞きましたが、また怪しいオーバーの男が現われたのですってね。まるで私たちを馬鹿にした仕打ちじゃありませんか。警察では犯人の目星がつかないのですか。第一、あなた方は、あのオーバーとソフトのお化けのような男を、実在の人間と信じていらっしゃるのですか」

弓子は、唇さえほとんど動かさない無表情な話し方で、しかし、辛辣《しんらつ》なことを云った。

「むろん実在の人間ですよ。猿田老人を殴ったことも、ピストルを打ったことも、間違いありませんし、裏庭にはハッキリ足跡が残っていました。今夜も猿田君が同じ姿を見ているのです」

篠は心にもないことを云った。彼は自分の信念とは逆に両家の人々に、彼が犯人外部説を信じているように見せかけておきたかったのであろう。庭の足跡がにせものだということも、篠の部下と、森川のほかには、まだ誰にも知らせなかった。

「でも、なんだかおかしいですわ。わたしには信じられません」

「何がです」

「オーバーの男とソフトの男がです。警部さん、あなたはお気づきにならないのですか。オーバーの男を見たのは、いつも猿田ばかりで、ほかには誰も見ていないということを……鳩野さんはカーテンの間からさし向けられたピストルを見ただけです。今夜にしても、森川さんは、あいつの姿をごらんになったわけではありません。いつも猿田です。猿田ばかりです」

この無表情な老婦人は、なかなか雄弁であった。他の男たちよりも、かえって理智的でさえあった。

「それは僕も知っています。そういうことも考慮に入れた上で、捜査を進めているのです。なにしろ、敵は怖ろしく悪智恵のある狡猾《こうかつ》なやつですからね。こちらもそれと同じ智恵を働かさなければなりません」

弓子はこの答えに満足したかどうかわからない。しかし一応納得した体《てい》で、うなずきながら引きさがった。

惨劇の前夜

そこへ、健作老人との会見をすませた森川弁護士が帰って来た。篠警部は客間の入口に現われた森川の姿を見ると何かあわただしく、そのそばへ近づいて行った。

「もう一度証書を作ることになったのか」

囁き声で訊ねる。

「ウン、大急ぎで作ってくれというんだ。あの証書の副本が僕の事務所に置いてあるから、これからそれを取りに行こうと思うのだよ」

「もっと低い声で……皆に聞かせたくないんだ。森川君、証書に捺印させてはいけない。僕は君が三階に行ってから考えて見たんだが、少なくとももう二、三日延ばす方がいい。今捺印させてはいけないわけがあるんだ」

篠の顔には恐ろしいほどの決意の色が浮かんでいた。

「しかし、老人はどうしても今夜のうちに判を捺すといっているぜ。僕もそれを承知して来たばかりだ」

「それじゃ、僕が行く。どうしても思いとどまらせなければいけない。君も一緒に来たまえ」

篠は森川の手を引くようにして、エレベーターに急いだ。

「どうして捺印させてはいけないのだ」

「あぶないからだ。犯人は命がけで、証書を盗もうとしている。つまり、財産を折半させまいとしている。今度捺印したら、どんなことが起こるかわからない。ひょっとしたら人命にかかわるほどの危険がある」

二人はエレベーターに入って、三階へのボタンをおした。

「そんなにいうなら、僕も留める方に廻るが、それにしても、君にはその危険なやつが誰だかわかっているのかい」

「わかりかけているんだ。しかし、まだ推量にすぎない。確証を握っていないのだ。もうしばらくそれは聞かないでくれたまえ」

「さっき、君は穴山弓子と何を話していたんだい。ひどく真剣に話していたが」

「それはね、あの婆さんに、というよりも、客間にいる全部の人たちに、僕がオーバーの怪人が外部から侵入したと信じているように見せかけるためさ。むろん、先生たちだって、犯人が外部のものだとは思っていない。お互いに疑い合っている。しかし、僕や僕の部下たちは、まだそこまで気づかないで、しきりに外部の捜索をやっている、と思いこませ、当の犯人を安心させておきたいのさ」

エレベーターを出て、健作老人のドアをノックすると、「おはいり」という答えがあった。

「篠警部が至急お話ししたいことがあるというものですから」

部屋にはいると、森川が再度の訪問を詫びるように云った。

「おお、警部さんですか。おそくまでご苦労です。どうかおかけ下さい」

健作老人は、例の安楽椅子に身を沈めたまま、目で椅子を指した。

「ご気分がいいようで、結構です」

「ハハハ、この分では、どうやら、もう少し生きられそうですよ」

老人の笑い声を聞くのはこれが最初であった。篠は挨拶を打ち切って、直ちに用件に入る。

「これからお願いする事には、私としては充分の理由があるのです。しかし、今はその理由を申し上げることが出来ません。理由を聞かないで、ご承諾願いたいのです」

「なんだか妙なお話ですね。いったい、それは何ですか」

「森川君の話では、例の証書の副本を取りよせて、今夜にも判を捺そうとおっしゃったそうですが、それをやめていただきたいのです。今もいったように、理由を申し上げることはできませんが、これには重大なわけがあるのです」

「フーン、重大なわけが？　わたしには、ちょっと呑《の》みこめんが……」

「やめるといっても、永久にやめるのではありません。ここ二、三日のあいだ、捺印を延期して下さればいいのです。ほんの二、三日です」

「ホウ、二、三日ね。それなら、まあ構わんようなものです。医者はここ半月ぐらいは大丈夫発作が起こらないだろうと、太鼓判を捺してくれましたからね。しかし、それにしても……」

「私をお信じ下さい。私は今夜は充分眠らなければなりません。その上で、ゆっくり考えなければならないのです。もし、今夜、証書に捺印されるようなことになると、私は眠ることをあきらめなければなりません。おわかりですか。私を信じて下さいますか」

篠警部の熱意は老人にも通じたように見えた。

「信じましょう。理由はわからんが、わしは、あんたの智恵と経験を信じましょう。森川さん、副本はしばらく、君の事務所に保管しておいて下さい。今夜お持ち下さるには及びません。ではどうかお引きとり下さい。そして、ゆっくりおやすみ下さい」

二人は挨拶をして老人の部屋を出ると、再びエレベーターにはいった。

「これでいい。もし老人が承知しなかったら、僕は部下と一緒に、今夜はこの家で夜明かしするつもりだったよ」

「老人はなかなか話がわかるね。あんなにイライラしていたのが、すっかりおちついている。あの部屋に車椅子が置いてあったね。老人はあれに乗って、家の中を歩きまわる気なんだぜ」

エレベーターを出て、一階の客間にはいると、そこには良助と鳩野夫妻と、それから健一の姿はなくて、代わりに丈二がやって来ていた。

「今夜は、これで引き上げます。皆さんもおやすみ下さい」

篠はそこの椅子においてあった、外套と帽子を取り上げた。

「三階の伯父にお会いになったのですね。今ごろ、いったいなんのお話があったのです」

良助が例の無遠慮な訊ね方をした。篠はちょっとためらっていたが、何か決心した様子で、あからさまに答えた。

「実は、例の証書を作りなおして判を捺すことを、中止されたんですよ。しばらく考えて見るとおっしゃってね……では、おやすみなさい」

云いのこして、篠警部はサッサと部屋を出て行った。そして玄関のドアがバタンとしまる音が聞こえて来た。

「そんなばかなことが、森川さん、それはほんとうですか。伯父はそんなことを云ったのですか」

良助はやっきとなって、森川につめよった。財産折半がおじゃんになるのではないかという、浅ましい我慾《がよく》が、まざまざと額《ひたい》に現われていた。

「ほんとうです。ご老人はしばらく、僕に証書を作製することを見あわせるように、おっしゃったのですよ」

良助のぶしつけに対する一種の反感から、森川は事実を柔らげて伝えることをしなかった。

「信じられない。伯父さんが自発的にそんなことを云うはずがない。あんた方が何か入れ智恵したんでしょう。僕は伯父さんに会って、たしかめて来る」

良助はいきなり部屋の外へ駈け出して行った。これを見た丈二の顔に、忽《たちま》ち異様な反応が現われた。彼は良助の意図を察して、彼が父に会うことをさまたげるために、急いで廊下に走り出したが、もう間に合わなかった。

「オイ、良助君、君は病気のお父さんを脅迫する気か。オイ、行くのはよせ。僕が承知しない。お父さんをいじめることは、僕が許さないぞ」

丈二は良助のあとを追って、階段をかけ上がりながら、叫んだ。彼の美しい顔は、我慾にゆがんでゾッとするような醜い表情になっていた。森川弁護士は両家の家族のあいだにわだかまっていた、無言の敵意の烈しさを、この時はじめて理解することが出来た。財産折半を望むものと、それを惜しむものとの、物慾の正面衝突である。鳩野芳夫はこの有様を、あっけにとられたように眺めていたが、放ってはおけないと考えたのか、

「森川さん、僕たちも行って見ましょう。醜い争いを防がなければなりません。あの二人は何を仕でかすかわかりませんよ」

と、弁護士を促した。

二人が三階の健作老人の部屋に駈けつけて見ると、早くも気づいて先廻りをした健一が、良助を喰いとめているところであった。健一は戸口の良助と安楽椅子の老人との間に立ちふさがって、例の冷やかな顔で、良助を威圧していた。そのそばに、加勢するようにして、丈二も突っ立っている、

「君、出て行きたまえ。今夜は何を云ったって駄目だ。さア、出て行きたまえ」

健一の声は気味わるいほど冷静であった。その氷のような冷たさが良助をやっと黙らせていた。

「いや、出て行くには及ばない」安楽椅子の老人の重々しい声が響いた。

「わしは証書に捺印することを見あわせた。良助にはこの説明を聞く権利がある」健一は父の命令に、溜息を漏らしながら、しぶしぶ身をよけた。そのすきに、良助は老人の方に進みよる。

「それじゃ、伯父さんは、ほんとうに、中止すると云ったのですか。僕はまさか伯父さんが、そんなことを云おうとは思わなかった」

「オイ、良助君、お父さんは、中止する決心をしたんだ。なぜそれがいけないのだ」丈二が居丈高《いたけだか》になって、つめよった。

「良助、延ばしたんだ。ただ延ばしたばかりだ」

老人は力ない声で、なだめるように呟く。

「延ばしたんですって？　どこに延ばす必要があるんです。なぜ延ばさなければならないのです」良助は夢中になってがなり立てる。「僕は今まで、伯父さんを信頼していました。公平な正しい方だと信じていました。僕の父よりも、あなたの方が偉いと思っているくらいです。それに、それに……」

「良助、これにはやむを得ない事情があるんだ。わしは最も正しい道をとったつもりでいるのだ」

老人はそれ以上云うことが出来なかった。彼自身もほんとうの理由を知らなかったのだ。良助はツカツカと、老人の間近に迫った。

「伯父さん、あなたは偽善者だったのですか。財産が惜しくなったのですか」

「いや、お前がなんと云っても、わしの決心は変わらない。決して財産を分けぬとは云わぬ。ただ延ばすのだ。それだけのことだ」

良助はもう老人の言葉など、耳に入らぬ様子であった。

「わかってますよ。みんな計画的だったんだ。はじめからそうなんだ。あの証書を泥棒が盗んでくれたので、伯父さんはさぞ安心したことでしょうね。いや、その前に、あなたが財産折半を云い出したのも、ただ体面のためにすぎなかったんだ。もっと深いわけがあったのかも知れない。あなたは、僕の父が殺されたことについて、何かやましい感じをもっていたのだ。それをごまかすために、さも公平らしいことを云い出したんだ」

老人の額に静脈がふくれ上がった。怒りをおし殺しているのだ。目がギラギラ光り出した。

「お父さん、良助君のいうことなんか気になさる必要はありません。あなたが正しいのですよ」

丈二は父の決心を誤解して、云いつのる。

「大体あんな証書に判を捺すなんて、ばかばかしいことです。全財産がお父さんのものです。誰に遠慮することもない当然の権利です。それに、健一兄さんや僕にしても……」

老人はその言葉を皆まで聞かず、怒りにふるえる声で反問した。

「すると、健一も丈二も、お前たちのいとこが一文なしになるのを望んでいるというわけだね。財産をお前たち二人だけのものにしておきたいのだね」

丈二は父の怒りに気づかなかった。

「そうです。それが先祖の命令です。お父さんは少しもやましいことなんかありませんよ」

老人は丈二の言葉を黙殺して、健一に向かい、「健一、お前も同じ考えか」と強くたずねる。

「まったく同じとは云えませんが、しかし、この問題は、やはりもっとよくお考えになる方がいいと思います。一時の感情に支配されてはいけません。公平とか寛大とかいう美名に動かされるのは、決してかしこいやり方ではありません」

「つまり、お前も財産折半には不賛成というわけかね」

「必ずしもそうではないのですが……」

「黙りなさい」老人の癇癪がついに爆発した。「もうよろしい。もうたくさんだ。お前たちは揃いも揃って、なんという情けないやつだ。わしはちゃんと考えがあってやっている事だ。それを、良助は嘘つきの偽善者のと毒づくし、わしの息子たちはまた、まるで守銭奴のような不人情をさらけ出す。お話にならない……森川さん」

老人の激怒に三人とも静まりかえってしまって、誰も口出しをするものはなかった。

「森川さん。篠警部には、あんたからよろしくお詫びして下さい。わしはもう、こんな状態には堪えられん。わしはわしのやり方で進むほかはありません。もう誰がなんと云っても、わしの決心は変わらんのです。捺印します。証書の副本を今すぐ持って来て下さい。お前たちがいろいろ云ったために気が変わったのではない。誰のためでもなく、ただわしが判を捺したいから捺すのだ。さア、森川さん、ご苦労だが、副本を取って来て下さい。今すぐ取って来て下さい」

もう、いくらなだめても無駄であった。健一や丈二すら目を伏せて黙りこんでいた。森川弁護士は、この病人の依頼者の激情に抗する道を知らなかった。彼はよろよろと立ち上がって、老人にいとまを告げた。

かくして、事態は篠警部のまったく予期しない方向に、急角度を描いて進展して行った。森川弁護士は老人の命令を無視することは出来なかったが、無条件にこれに従ったわけではない。事の急を篠警部に連絡するために、一応の努力は払ったのである。しかし、そこにもまた、予期せざる障害があった。すべての事情が、わるい方へとよじれて行った。そして、その深夜、正しくは翌早朝、ついに第二の惨劇が突発したのである。

名探偵の焦慮

弁護士事務所は呉服橋《ごふくばし》の東亜ビルの三階にあった。森川はタクシーを拾って、そこに着くと、ビルの裏口のベルをおして、宿直の小使《こづかい》を起こし、合鍵で三階の事務所のドアをひらいて、電燈のスイッチをおした。事務所の奥に金庫が黒く光っている。問題の証書の副本はその中に納めてあるのだ。

しかし、森川は、すぐには金庫をひらかなかった。その前に、デスクの上の電話の受話器をとった。篠警部の自宅は遠いけれども、警視庁の自動車で帰ったのだから、今頃は、むろん家に着いている。もう寝てしまったかも知れない。森川は何度もダイヤルを廻したが、篠の宅の電話にうまくつながらない。夜更けだから、線がふさがっているはずはない。交換機の故障であろう。しばらく待って又やって見たが、やっぱり駄目だ。森川はイライラして、はげしく舌打ちをした。

いっそ、車をとばして、篠の家に駈けつけようかと思った。あれほど云っていたのだから、彼に無断で再捺印させるわけにはいかない。だが、その前に金庫をひらこう。それから、もう一度電話をためして見るのだ。

森川は金庫の前に立って、文字合わせのダイヤルを廻し、鍵をひねった。そして、重い鉄扉のハンドルに手をかけた時、ゾクッと背中が寒くなった。あのいやらしい不具者の怪人が、この金庫にも、既に手をつけているのではないかと、ふと感じたからである。

彼はグーッと頸を廻して、室内を眺めた。主のない幾つかのデスクと椅子が、冷たい電燈に光っているばかりだ。しかし、安心ができない。彼はわざわざ立って行って、電燈の蔭になった隅々をのぞいて見た。あの右肩のあがったやつが、どこかに身をひそめているのではないかと、こわごわ覗き廻った。しかし、誰もいない。すべての道具類が凍ったように冷たく、息をひそめている。彼は最後に入口のドアのところに行って、鍵穴に鍵を入れて、内側からカチンと締りをした。暗い廊下に、怪人が隠れているかも知れないという、妙な恐怖に襲われたからである。

彼は、それから、金庫の前に戻って、おずおず扉をひらいた。白い桐のひきだしが並んでいる。その一つを、スーッと引っぱると、書類の一ばん上に、問題の副本が、無事にのっていた。バカバカしい不安を感じたのが、おかしくなって来た。彼はその副本に一《ひ》と通《とお》り目を通して、丁寧に手提鞄の中に入れて、ピチンと金具をかけた。そして、この鞄は二度と身辺から離すことはできないと、心に誓った。

鞄を小脇に抱えたまま、受話器をとって、ダイヤルを廻した。今度はうまく接続した。女中が出たので、こちらの名を告げると、少し手間取って、篠のねむそうな声がした。

「今頃どうしたんだ。何か起こったのか」

「もう寝ていたんだね。起こしてすまなかったが、老人がどうしても証書に印を捺すというのだ」

「あれほど延期すると約束したのに、どうしたんだ。何かあったんだね」

「そうだよ。君が帰ってから、まずいことになったんだ……」

森川はそこで、老人が癇癪をおこした事情を説明した。

「そいつは困ったな」篠の声はそこで途切れて、ちょっと考えてから、

「君、構わないから、うちへ帰って寝てしまいたまえ。明日になって、なんとかごまか

せばいいよ。どうしても今夜は延ばしたいんだ」

「そんな乱暴なことはできない。僕の職業上できないんだよ。もし今夜にでも、老人の心臓の発作が起こって万一のことがあったらどうする。老人の遺志が実現しないばかりか、無一文になる一方の遺族に対しても、僕としては非常に申し訳ないことになる。やはり、依頼者の意志を尊重しなければならないよ」

「ウン、それもそうだな。仕方がない、それじゃ、今夜は寝ないことにして、僕も今から、そちらへ行こう。遠方だから、少しおくれるかも知れないが、僕が行くまで、老人に判を捺させないで、待っているんだよ。これだけは間違いのないようにしてくれたまえ。そうでないと……いや、ひょっとしたら……オイ、森川君、すぐ老人の所へ行ってくれたまえ。僕も大いそぎで駈けつける。もう手おくれかも知れないが、ともかく急ぐんだ。君が戻るまでに、何か起こっていなければいいが……もし、何も起こっていなくても、僕が行くまでに、君の目の前で、それが起こるかも知れない。君には、それが防げないかも知れない」

篠の声は一語一語と、いらだたしくなって行った。

「何が起こるというんだ。君にはそれがわかっているのか。僕にだって防げるよ。防ぎ方を教えてくれたまえ」

「何が起こるか、僕にもわからない。だから恐ろしいのだ。相手は半分やけくそになっているんだからね。大胆不敵なことをやるかも知れない。だが、相手は非常な智恵者だ。その方法なんかとても想像できるものじゃない。君自身だって油断は禁物だよ。充分用心してくれたまえ。先方に着いたら、どんな些細なことでも、ぬかりなく気をくばるんだよ。そして、僕が行くまで待っているんだ。いいか、わかったね」

電話が切れると、森川弁護士は、年甲斐《としがい》もなく、ゾーッとおじけづいて、思わずあたりを見まわした。猿田老人がまねて見せた、ぶきみな片輪者の姿が、目の底から離れないのだ。

物に動じない篠警部が、あれほどあわてているんだからこれはただ事ではない。非常に危険が切迫しているのにちがいない。相手はあの片輪者だ、いや、片輪者に変装した両蛭峰家の家族のうちの誰かだ。今日、森川が居眠りをしているすきに、証書を盗み出したのも、そいつだった。よく知っている誰かが、ソフトとオーバーの片輪者に化けていたのだ。居眠りをしていたからよかった。もし起きていたら、猿田のように、殴り倒されたかも知れない。いや、殺されたかも知れないのだ。

森川は、それを思うと、頭からスーッと血が引いて行くのを感じた。

「あのぶきみなやつは、おれを三角館へ行かせまいとして廊下のくらやみに、待ちぶせしているかも知れないぞ」と考えると、ドアをひらくのに、非常な勇気を要した。しかし、廊下には誰もいなかった。待たせておいたタクシーの運転手も、怪人物の変装ではなかった。間もなく車は、無事に三角館の玄関に着いた。もう夜の十二時をすぎていた。

エレベーター

三角館の大扉をひらいて、両家共通の土間にはいると、右側のドアのガラスに、健一の長い影が写っていた。森川弁護士の戻るのを待ち構えていた様子である。

森川はドアをひらいて、帽子と外套をぬぎながら、会釈して、

「お父さんの気持は変わりませんか。やっぱり今夜判を捺すといっていられますか」

とたずねた。

「変わりません」

健一はぶっきらぼうに答える。顔色も、声の調子もまったく無表情であった。

「僕は何も今夜に限ったことではないと思うのですが、お父さんは云い出したら、お聞きになりませんからね。私の力にも及ばないのです」

森川が弁解がましく云うのを、健一はまるで人ごとのように、

「誰の力にも及びません。ああ云いだしたら、もう仕方がありませんよ」

と、平然として云った。さきほどの口論の主とは思えない冷やかさである。

そこへ、客間のドアから、弟の丈二が出て来た。美男の丈二は、兄ほど冷静ではない。何か怒りっぽく、神経的な様子で、目がギラギラと光っていた。

「証書の副本をお持ちになったのですか。なんとかできないもんですかねえ。しまい場所を忘れて、探せなかったとかなんとか、とにかく、この夜更けに、判を捺すなんて気ちがい沙汰ですよ」

「しかし、嘘を云うわけにもいきませんよ。お父さんは正常な精神力を持っておられるのですから、弁護士として、そのお指図に従わないわけにはいきません」

「そうですか。あなたがそういうお考えなれば、仕方がありませんね」

丈二はいやみらしく云って、プイとどこかへ立ち去ってしまった。

健一はそれに構わず、森川に話しかけた。

「父はあなたが戻られたら、すぐ知らせるように云ってました。父はひどくうたぐり深くなって、誰かがあなたに会わせることを妨げやしないかと心配しているのです。それで、さっきエレベーターを三階に上げたまま、降りないようにしてしまいました。

隣の連中や僕たちが、父の所へ何か云いに行くのをおそれているんです。そして、あなたが来られたら、屋内電話で、父の部屋に知らせてくれというのです。父のそばには伯母がついていますから、車椅子に乗ったまま、エレベーターに入れてもらい、父の方から下に降りて、この客間へ隣の連中を集め、その前であなたに会うというのです。隣の連中も、あなたが来られたら、客間へ集まるように、前もって云いつけられているのですよ」

健一はそう云って、客間にはいり、そこのテーブルの上の屋内電話をかけようとしたが、森川弁護士は、あわててそれをとめた。

「待ってください。今じきに篠警部も、ここへやってくるのです。警部が来るまで待ちましょう。僕が行くまで、証書に判を捺さぬようにと、かたくとめられているのです」

それを聞いて、健一は受話器を元に戻したが、ちょうどその時、電話のベルが、けたたましく鳴り響いた。健一は改めて受話器をとって耳に当てた。

「ええ、今こられたところです……森川さん、父からです。あなたに出ていただきたいと云っています」

森川は健一の手から受話器を受け取った。

「わたし、森川です。副本は持って来ました。しかし、もうちょっとお待ち下さい。篠警部が、じきに来ますから、それまで待っていただきたいのです」

「わかりました。それでは、健一に、良助や桂子をその客間へ集めるように云って下さい。わしもエレベーターで降りて、客間で待つことにしましょう」

「そうですか。では、健一さんに、そうお伝えします」

森川は老人が客間に降りて篠警部を待つことは、別に差し支えないと思って、そこで電話を切ったのだが、あとから思えば、やはり用心が足りなかった。強いても、下に降りて来ることをとめて、こちらから、三階の老人の部屋へ行くことにすれば、あの惨事は起こらなかったのである。車椅子が新調されたことがいけなかった。悪魔はその虚《きょ》をついたのである。

森川が受話器を置いた時、客間にはいって来たものがある。隣の鳩野芳夫であった。

「ああ、芳夫君、いま呼びに行こうと思っていたところだ。森川さんが証書の副本を持って来られたので、親父はここへ降りて来るんだよ」

「そう。それはちょうどよかった」

芳夫は森川に近づいて、挨拶した。森川はそれに答えてから、

「ご老人は、良助さんと桂子さんを、ここへ呼ぶようにおっしゃっていましたが」

と告げると、芳夫は「それじゃ僕が呼んで来ましょう」と立ち去りそうにしたが、健一はなぜかそれをおしとどめて「いや、僕が呼んで来る。親父は僕に云いつけたんだからね。すぐ戻って来ますよ」

といいのこし、そそくさと部屋を出て行った。エレベーターは三階に引き上げてあるので、一階の扉はひらかない。玄関を廻って隣へ行ったのであろう。

客間に残された二人は、しばらく、さしさわりのない世間話をしていたが、すると、その時、玄関のベルがけたたましく鳴りひびいた。森川が出て見ると、思った通り、篠警部が駈けつけたのだった。

「またやって来ましたよ。ここのご老人の一徹《いってつ》が、私を今夜は睡《ねむ》らせないというわけです。もう十二時を、とっくにすぎています」

篠は客間にはいると、笑いながら、鳩野芳夫に挨拶した。

「森川君、どうもお待ちどおさま。では、ご老人の部屋へ行こうか」

「ところが、行けないんだよ。例の車椅子をエレベーターの中へ入れて、老人自身で、ここへ降りて来るというんだ。そして、隣の人たちを立ちあわせて、その前で判を捺すことになっている。いま健一さんが、隣の良助さんと桂子さんを呼びに行っているんだよ」

「フーン、妙な事を考えたもんだな。車椅子が物珍しいのかな。自分でエレベーターのボタンを押して、降りて来たということを、みんなに見せたいのかな」

篠警部はそう云って、何か、不安らしく眉をしかめた。そして、鳩野芳夫の顔を見て、

「いつです。そんなことをきめたのは？　あなた方は、森川君がここへ戻って来る前から、それを知っていたのですか」と訊ねる。

「森川さんが証書を取りに帰られると、間もなくでした。われわれは、伯父がここへ降りてくるから、その時には立ち合うように、と申しわたされたのです」

「森川君、これはとめた方がいいね。この際、病人がそんな酔狂《すいきょう》なまねをすることはない。僕らの方から、三階へ上がって行くことにしよう。エレベーターが引き上げてあるなら階段をのぼればいい」

篠はそう云って、先に立って客間を出ようとしたが、もうおそかった。ちょうどその時、エレベーターの降下してくる、やかましい物音が聞こえはじめたのである。

この小型自動エレベーターは、始動の時ガチャンというひどい音を立て、動いている間じゅうガーガーと、やかましい響きを発して、停止する時には、またガチャンと鳴りひびく。機械が古くなっているせいか、形は小さいくせに恐ろしく騒がしいエレ

ベーターである。

その物音を聞くと、三人は急いで、部屋を出て、ホールをエレベーターの方へ近づいて行った。ガーガーという音が、だんだん高くなる。もう二階をすぎた頃だ。健作老人は、車椅子のままエレベーターにはいって、ひとりでボタンを押したのであろう。機械の物音は一度も止まることなく一階まで降りて来た。三人の目の前の扉のガラスに、スーッと影が動き、ガチャンと音を立てて、エレベーターは停止した。

三人はじっと待っている。しかし、エレベーターの扉はひらかない。中からドアの把手《とって》を動かそうとしている気配も感じられない。老人は誰かがひらいてくれるのを待っているのであろうか。

三人は顔を見合わせた。篠警部がまっ先に、扉に手をかけた。ガラッとひらく。中にもう一つ鉄の網戸がある。彼はそのすき間から、内部をのぞいたまま、動かなくなった。網戸をひらこうともしないのである。

「どうしました。あきませんか」鳩野芳夫が、うしろから声をかける。

篠の右手は、網戸の把手を摑んだまま、じっとしている。

「どれ、僕がやって見よう」

森川弁護士は、篠をかきのけるようにして、把手に手をかけた。そして、エレベーターの内部を覗いたかと思うと、篠と同じく、化石したように立ちすくんでしまった。

健作老人は車椅子の上で、グッタリと二つに折れていた。肩から膝を包んだ、大型ショールがまっ赤に濡れて、ボトボトと雫《しずく》がたれていた。もう手のほどこしようもない。老人は無慙《むざん》に殺されていたのである。

不可能事

森川弁護士は、健作老人の死体を発見した直後二、三分間のことを、あとになってハッキリ思い出すことが出来なかった。人形のように二つに折れた老人の姿、毒々しく血に染まった白い大型ショール、老人の頸から突き出していた奇妙な古めかしい短剣の根元、それには、なぜか柄《つか》がなくて、鋼鉄の根元が露出していた。森川はそれらの光景を、度々夢にさえ見た。だが、その時誰がどんな行動をし、何を云ったかというような細部は、ほとんど思い出せなかった。篠警部が「まったく絶命している」と叫んだようであった。鳩野芳夫が「アッ、これはひどい」とさけび、それから、森川の腕を、ギュッと握って、「おちついて、おちついて」と、力づけてくれたようであった。森川はその時、脳貧血を起こしそうな顔をしていたのであろう。

それから、篠と鳩野とが、何かせわしく喋っている時、突然、エレベーターの向こう側の扉が、ガラッとひらき、良助の姿があらわれた。そして、老人の死体を痴呆《ちほう》のように、ボンヤリと見つめている。

「アッ、そこからはいっちゃいけない。玄関の方を廻って下さい」

篠警部が大声にどなった。

その時、エレベーターの中のブザーが、しきりに鳴りはじめた。二階か三階かで、誰かがボタンを押して、エレベーターを呼んでいるのだ。

「あなた方、ここを動かないで、誰もエレベーターの中へはいっちゃいけませんよ」

篠はきびしく云い残して、駈け出して行った。階段をせわしくのぼる足音が聞こえる。

すると、どこから来たのか、健一が鳩野桂子を連れて姿を現わした。桂子は事件を知ると、ヒステリックな声で、何か云い出したが、健一はそれをなだめようとはせず、例のシニカルな冷やかな顔つきで、その場の有様を傍観している。桂子の夫の芳夫は、いそいで彼女のそばに駈けよりその肩を抱いて、しきりに何かをささやいている。桂子はハンカチで顔を押さえて泣いている様子であった。

そこへ、篠警部が丈二と穴山弓子を連れて戻って来た。警部は捜査官の権威をもって、何人《なんぴと》も老人の死体に近寄らせなかった。

「森川君、しばらく、エレベーターを見張っててくれたまえ。今電話をかけたから間もなく鑑識課のものがやって来る。それまで、誰にも死体に手を触れさせないようにね」

警部は森川だけを現場に残して、人々を客間に導き入れた。客間にはほの暗いスタンドの電燈がついているばかりであった。人々の黒い影が、その前を右往左往《うおうさおう》した。誰も平常の心を失っているように見えた。ある者は椅子にうずくまって、じっと目を据えていた。ある者は檻《おり》の中のけだもののように、無闇《むやみ》に部屋の中を歩き廻っていた。ある人々は、隅に立って、ヒソヒソとささやき合っていた。

篠は頃を見はからって、パチッとスイッチを入れた。天井の古風なシャンデリヤが、いきなり部屋を真昼のように明るくした。男たちの青ざめた顔、弓子と桂子の泣きぬれた顔をまざまざと照らし出した。

「穴山さん」警部は質問の第一矢を、この老婦人に放った。

「エレベーターはずっと三階に止めてあったのですね。ご老人が森川君と電話で話したあとで、あなたはご老人を車椅子にのせた。そして、エレベーターの中へ押して行ったのですね。その時の順序を、できるだけ正確にお話し願えませんか」

穴山弓子の無表情な顔は、涙を流していても、やっぱり無表情であった。能面に涙が流れているのだ。彼女は椅子の背に手をかけて、立ったまま答える。

「電話の声がわたしの部屋にもよく聞こえましたので、わたしは健作さんの部屋へ行って、車椅子に乗る手伝いをしました。健作さんは、なんだかイライラしていて、早く早くというものですから、わたしはそのまま車椅子を押してエレベーターの中に入れました」

「その時、三階の廊下に誰かいませんでしたか」

「いいえ、わたしたち二人きりでした」

「車椅子をエレベーターの中に入れて、戸をしめてから、何か妙な音はしませんでしたか。むろん、エレベーターの中にですよ」

「いいえ、機械の音のほかには何も聞こえませんでした」

「なにか、おかしいなと思われるような物音ですよ。どんなかすかな音でも」

「気がつきませんでした」

警部はそこで、丈二の方をふり向いた。

「丈二さん、僕が二階へ呼びに行った時、あなたは図書室にいましたね。十五分ぐらい図書室にいたと、云いましたね。その間に何か気づいたことはありませんか。誰かが廊下を通ったとか、不審な物音がしたとか」

　女たらしの美青年も、さすがに青ざめていた。彼は怒りっぽく、面倒くさそうに答える。

「別に何も」

「しかし、エレベーターの音は聞いたでしょう」

「さア、聞いたかも知れないが、僕は本に気をとられていたので」

「では、健一さん、何か気づいたことはありませんか。あなたは、エレベーターが降りて来る時どこにおられたのですか」

　ニヒリスト健一は、この場合も最も無感動な顔をしていた。彼は例のいやみに唇をまげる癖を出して、冷やかに答えた。

「さア、どこにいたか、実はハッキリしないのですよ。父が森川さんと屋内電話で話をしたすぐあとで、僕は玄関を廻って隣へ良助君と桂子さんを呼びに行ったのです。二階へ上がる階段で猿田に行き違いました。良助君は部屋にいるかと聞くと、猿田は、いないと答えた……」

　それを聞くと、良助が横から口を出した。

「僕は下の客間にいたんだよ。呼びに来るのを待っていたんだ。すると、君がホールを通って二階へ上がって行くのが見えた。あの時、君が、ちょっと客間をのぞけば、僕を見つけることが出来たはずだよ」

「そんなら、君の方から声をかけてくれればよかった。僕はそれとは知らないものだから、二階へ上がって、君の部屋を覗いてみたが、空っぽだった。仕方ないので、僕は三階の桂子さんの部屋へ上がって行った。そして、桂子さんをつれてここへ戻って来たのです」

篠警部は、うなだれて椅子にかけている桂子の方を見た。

「桂子さん、あなたも、今夜ここへ呼ばれることは知っていたのでしょうね」

桂子は目にあてていたハンカチをはなして、顔を上げた。美しい顔がひどくやつれている。養父の死を悲しんでいるわけでもない。また、伯父の死を悲しんでいるわけでもない。財産折半の証書に捺印する前に、伯父が死んだためにあすからは無一文になることを思いわずらっているのであろうか。いやそうでもなさそうだ。良助とちがって、彼女には芳夫という富裕《ふゆう》な夫がついている。では、何をそれほど悩んでいたのだろう。

森川弁護士は、その時、鑑識課の医員や指紋係などが到着したので、死体のそばをはなれて、コッソリ客間にすべりこんでいた。そして、桂子のやつれた顔を眺めながら、その謎を解こうとした。

森川は桂子と丈二の道ならぬ関係を知っている。それが三角館訪問最初の印象として、鮮やかな色彩で瞼《まぶた》の裏に残っている。この美男美女のふしぎな恋愛関係が、再三動揺したことも、度々の立ち聞きによってよく知っている。桂子の異様な面やつれは、又しても二人の関係が変化したことを語るものではなかろうか。それは恐らく、丈二の側の理解しがたき心変わりによるものであろう。女たらしの意地わるな技巧なのか、それとも、丈二の心はすでに桂子を離れてしまったのであろうか。

森川は咄嗟のあいだに、そんなことを考えたが、桂子のふしぎな面やつれが、恋愛関係のみによるものかどうか、その奥にもっと深い原因がひそんでいるのではないか、そこまでは、森川でも判断の下しようがなかった。いずれにしても、美女の表情には、何かしら底知れぬ秘密が隠されているように、感じられるのである。

篠警部の健一に対する質問はつづく。

「で、エレベーターの降りる音は、いつ聞きました。桂子さんの部屋へはいる前でしたか、あとでしたか」

「桂子さんの部屋にはいる前だったようです。たしかに、そうでした。あれは僕が二階から三階へ上がっている時に聞いたのです。ですから、桂子さんをつれ出してから、三階のエレベーターの入口のボタンをおしたのですよ。もうエレベーターがあいているだろうと思ったのです」

「ところが、待っていてもエレベーターが上がって来ないので、あなた方は階段を降りたのですね。その時、誰かに会いませんでしたか」

「会いません」

「桂子さん、いま健一さんの云われたことに、何かつけ加えることはありませんか」

「いいえ、別に」

桂子はやつれて、泣きぬれながらも、あでやかな笑顔を作って答えた。篠の質問は次に再び穴山弓子に向けられた。問題は最も重要な点にはいって行くのである。

「穴山さん、車椅子とエレベーターのことについて、もう少し詳しく伺いたいのですが、エレベーターはご老人のさしずで三階にとめてあった。他の階からボタンを押しても動かないようにしてあった。それには何か別の機械仕掛けがあるのですか」

「いいえ、ただ扉をあけっぱなしにしておけばよろしいのです。扉がピッタリしまっていなければ、エレベーターは動かないのですから」

「ああ、そうでしたね。つまり健作さんの部屋に面した方の扉があけっぱなしにしてあったわけですね。すると、反対側の扉、すなわちお隣の鳩野さんご夫婦の部屋に面した方の扉は、しまっていたのですか」

「しまっておりました」

「まちがいありませんね」

「ええ、たしかにしまっていました」

「それで、あなたは、健作さんを車椅子にのせて、それをエレベーターの中まで、押して行かれたのですね。エレベーターの中へはいるのにはどんなふうにやるのですか。あなたが先にはいって、引っぱるのですか」

「いいえ、わたしは中にはいらなくてもいいのです。今日昼間一度けいこをしたんです。その時エレベーターの中に車椅子が動かないように、車どめの金具をうちつけてもらいました。ですから、わたしは車椅子を押して、エレベーターの中に入れ、両方の車が、その金具にはまるようにすればよろしいのです」

「ご老人は、こちらを向いて、座っておられたようですが、そうするためには、あなたは車椅子の脚の方を押して、エレベーターに入れられたわけですね」

「ええ、その通りです。普通は車椅子の背の方にある横の棒を握って押すのですが、エレベーターに入れる時には、逆に脚の方を持って押しました。老人をこちらの出入口に向けておくためにはそうするほかはないのです」

「フーン、すると、あなたはエレベーターの中へは、一《ひ》足《あし》もはいらなかったのですか」

警部はじっと相手の顔を見つめた。弓子は平然として答える。

「そうです」

「車椅子を入れる前に、エレベーターの中をよく見ましたか」

「見ました」

「何か異状はありませんでしたか。隅っこに人間が隠れているというようなことは……」

「人間が隠れていれば、気づかぬはずはありません。エレベーターの中には、ちゃんと電燈がついていたのです。それに、車椅子を入れると一ぱいになってしまいますから、人間の隠れている余地なんかありっこないのです」

「反対側の扉は鉄の網戸だけではなくて、そとのガラス張りのドアも、ちゃんとしまっていたのでしょうね」

「ええ、しまっていました。そこから手を入れて何かするというような隙間は、どこにもありませんでした」

警部はしばらく考えてから、またつづける。

「ところで、あのエレベーターはひどく音がしますね。出発する時と停まる時に、ガチャンという音がするし、動いているあいだは絶えずガーガー云っている。さっきは、エレベーターが動き出してから、その音が一階まで一度もとまらなかった。それは森川君も鳩野さんも聞いていた。つまり、エレベーターは三階を出発してから一階で停まるまで、少しも停止しないで動いていたわけですね」

「その通りです。一度も停まらなかったことは間違いありません」

桂子の椅子のうしろに立っていた鳩野芳夫が証言した。

問答をつづけるに従って、この出来事の不可能性が、いよいよ色濃くなって来た。エレベーターが三階を出発する時、健作老人には何の異状もなかった。エレベーター内に犯人がひそんでいたという仮説も成り立たない。もしそうだとしたら、一階で扉がひらかれた時、犯人はまだそこにいなければならなかった。エレベーターは途中で一度も停まらなかった。停まらなければ、二階の扉は、どちらかの側でもひらくことは出来ない。したがって下降中のエレベーター内に立ち入ることは不可能である。短剣を投げこむことすら不可能である。しかも、そのエレベーターが一階に達した時には、いつの間にか、短剣が老人の頸に刺さっていた。あり得べからざる事が起こったのである。犯人の狡智はついに一つの不可能事を為しとげたのである。

柄のない短剣

一応質問を終わったところへ、被害者をしらべていた鑑識課の医者がはいって来た。篠警部はそれを見て、

「どうかこちらへ、死因はやはり、あの短刀でしょうね」

とたずねる。

「ええ、それは……」半白の頭髪をオールバックにした、中年、痩せ型の医師は、黒背広の手をあげて、ロイド眼鏡をいじりながら、人々を見廻して躊躇《ちゅうちょ》している。

「構いません。ここでおっしゃって下さい」警部は大丈夫だと目くばせをする。

医師は、片手に持っていた黒い布に包んだ細長いものにチラと目をやって、口をひらいた。

「死因は極めて簡単です。短刀で一《ひ》と突《つ》き。ここですよ」

自分の頸の左側の下部を、指で示して、「頸動脈《けいどうみゃく》をやられたのです。大出血です。数秒間で絶命したのでしょう。被害者は狭心症《きょうしんしょう》を持っていたのだから、これほどの傷でなくても、ショックだけで絶命したかも知れませんが、傷の方もたしかに致命傷でした。しかし、妙ですね。短刀は大して強い力で刺されたのではないのです。まるで

……」医師はうっかり何か云おうとして、急いで言葉を変えた。「実に鋭い刃です。これなら大した力は要りませんよ」

「そこに持っておられるのが、短刀ですね」

「そうです」

医師は黒い布に包んだものを差し出した。警部はそれを受け取って、テーブルの上に置き、注意深く布をひらいた。その場に居合わせた両家の家族たちは、熱心にそれを見つめている。現われたのは、古風な両刃の西洋の短剣であった。刃の長さは五寸ほどで、ずっしりと重く、鍔《つば》の代わりに同じ金属で十字型がこしらえてある。その根元には二寸ほどの鉄が露出している。それに柄がはめてあったのを、ぬきとったものらしい。柄のない短剣である。

「指紋は？」警部がたずねる。

「今、係りの人に調べてもらったが、指紋は一つも出ません」

警部は黒布で根元の方をつまんで、短剣を持ち上げると、血痕の生々しい刃先に、ソッと拇指《おやゆび》をあてて見た。

「フーム、実に鋭い。まるで剃刀《かみそり》のようだ。これなら、大した力がなくても、やれますね」

「だが、なぜ柄がないのでしょうね。柄がなくては、さだめし扱いにくかったと思うが、妙ですね」

「妙です。なぜ柄を抜いてしまったのか、わけがわからない。やす物の短刀なら、木の柄が抜けやすいということもあるが、これは自然に抜けたのではなくて、無理に抜いたものですよ」

篠警部は、そう云いながら、血にぬれた短剣を、皆に見せびらかすように、動かしている。森川弁護士は、警部がこのぶきみな兇器を、婦人たちの前で、いつまでもいじくっているのが、気になって仕方がなかった。彼は穴山弓子と鳩野桂子の様子をうかがったが、二人ともさして脅えているようにも見えない。桂子は涙でギラギラ光る大きな目で、じっと短剣を見つめていた。弓子は例のまったく無表情な顔で、必ずしも短剣を見るでもなく、ボンヤリと突っ立っていた。

警部は黒布で短剣を、ゆっくりと包みながら、一同を見廻した。

「どなたか、これに見覚えはありませんか」

すると、穴山弓子が一歩進み出て答えた。

「それは康造さんのお宅の客間のガラスの陳列棚に入れてあった短剣のようです。蛭峰家の先代が西洋人から買ったのだと云います。でも、そんなに刃がするどかったとは思われませんが……」

「むろん、ごく近頃研いだものですよ。そのあとがハッキリ見えます。陳列棚においてあった時には、柄がついていたのでしょうね」

「ええ、銀の象嵌《ぞうがん》模様のある、何か西洋の固い木で出来た妙な形の柄でした」

弓子は相変わらず無表情だったが、その声に異様な調子があった。短剣が彼女を興奮させている。そして、何か喜んでいるようにさえ感じられた。

「フーン、やっぱり柄を抜き取ったものですね。エーと。良助さん、あなたご足労ですが、お隣の客間へ行って、短剣がなくなっているかどうか、たしかめていただけませんか」

良助は声に応じて、部屋を出て行ったが、間もなく息を切らして帰って来た。

「ありません。なくなっています」

「柄は残ってませんか」

「いいえ、柄もありません。短剣のあった場所が、歯が抜けたように、からっぽになっているのです」

篠警部は、そこで、エレベーター殺人事件を次のように要約した。

「つまり、健作さんは、康造さんの客間からこの短剣を盗み出した何者かによって殺害されたわけですね。殺害はエレベーターが三階を出発した以後行われた。しかも、エレベーターは一階に着くまで一度も停まらなかった。その一階には、われわれが待ち受けていて犯人が逃げ出す隙はまったくなかった。むずかしい事件です……しかも、もう二時ですね。今夜はこれでうち切って、明日のことにしましょう。では、皆さん、明日またお目にかかります」

エレベーターの抜け穴

その翌日の午前、篠警部と森川弁護士は、健作老人の家の二階、老人が昔事務室として使っていた小部屋に陣どっていた。奥のドアをひらくと、大図書室に通じ、前のドアは三階のホールに面し、何かと都合のよい場所である。広さは五坪にも足らず、事務机と椅子が数脚、一方の壁にははめこみになった小金庫が見えている。篠警部は蛭峰家の人々に交渉して、ここを仮りの捜査本部としたのである。

黒背広の篠警部は、黒いキリンのような恰好で、狭い部屋の中を、大股に、ノシノシと歩き廻っていた。右手で異様に大きなパイプの火皿を支え、鼻から濛々たる煙を吐きながら、根気よく歩き廻っていた。

森川弁護士は椅子にかけて、歩き廻る相手を、あきれたように眺めていたが、我慢ができなくなって口を切った。

「で、君の考えている犯人は、間違いないのかね。昨夜のことがあっても」

「ウン、大体まちがいない。しかし、断言は出来ないよ。だから、僕は罠《わな》をかけるんだ。この部屋は、その罠に使うために借りたんだよ。しかし、まだ少し間がある。もう少しデータを集めなければならない。それにしても、ゆうべは残念なことをしたね。老人が我慢さえしてくれたら、あんなことは起こらなかったのだが……」

警部は、やはり歩き廻りながら、ゆっくりゆっくり口をきいている。

「僕も出来るだけのことはやったのだが、今となっては仕方がないね。しかし、老人が殺されたという事実は、君のこれまでの推理と喰いちがうようなことはないのかね」

「いや、むしろ僕の推理を裏書きするものだよ。今度の殺人も康造老人の事件と同じ動機から出ている。容疑者の範囲はグッとせばまって来た。しかし、それよりも、さし当たっての問題はエレベーターの秘密を解くことだよ。これが僕を悩ましているんだ。残念ながら、手品の種が、まだわからないのだ」

「実にやっかいなエレベーターだね。このうちに、あれがなければ、どんなに事が簡単になるか知れない。停まっている時には、両家の通路に利用されるし、一階二階三階と両方に出入口があるんだから、都合六つの出入口を持っているわけだ。しかも、そのエレベーターの箱の中で、密室の殺人が行われたというのだから、実にややこしいね。その時両家の人たちがどこにいたかということと、エレベーターの六つの入口のコンビネーションだ。僕は数学は苦手だよ」

「ハハハハハ、そんなにむずかしく考えることはない。これを幾何《きか》の図形にすれば、案外簡単になるんだよ。一つ書いて見ようか」

篠はそう云って、事務机の前に腰をおろし、そこにあった紙片に簡略な三角館の縦断図を描いた。

「まん中の細長いのがエレベーターのシャフト。右が健作老人、左が康造老人の住居だ。ゆうべ客間で皆に聞きただしたところによると、エレベーターが三階を出発して、一階に着くまでの時間に、両家の人たちがいた場所は、こんなふうになる」

と、各階にそれぞれの人名を書き入れた。

「はっきりしないのは健一君と猿田老人の位置だが、健一君が二階への階段をのぼっている時に、猿田とすれちがったというのだから、まあこの辺に書いておけばいいだろう。さア、出来た。この図形によって、クロスワード・パズルをとけばいいんだ」

「なるほど、これで皆の位置はハッキリしたね。だが、しかし、やっぱりわからないな」

「まず明らかな点はだね」篠はパイプの吸口の方で紙片を叩きながら、「エレベーターが三階から一階まで、一度も停まらなかった事だ。これはもう間違いのないところだ。君の云った六つのドアは、エレベーターがちょうどその前で停まらなければ、ひらかない仕掛けになっている。僕はゆうべ、鑑識課員に、ドアの機械仕掛けを全部しらべさせたが、どこにも異状はなかった。エレベーターを停めないで、ドアをひらくことは絶対に出来なかったのだ」

「すると、六つのドアのうち、一度でもひらいたのは、三階で車椅子を入れた時と、一階で僕らがひらいた時と、この二つの場合しかなかったわけだね」

「そうだよ。そして、三階の時には弓子老婦人が、箱の中には誰もいなかったと証言しているし、一階の場合は僕ら三人が見ている。被害者のほかには誰もいなかった」

健作老人が殺害された時、
両家の人々の居た場所

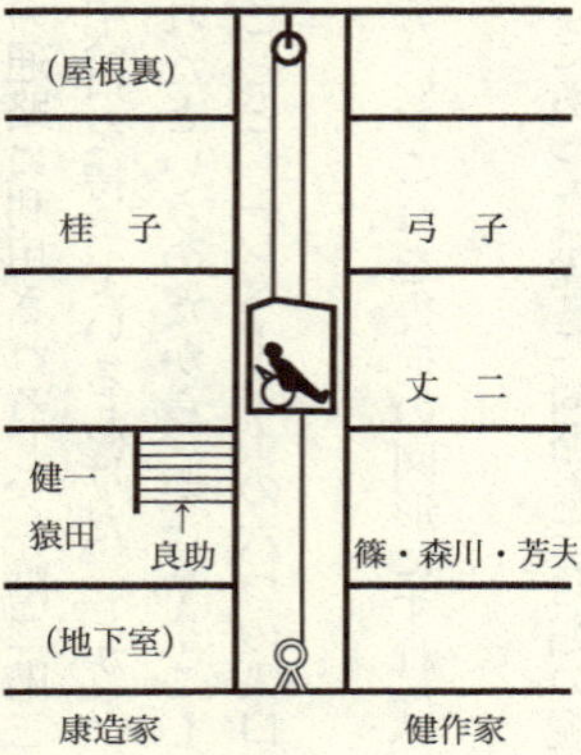

「待ちたまえ、一階の場合は、誰もいなかったとは云えないぜ。僕たちがこちらのドアをひらくとすぐに、向こう側のドアもひらいた。そして、そこに良助君が立っていた」

「そこだよ。だから、犯人は向こう側からも逃げられなかった。もし誰か飛び出せば、良助君が見たはずだからね」篠警部はとぼけたような顔で云う。

「いや、そうじゃないんだ。良助君は、あの時向こう側のドアを二度目にひらいたかも知れないという点だよ」

「ウン、早業《はやわざ》の手品を使ったというのか。しかし、それは不可能だよ。僕らが躊躇しているあいだに、す早く向こうのドアをひらいて、早業をやったとすれば、音が聞こえたはずだ。二重の扉をあけたり、しめたりするのを、いくらなんでも、僕らが気づかなかったはずはないよ」

森川は折角の思いつきが落第したので、しばらく黙りこんでいたが、やがて、また新しい着想《ちゃくそう》を得たらしく、目を光らせた。

「おい、篠君、僕たちは、とんだことを忘れていた。あのエレベーターの箱には抜け穴があるんだぜ」

「エッ、抜け穴だって？　どこに？」今度は警部も本当に驚いたらしい。

「天井だよ。僕もたしかめたわけじゃないが、ああいう小型エレベーターには、天井に人間の出入り出来るような揚げ蓋がついているのがある。僕はどこかで見たことがある」森川は話しているうちに、だんだん勢いづいて来た。「いいかい。犯人はエレベーターの屋根の上に隠れているんだ。三階に停まっている間には、エレベーターの屋根は、屋根裏部屋の床とすれすれになっているはずだ。犯人は屋根裏部屋から、そこへ乗れるわけだよ。そして、エレベーターが動き出すやいなや、揚げ蓋をひらいて下に降り、目的を果たして、また屋根の上に隠れてしまう。その時老人の車椅子が足場になるわけだ。どうだいこの考えは？」弁護士は得意そうである。

「ウン、面白い。もし揚げ蓋があれば、そういう芸当《げいとう》が出来たかも知れないね。君、今から行って、調べてみよう」

二人はすぐに部屋を出て、階段を降り、一階のエレベーターへと急いだ。立ち番の巡査にホールの椅子を一つ待ってくるように命じて、それをエレベーターの中に置かせ、篠警部はその上に乗って天井をしらべた、

「君の云った通りだ。揚げ蓋があるよ。ホラ」

グッと下から押すと、そこに黒い口がひらいた。二尺四方ほどの鉄板が、蝶番《ちょうつがい》で上に上がるようになっている。その揚げ蓋の中心には、空気抜きのような二寸角ほどの

穴があり、それに十文字に鉄棒がとりつけてある。つまり、一寸角ほどの四角な穴が四つあいているわけだ。

篠警部はシュッとマッチをすって、揚げ蓋の上に出し、そこから首をさし入れて、しばらく見ていたが、

「君の説は成り立たないよ。自分でのぞいてごらん」と云って、椅子をおりた。

森川が代わって椅子にのり、同じように、マッチをすってエレベーターの屋根をのぞいて見ると、そこには一面に綿のようなホコリが、少しも乱れないでつもっていた。少なくとも一年以上のホコリである。そのあいだ、誰もこの屋根にのぼらなかったのであろう。

森川弁護士の妙想は、又もや裏切られた。犯人はエレベーターの屋根に身をひそめて、揚げ蓋を利用するというような、安易な手段を選ばなかったことが明らかとなった。

二人は空しく、元の事務室に引き上げた。篠警部は椅子にかけ、事務机にもたれて、火の消えたパイプをもてあそびながら、しばらく黙りこんでいたが、やがて、独り言のように呟きはじめた。

「一階では誰もエレベーターから逃げ出さなかった。またエレベーターが動いている

あいだには、どの階にせよ、ドアがひらかないのだから、犯人は逃げ出すことが出来なかった。その上、エレベーターの屋根に身を隠したのでもないことがわかった。つまり、健作老人を殺した犯人は、絶対に逃げ出すことが出来なかった。それでいて彼は逃げ出したのだ。どこからか逃げ出したのだ」警部は腹立たしげに、机の角にパイプを叩きつけて、灰をおとした。

「ウーン、わかった。オイ、篠君、僕たちは大変なことを忘れていたんだよ」

今日はどうしたことか、森川弁護士の頭には、次々と妙想が湧いて来るようであった。彼は又しても目を光らせて説明をはじめるのであった。

フラスコ手鞠《てまり》

「僕たちはエレベーターが動き出してからあとのことばかり考えていた。出発点の三階が盲点にはいっていた」森川弁護士は勢いよく話しはじめる。

「弓子老婦人は、車椅子をエレベーターに入れる時、中には誰もいなかったと断言したが、それは必ずしも信用できないね。弓子さんはエレベーターの中にはいったわけじゃない。そとから車椅子を押し入れただけだ。犯人は弓子さんの目の死角《しかく》に身を潜めていなかったとは云えない。そして、弓子さんがドアをしめると同時に兇行を演じ、そのまま反対側のドアから隣の方へ出て、あとをしめておいたとしたらどうだ。この方法なら、犯人はわけなく逃げ出せるじゃないか」

「そんなことは出来やしないよ。森川君、それは不可能だよ」

「いや、もう少し聞いてくれ。まだほかに、恐ろしい考えがあるんだ」弁護士は篠が妙な顔をしているのも構わず、熱弁を続ける。「今のは犯人が隠れていた場合だが、そうでなかったとしたらどうだ。弓子さんが車椅子をエレベーターに入れた。ほかには誰もいなかった。しかし、少なくとも弓子さんその人は、そこにいたんだ……どうだね、この考えは？」と云って、目を細め、ぶきみな表情になって、じっと警部を見つめる。

「そりゃ、弓子さんが犯人である場合は、むろん考慮に入れなければならない。動機はあるんだからね。健一君と丈二君のために、病人の老人を犠牲にして、全財産の保全を計るという心理は考えられないでもない。しかし、この場合は、不可能なんだ。そういうことは出来ないんだよ」

篠警部の口辺に薄笑いが浮かんでいた。

「弓子さんが車椅子をエレベーターに入れておいて、短剣を老人の頸に刺す。そして、ドアをしめる。この場合は逃げる必要はない、犯人は表面上は老人の看病人なんだからね」

「ところが、そういうことは出来ないんだ」

「エッ、どうして？　君はさっきから、出来ない出来ないといっているが、それはどういう意味なんだね」森川はいぶかしげに眉をしかめて、聞き返す。

「別の犯人がエレベーターの中に隠れていて、反対側のドアから逃げたにしても、又、弓子さん自身が犯人であったにしても、すでに兇行が演じられてから、ドアがしめられたとすると、エレベーターはどうして出発することが出来たかという問題が残るんだよ。君は、すっかりそれを忘れている」

「エッ、なんだって？」

「まだわからないのかい。この二つの場合は、ドアがしめられた時には、犯人は外にいる。そして中の健作老人はもう死んでいるわけだね。すると、誰がエレベーターのボタンを押すんだい？」

それを聞くと、森川弁護士は目をパチクリさせて、年甲斐もなく顔を赤らめたまま、黙りこんでしまった。

「もっとも、こういうことは考えられるんだよ」篠は気の毒そうに相手を弁護するのだ。「共犯者が一階にいて、三階で兇行が演じられ、ドアがしめられるのを待って、一階から、エレベーターを呼ぶボタンを押すのだ。自動エレベーターは、どこに停まっていても、その階のドアさえしめてあれば、別の階のドアの外のボタンを押せば自動的にそこまで動いて来るのだから、老人が死んでいても、一階のボタンを押して、エレベーターを下降させることが出来るわけだからね。

「しかし、それには、どうしても共犯者が必要だ。ところで、一階にいて、ボタンを押すことが出来た人物は、この図面でもわかるように、良助君しかいない。仮りに弓子さんを犯人とすれば、弓子さんと良助君は全く利害の相反する敵同士《かたき》だ。この二人が共犯者だなんて、どうにも考えにくいことだね。

「又、たとえ犯人が弓子さん以外の人物だったとしても、良助君は、財産折半の証書に判を捺すまでに、健作老人に死なれては、非常な損害を蒙るのだから、そういう犯行の共犯者になるはずがない。だから、少なくとも現在わかっている材料では、共犯説はどうも成りたたないと思うのだよ」

警部の言葉が終わっても、森川は黙っていた。生半可《なまはんか》な推理などやったのが恥かしかったのである。お互いに目を見合わせないようにして、どちらも物を云わなかった。篠警部は、パイプにゆっくり煙草をつめて、マッチをすった。しばらくすると、彼の顔は煙のためにほとんど見えなくなってしまった。

「むずかしい謎だ。しかし謎というものは、必ず解ける時が来る。僕はその点は余り心配していない。ただ速度の問題だ。何者かが、こういう不可能な手段を考え出した。そして、見事に実演して見せた。それを解けばいいのだ。『誰が』という謎よりも、先ず、『如何にして』という謎を解かなければならない」篠は煙の中で呟く。「しかし、むずかしい。ほとんど物理的に不可能な問題だ」そして、また黙りこんでしまった。

ほとんど五分間も沈黙していたあとで、突然、森川弁護士が顔を上げた。

「こういう方法はどうだね」

「エッ、何かまた思いついたのか」

「エレベーターの屋根の揚げ蓋のまんなかに、十文字の格子《こうし》になった穴があったね。あのすき間だよ。もしだね、もし誰かが屋根裏部屋のエレベーターの真上の所にいて、狙いをつけて短剣を投げたら、あの格子のすき間を通って、老人の頸に刺さりはしないだろうか」

「そいつは短剣投げの名人にも、むずかしいだろう。たった一寸の格子だからね。それを通して的《まと》にあてるなんて、人間業で出来ることじゃない」篠はとり合わなかった。

「いや、空想だよ。空想にすぎないのさ。あの短剣に、もし十文字の鍔がなかったらという話だよ。鍔の長さは二寸以上もある。だから、一寸角の格子の中を通りっこないんだ。僕の考えはいつもこれだね。われながら苦笑したが、折角の思いつきを、そのまま捨ててしまうのも惜しかったので、ちょっとご披露《ひろう》に及んだというわけだよ」森川は照れ隠しのように云って、人のいい笑い顔を見せた。

ところが、篠はこれに調子を合わせなかった。彼の白い額が一層白くなったように感じられた。目が恐ろしく光っている。

「いや、そうじゃない。君は非常に面白い問題を出してくれた。一寸角の格子を二寸の鍔が通らない。不可能としか考えられない。だが、数式の立て方によっては、それが可能になるかも知れないのだよ。実に面白い高等数学の問題だ。君は蜜柑《みかん》の皮をむかないで、中の実をとり出すことが出来るのを知っているかね……縁日の見世物小屋に、フラスコが置いてある。フラスコの口の広さの何倍という大きな手鞠が、ちゃんとその中にはいっている。君はあれの種あかしを聞いたことがあるかね」

名探偵篠は、額に汗を浮かべて、気ちがいめいた、たわごとを喋りつづけた。そして、一応喋ってしまうと、今度はムッツリと黙りこんだ。パイプは机の上に放り出したまま、すっかり忘れ去られていた。彼はふるえる手で、机のひきだしから便箋を取り出すと、鉛筆で何かかきはじめた。三角や四角や円や、子供のいたずらみたいな図形が、次から次と描かれて行った。書きつぶした紙を、丸めては、机の下におとす、そ

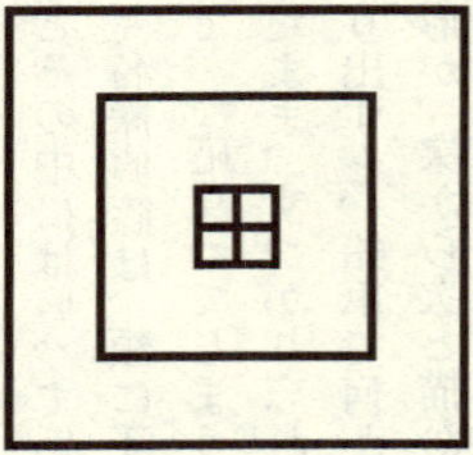

の紙玉の数がだんだんふえて行った。彼の描くわけのわからぬ図形のうち、最もしばしば現われるのは上図のようなものであった。

篠の鉛筆の先は、この図の中心の「田」の字の中を叩きつづける。そして、無数の点々でそこをまっ黒にしてしまう。

森川弁護士は、あっけにとられて、この有り様を眺めていたが、やがて、そこに頻出《ひんしゅつ》する図形が何を意味するかに気づいた。

それはエレベーターの屋根であった。外側の大きな四角は屋根の全体、中の四角は例の揚げ蓋、中心の「田」の字は空気抜きの格子穴であった。篠はその「田」の字格子のすきまから、二寸の鍔の短剣を通り抜けさせようと、夢中になっているのだ。鉛筆の先を短剣になぞらえて、そこをつつきまわしているのだ。

やや三十分も、そんないたずら書きをつづけたあとで篠はハッと顔をあげた。目が生々《いきいき》と輝きわたっていた。彼はスックと立ちあがった。

「森川君、解けたよ。解けたよ。さア、いっしょに来たまえ」

彼はいきなり部屋を飛び出すと、階段をかけおりて行った。森川もおくれじとそのあとにつづく。篠は再びエレベーターの中にはいった。椅子は元のままに置いてある。

その上にのぼって、マッチをすった。そして、天井の中心の「田」の字格子にそれを近づけると、顔をくっつけんばかりにして、穴のあくほど見つめている。

「そうだ、そうにちがいない。森川君、犯人の手品の種がわかったよ。まるで子供だましだ。高等数学じゃない。縁日のフラスコ手品だ。しかし、よくも、こんなことを思いついたもんだなあ。犯人はよくよく、せっぱつまっているんだ。何が何でも、目的を達しなければならなかったんだ。そのために、こんな大胆不敵なトリックを考え出したんだ」

篠はそのままエレベーターを出て階段をのぼり、元の事務室に帰った。森川もそのあとを追って部屋にはいったが、ドアをしめるのも待ち遠しく、話しかける。

「僕にはまるでわからないが、いったい、そのトリックというのは……」

「つまりだね」篠はゆったりと椅子に腰をおろして、パイプに火をつけた。「健作老人は、われとわが手で、命をちぢめたのだよ」

「エッ、それじゃ、老人は自殺したというのか」

「いや、いや、自殺じゃない」篠は顔の前に煙草の煙をモヤモヤとただよわせていた。彼は煙を強く吐かないくせがある。「文字通りの自殺じゃない。老人には自殺の動機なんか少しもないのだからね……この謎解きのヒントは君が与えてくれたんだよ。鍔が大きすぎて格子を通らないという、あの着想だよ。全く君のおかげだ。お礼をいうよ」

森川は面喰らうばかりであった。

「だって、それはどう考えたって、不可能じゃないか」

「不可能だ。だが、その不可能が、僕の考えの見事な出発点になった。右の手袋を裏返すと左手に合うようになるね。つまり裏返せばいいんだよ。逆を考えればいいんだよ。邪魔な鍔が、逆に役に立つようにするためには、どうすればいいか。それから、短剣にはなぜ柄がなかったか。この二つの既知数を、どう組み合わせれば答えが出るかという、実に簡単な問題なんだよ」

幽霊犯人

篠警部は、机の上の紙片に次のような画を描いて見せた。

「こんな形になるわけだね。鍔のために下へ通りぬけることが出来ない。この、通り抜けられないという事実が、問題を解決する鍵になるんだよ。ね、わかるだろう。まず第一にだね。こういうことを思い出すんだ。今日の昼間、車椅子が到着して、

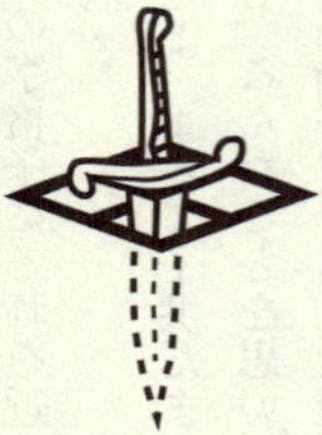

それに老人をのせて、エレベーターの中に入れる練習が行われた。その時、エレベーターの床に車どめの金具をうちつけて、車椅子が動かないようにした。つまり、健作老人の乗った車椅子は、エレベーターの箱の中で常に一定の位置に固定されているという事実。これが第一の材料なんだよ。しかも、その練習の時には、両蛭峰家の全員が立ち会っていた。誰でも、車椅子の動かぬということを知っていた。この点が重大なんだ。

「第二には、健作老人がエレベーターを三階に引き上げさせたまま、一時間ほど、誰にも使わせなかった。これは周知《しゆうち》の事実だね。その事が、やはり犯人のトリックの材料になったんだよ。

「それから、第三には、三階の上は屋根裏部屋になっているということ。つまり、エレベーターが三階に停まっている時は、その箱の天井が、屋根裏部屋の床とスレスレの平面にあるという事実。だから、もし誰かが屋根裏にのぼってエレベーターの竪穴《たてあな》をのぞけば、すぐ足の下にエレベーターの箱の天井にある空気抜きが見えるわけだね。そこへ手を届かせることもできるのだよ……この三つの事実によって、あの不思議な殺人トリックが構成された。犯人はそれをうまく利用して、一つの不可能事をなしとげた。

「さて、計画が組み立てられると、それを実行に移すのはわけのないことだった。犯人は康造老人の客間の陳列棚から西洋短剣を盗み出し、その刃を研いで剃刀のように鋭くした。それから、強い紐か針金を十尺ほど用意すればよかったのだ。その使い途は、短剣の柄が抜けていたという事実から、たやすく想像することができる……ね、ここまで云えば、もうわかるだろう」

篠警部は、そこで、ちょっと言葉を切って、相手の顔を眺めた。

「いや、わからない。遠慮なく話を進めたまえ」

森川はニヤリと笑って、少し顔を赤くしたようであった。

「僕の考えによると、短剣の柄が無くなっていた理由は、こういう次第なのだ。犯人は丈夫な紐か針金を用意して、屋根裏に上がり、エレベーターの堅穴の上部のどこかへ、その一方の端をしっかりと結びつけ、他の一方の端を下にたらして、エレベーターの天井の空気抜きの格子型の穴の中へ入れておく。エレベーターは一時間ほど三階にとめおきになっていたのだから、こういう工作をする時間が充分にあったわけだね。

「それから犯人は、三階に降りて、人目につかぬようにエレベーターの箱に入り、格子穴を通して下っている紐で、例の盗み出した短剣の柄を強くしばる。それには、柄にナイフで切り目をつけて、括《くく》った紐がズリ抜けないようにする必要があったかも知れない。その前に、柄を抜いて、一度ためしておく。ある力が加われば、柄が抜けるようになっていなければならないからだ。

「そうしておいて、犯人はもう一度、屋根裏に上がる。そして、上から紐を引っぱって、短剣の柄が格子穴から出るようにし、十文字の鍔が格子の鉄棒にガッチリ当たるまで、ひきしめる。つまり紐の上部を結びなおして、ピーンと張り切らせるわけだね。これですっかり用意がととのった。その張り切った紐を、グッとたぐれば、柄が抜けて、短剣は鋭い刃を下にして落下する……だが、犯人が紐をたぐったわけじゃない。そんな必要は少しもなかったのだからね」

篠警部は、これだけの説明で、すっかりわかったつもりでいたが、ワトソン先生の森川弁護士には、まだわからなかった。

「必要がないというのは」

「健作老人、即ち被害者自身が、ボタンを押して、エレベーターを出発させてくれたからさ。その時、短剣の刃の方は、鍔が格子穴につかえているので、グッと下へ引かれる。しかし、柄には紐がついていてそれに伴なわない。そこで、紐が緊張の極に達した時、柄が抜けて、その勢いで、刃の方が真下に向かって強く落下する。そして、その切《きっ》先《さき》が老人のからだのどこかに刺さるようになっている。実際は頸動脈を破ったけれども、そういう致命傷でなくても、重病人の老人はそのショックで心臓の発作を起こして、絶命するか、しないまでも、大騒ぎとなり、証書の捺印は当分延期される……犯人はこれだけのことを、ちゃんと勘定に入れておったのだよ」

「フーン、なるほど。僕は锷が格子穴の上につかえることばかり考えていたが、逆に下につかえるようにすれば、そういう働きをするわけだね」

森川弁護士は感じ入ったように云う。

「つまり、犯人はそういう自動殺人装置で、アリバイを作ったのだが、秘密がわかってしまえば子供だましの方法だ。しかし、僕はその子供らしさそのものに、身ぶるいを感じる。実に恐ろしい相手だよ」

篠警部は夢見るように、目の前の空間を見つめたまま、黙りこんでしまった。

再び手提金庫

この篠警部の推理は当たっていた。前章の会話の直後、二人は屋根裏に上がって調べて見たが、エレベーターの竪穴の上部の梁《はり》に、針金をしばりつけた跡が、歴然として残っていた。篠警部はその跡へ別の針金をしばり、一方の端に即製の木の柄をくくりつけ、本物の短剣をつかって実験して見たが、エレベーターのボタンを押すと、その下降につれて、柄が抜け短剣は発射されたように落下して、エレベーターの床に突きささった。

二人がコッソリ実験をすませて二階の事務室に帰ると、間もなく、ドアにノックの音がして、一人の私服刑事がはいって来た。彼はまっすぐに事務机の前まで進んで、だいじそうに抱えていた手提金庫を、その上に置いた。

「どうしたんだね、これは」

篠警部が訊ねると、赤ら顔のズングリした刑事は、大きな目をグルグル廻し、舌なめずりをして答える。

「おじゃまかと思いましたが、ちょっと怪しいことがありましたので……」

「フン、それは？」

「隣の二階が持ち場になっていましたので、廊下をブラブラやっていますと、つい今しがた、死んだ隣の老人の部屋で、かすかな物音がしたのです。誰か人がいるようなけはいなのです。妙だなと思って、行って見ますと、そいつはす早く逃げてしまった様子でした。あの部屋にはドアが幾つもありますから。

「そして、この手提金庫が机の上に出ていました。誰かがこれをいじくっていたらしいのです。直接見たわけではありませんが、どうもそんな感じがしたので、念のためこれを持ってまいりました」

「よろしい。今調べて見よう」篠警部はハンカチで指紋を消すことを防ぎながら、金庫の蓋をひらいた。「森川君、君はこの中にいくらはいっていたか覚えているかい」

「ウン、きのう君と一緒に調べた時には、たしか千円札が二十九枚、百円札が二十三枚だったね」

警部は金庫の二つの札束を取り出して、数えて見た。

「千円が二十八枚、百円が二十枚しかない。千三百円不足している」

「例の小泥棒だね。康造老人の生前から、絶えずチビチビ盗み出すやつがいたんだ。犯人は同じやつだろうね。普通の泥棒なら全部持って行くはずだよ」

「そうだね」

「恐ろしくけちな泥棒だね。盗むのではなくて、くすねるのだ。君にはもう、この犯人がわかっているのじゃないかい」

「ウン、わかっているような気がする」篠はそう云いながら、放心したように札束の一点を見つめている。彼の目は紙幣の一方の隅に釘づけになって動かない。

「何をそんなに見ているんだい」

篠はそれに答える前に、そこに立っている刑事に目を向けた。「君はもういいから、元の持ち場に帰りなさい。そして、鳩野芳夫さんを探して、ちょっとここへ来て下さるように伝えてくれたまえ」刑事が立ち去るのを見送って、今の森川の質問に答える。「これだよ。ここに書き入れてある小さい目印だよ。僕はこの前、札束を調べた時から気づいていたんだが、今になってみると、これが大いに意味をもって来た。見たまえ、この全部の紙幣の、右下の隅に、Kという字が、ごく小さくペンで書き込んである」と、札束を一枚一枚めくって見せる。

「フーン、僕はこの前には、ちっとも気づかなかったが、なるほど豆つぶのようなKという字が書いてあるね。すると、康造老人が、鳩野君の忠告にしたがって、盗難よけの目印を書きこんでおいたわけかね」

「ところが、必ずしもそうは云い切れないのだよ。康造老人は、殺される直前に、鳩野君に少額の紙幣が絶えず手提金庫から盗まれていることを話した。鳩野君は、これに対して、紙幣の全部に小さな目印をつけておけば、犯人がわかるだろうと教えた。しかし、老人はその直後に殺されているので、目印を書きこむひまはなかったはずなんだよ。ここが面白いところだ。実に興味津々たるものがある」

例によって、名探偵は、ワトソンにはわからない何事かを考えているらしく見えた。

森川がそれを聞きだそうとしているところへ、ドアにノックの音がして、鳩野芳夫がはいって来た。

「今、刑事の方《かた》から、ここへ来るようにと云われたのですが」

「そうです。少しお聞きしたいことがありましてね。あなたの部屋へ伺うより、ここへお出でを願った方が、邪魔がはいらなくていいと思ったものですから」篠警部はそういって、芳夫に椅子をすすめた。

「実は、あなたのお宅のある人物について、なるべく詳しいことが知りたいのですが」

「ホー、いったい誰のことですか」芳夫は椅子に腰をおろして、警部の顔をまじまじと見た。

「執事の猿田老人のことですよ」篠はさりげない調子で云う。

「さア、あの男は、余り身の上話なんかしませんので、詳しいことと云っても……」

「おわかりになっているだけで結構です。ずいぶん古くから、蛭峰家にいるのでしょうね」

「子供の時からだそうです。なくなった二人の先代につかえていた老人が残して行った孤児だと云います。青年時代から変わりもので、一度も結婚しないで、あの年になってしまったのです」

「少し智能が低いのではありませんか」

「そうのようです。しかし、場合によっては、非常に鋭いこともあります。誰もあの爺さんのほんとうの気持を知っているものはありません。私の家内なんかも、赤ん坊の頃から世話になっていながら、やっぱり、えたいの知れないところがあると云っています」

話がそこまで進んだ時、隣の図書室へ誰かはいって来た。無遠慮な靴音、口笛、そして、何か鼻唄を歌い出した。太い男の声である。

篠警部は、それを聞くと、立って行って、開いたままになっていた境のドアをしめたが、かけがねがうまくはまらなかったらしく、彼が元の席に戻った時には、ドアが自然にひらいて、二寸ほどのすき間が出来ていた。警部はそれに気づかないで、話をつづける。

「それで、あの老人は、なにか悪いことをしたような前歴はないのですか」

「そんなことはないようです。しかし、ここ一年ほど前から、少し性格が変わって来ました。耄碌したと云いますか、なんとなく変な挙動が多くなって来たようです」

その時、隣の部屋では、突然鼻唄がやんで、もう一つの足音がきこえてきた。キュッキュッというハイヒールの靴音である。「丈二さん」そう呼びかけたのは、何か悲しみをこめた、やや甲高い女の声であった。声の主が鳩野桂子であることは、すぐわかった。

それを聞くと、こちらの鳩野芳夫の顔色がサッと変わった。少なくとも森川弁護士にはそう感じられた。彼は偶然のことから、丈二と桂子の道ならぬ会話を、再三立ち聞きするはめになって、彼らの関係をよく知っていた。鳩野芳夫がそれに気づいているかどうかはわからないが、まだ昨今の森川にすら目に余る二人の関係を、当の夫である芳夫がまったく知らぬはずはない。「丈二さん」という一《ひ》とことの調子の中に、あらゆる意味がこもっていた。それを聞いて、彼は現にサッと顔色を変えたではないか。

森川は、これはまずいことになったと、気が気ではなかった。もし、このまま放っておけば、この部屋に人がいることを知らないらしい隣の二人は、どんなきわどいことを話し出すか知れたものではない。

篠警部も同じことを考えたのか、急いで立ち上がると境のドアの所へ近づいたが、ドアの把手を握った途端、ふと気が変わったらしく、手をはなして、一方の窓の方へ歩いて行き、そこにもたれて、低い声で質問をつづけた。彼が手をふれたために、ドアの隙間は、前よりも少し広くなったように見えた。

森川は不審に思ったが、篠の行動には如何なる場合にも何らかの意味があることを知っていたので、じっと我慢をしてさし控えていた。自分で立って行ってドアをしめたりしては、余計なおせっかいになることをおそれたのである。

四重唱

「猿田老人の性格が変わったというのは、たとえばどんなことでしょう」

篠は低声で話をつづけた。

「無口《むくち》になったことです。もともと、無口だったのが、一層ひどい無口になったのですね」

芳夫は明らかに隣室に気をとられていた。心も空《そら》の答えぶりであった。

ドアの向こうからは、桂子の声がハッキリ聞こえて来た。

「ずいぶん会わないような気がするわね。あなた逃げていらっしゃるのでしょう。そうじゃないの」

丈二の声「何を云っているんだ。ゆうべも会ったじゃないか」

桂子「おまわりさんの前でね……あたし、そんなことを云っているんじゃないわ。

何度も何度も、あたしが話しかけようとすると、あなたはスーッと身をかわして、逃げてしまったじゃありませんか」

「猿田老人はひとりでいる時は、妙な鼻唄を歌うくせがありますね。節《ふし》も何もない、まるで車のきしるような音を出す。最初聞いたときには、驚きましたよ。あれは昔からのくせですか」

篠は残酷にも、さあらぬ体《てい》で訊ねる。

「やはり一年ほど前からです」芳夫は気もそぞろに答える。

「その頃からすべてが変わったのです……なんだかうす気味の悪い人間になったのです」

膝の上に握り合わせている両手に、ギュッと力がはいって、気を静めようと努力しているのが、ありありとわかる。そして、自分の声が隣の会話を消すことを恐れている。ただ聞きたいのだ。聞かずにはいられないのだ。

桂子の声「やっと二人きりになれたのよ。ここならば大丈夫だわ。だれにも聞かれないわ。本当の気持を話して。ね、何か云って」

丈二「僕は何も云うことなんかないよ。わかっているじゃないか」
桂子「わからないわ。ゆうべ、ソフトとオーバーの男が、森川さんの鞄から証書を盗み出してからあと、あなたはまるで違ってしまったわ。あたしと目を合わせても、ソッポを向いてしまうじゃありませんか。なにか怒っているの?」
丈二「怒ってなんかいないよ」

「猿田老人は、何かにおびえていますね。ソフトとオーバーの怪人物に、あんな目にあったからおびえているのでしょうが、どうもそれだけじゃない。あの爺さんは、何か隠しごとをしていますね」

「そうかも知れません。しかし……」

可哀そうな鳩野芳夫は、もう長い言葉を考える力さえないように見えた。目はうつろになり、青ざめた額には、こまかい汗の玉が浮かんでいた。

丈二の声「ね、その話はもう止そう。隣の部屋に人がいるかも知れない。さっき、なんだか音がしたようだ」

桂子「人が居たって構わないわ。そんなこと云って、また逃げようとなさるんでしょう。あたし、だれに聞かれたって、もう構わない。あなたさえ、その気になれば、いっしょに、ここを逃げ出したっていいわ」

芳夫の苦悶は見るも無慙《むざん》であった。しかし、彼には隣の部屋へ飛び込んで行って、自分の妻を怒鳴りつける勇気はない。こちらの会話に気をとられた体《てい》を装って、聞かぬふりをしている。そして、篠と森川への羞恥《しゅうち》をもごまかそうとしている。だが、彼の内心の苦悶は、その擬装を忽ち裏切って、顔色はいよいよ青ざめ、額のあぶら汗は、もはや見るに堪えぬほどの量になって来た。しかし、篠警部は、あくまで無表情であった。彼はそしらぬふりで、さらに質問をつづける。

「なぜこんなことをお訊ねするかと云いますとね。猿田老人が、もし非常な嘘つきだとすると、事情がすっかり変わって来るからです。ソフトとオーバーの怪人物を見たのは、猿田老人だけです。ほかには誰も見ていません。われわれは一応それを信用して捜査を進めているのですが、もしあれが嘘だったりすると……」

桂子の声「ねえ、どうして、そんな顔をなさるの？　あたしを見るのもいやになったの？」

文二「……」

桂子「ああ、わかった。財産のことね。あなたの心変わりは財産と関係があるんだわ」

文二「僕は、君のご主人のような働きがないからね。財産は大切だよ」

「それからもう一つ、もし猿田が嘘つきだとすると、手提金庫の札を盗み出していたのも、あの爺さんではないかという疑いがおこって来るのです。鳩野さん、あなたはこの点について、どうお考えになりますか」

芳夫はまるで自分が罪びとでもあるように、さしうつむいたまま答えなかった。苦悶の表情を隠すためである。さりげなく顔を上げている力さえ失ったように見えた。

桂子の声「やっぱり、財産のためだったのね」

文二「それはどういう意味だい」

桂子「健作伯父さんが証書に判を捺さないで死んでしまったので、あたしたち兄妹は一文なしになったからよ。そして、あなたとあなたの兄さんとは、いっぺんにお金持になってしまった。あたし、お金のことで人間の気持がこんなに変わるなんて、想像もしていなかった」

「一度に千円か二千円しか盗まないケチな泥棒です。この少額盗難と、今度の二つの殺人事件とは、一見なんの関係もないように見える。しかし、果たして関係がないのでしょうか。僕には、何かしら、その間にふしぎな因果関係が存在するような気がする。この点は、考えれば考えるほど実に興味津々たるものがあるのですよ」

丈二の声「フーン、君はそんなことを考えているんだね。僕が金持になったから、心変わりがしたっていうのかい。だが、逆なことも云えやしないかな。僕が金持になり、君が一文無しになったから、君は俄かに僕につき纏《まと》うようになったとも云えるわけだね。ハハハハ……」

「まあ、俄かにですって」桂子の声は今にも泣き出しそうであった。

「いや、そんなことはどっちだっていい。ともかく、この話はもう止そうよ」

そして、カタカタと荒々しく歩く男の靴音がしたかと思うと、パタンとドアのしまる音。丈二は図書室を出て行った。そして、シーンと静まり返った中に、やがて、女の深い溜息の声と弱々しい靴音がして、桂子も立ち去った様子である。

「ところで、その小泥棒のことに関連して、あなたに確かめておきたいことがあるのですが、康造さんが殺される直前康造さんはあなたに手提金庫の盗難の話をしたのですね。それに対して、あなたは、紙幣に目立たないようなマークをつけておけば、犯人を発見することができると教えたのでしたね。しかし、康造さんは、マークを書きこむひまもなく、あなたの目の前で撃たれてしまいました。だから、手提金庫の中の紙幣には目印のマークを書きこんでないはずですね。これは間違いありませんか」

芳夫はその時やっと顔を上げた。隣室の密話が事なく終わったので、なんとなくホッとしている様子が見えた。烈しい心理的拷問《ごうもん》がすんで、グッタリと疲れはてた姿である。

「それは間違いありません。僕が目印の話をしてから、父が撃たれるまでには、そんな時間はなかったのです」

「康造さんと、ずっとさし向かいだったのですか」

「そうです」

「や、ありがとう。おかげで、僕の知りたいと思っていたことが、いろいろわかって来ました。それでは、お疲れでしょうから、ご自由にお引きとり下さい。それから、念のために申しあげておきますが、猿田老人には、それとなく気をつけていて下さい。今のところ一ばん怪しいのはあの爺さんですから」

篠警部はついに一《ひ》と言《こと》も桂子と丈二の問題には触れなかった。ほんとうに疲れきっていた芳夫は、警部の言葉をしおに、フラフラと立ち上がって、放心したように部屋を出て行った。

「君はなんの必要があって、あんな残酷なことをしたんだい。可哀そうじゃないか。なぜドアをしめなかったんだい」森川弁護士は怒気《どき》を含んで、警部の非情をせめた。

「しめたって仕方がないじゃないか。隣の部屋へ二人がはいって来たことは、もうわかっていたんだ。それを、ことさらドアをしめたりすれば、あの男は余計イライラしたにちがいない。何を話しているかわからないよりは、ああして、桂子さんが捨てられたことを、はっきり聞かせてやった方が、功徳《くどく》だったかも知れない」

「そういえば、そうだが、しかし、僕は見ちゃいられなかったよ。それにしても、丈二という男は見さげはてたやつだね。あの心変わりは、やっぱり財産のためだったのだね」

「そうだよ。(注8)一億の財産ともなればね。誰だって動揺するよ。ところで君は、あの財産折半の証書を盗んだ犯人を知っているかい。恐らくわかるまい」

篠は忘れていたパイプを取って、煙草をつめ、火をつけた。

「ソフトとオーバーの怪人物じゃないか。その正体が何者かは、僕には少しもわからないよ」

「そうだろうね」彼の顔の前には、紫色の煙が煙幕のようにただよいはじめた。「犯人がわからなければ、真の動機もわからない。したがって、両家の家族のうちに誰と誰に、証書を盗む必要があったかもわからない」

「理屈はそうだが、実際問題としては……」

「実際問題か。それなら、今教えてあげるよ。実をいうとあの証書を盗もうとした人間は一人じゃない。君が居眠りをして盗まれる前に、つまり健作老人が判を捺す前に、すでに証書を盗みかけたやつがある」

「なんだって」森川はびっくりして「そんなはずはない。僕はあの証書を手に入れて持って来ると、すぐに老人の部屋へ行って判を捺させたのだよ」

「ところが、すぐにではなかった。少なくとも十分以上は、下の客間で待たされた」

「ウン、それはそうだが、あのあいだは、証書は僕の鞄の中にちゃんとはいっていた」

「君はそんな確からしいことを云うが、一つあの時の状況を思い出して見たまえ。あの時君は僕と一緒にこの家にはいって来た。そして、ホールで外套と帽子を脱ぎ、君は鞄をホールの隅の小卓の上に置き、外套と帽子をそのそばの椅子にのせた。僕は小卓に帽子を置き、外套を別の椅子にかけた。そして、二人は客間にはいって、しばらく待たされた」

「思い出した。その通りだ。すると、僕らが客間にいるあいだに……」

「もう一つ思い出してくれたまえ。そのホールの小卓の上には電気スタンドと花瓶がおいてあった。花瓶には黄色い花が咲いていた」

「ウン、そうだったね」

「ところで、僕たちが、客間から出て、鞄をとりに行った時のことを覚えているかい。鞄はやはり小卓の上にあったが、その位置が少し変わっていた。そして、そのそばに置いてあった僕のソフトの鍔に、黄色い花粉が一ぱいこぼれていたので、僕は帽子をとって、その花粉をはたいた」

「それはよく覚えていないが……」

「君は鞄をもって、三階の老人の所へ行くのを急いでいたからね。しかし、僕は見のがさなかった。どうして僕の帽子に花粉が落ちていたかを考えて見た。思い出して見ると、君の鞄の位置が前と違っていたばかりでなく、卓上の花瓶の場所も変わっているように感じられた。つまり、こういう事になる。何者かがソッと君の鞄を開いて、問題の証書を探したのだ。それには、場所を広くするために花瓶をわきによせなければならなかった。花瓶の黄色い花は、ちょっとさわっても花粉がこぼれるほど満開になっていたので、その時花粉が僕の帽子の鍔におち散った、という順序だ。

「君が三階に行ったあとで、僕はまた客間に戻って、そこに集まっていた両家の人たちに、事件捜査の説明をした。説明をしながら、みんなの挙動を観察していたのだが、一人ぼくの注意をひいた人物がある。その男は自分の洋服の袖についている黄色い粉をしきりにはらい落としていた。むろん、この男が鞄を調べた犯人なんだ」

「それは誰だね、いったい」

「健作老人の長男の健一だよ。あのルパシカを着たニヒリストの健一だったよ」

「フーン、あの男がねえ……しかし、変だな。証書はちゃんと鞄の中にはいっていたよ。僕はそのあとで、老人に判を捺させたんだからね」

「だから、その時は盗まなかった。ただ調べただけなんだ。調べているあいだに、誰か通りかかったので、目的を達しなかったのかも知れない。あるいは、判の捺してない証書を盗んだって仕方ないと、思い返したのかも知れない。いずれにしても、まだ盗みはしなかったのだ」

「それじゃ、なぜ君は、一とこと僕に注意してくれなかったんだ。その事を知っていれば、僕は居眠りなんかしなかっただろう。そうすれば、判を捺した証書は盗まれなくてすんだのだ」

「ところが、あの証書は盗まれはしなかったのだよ」

篠の顔は、煙草の煙のためにほとんど見分けられないほどになっていた。煙を吹き飛ばさないで、顔の前に濛々とただよわせておくのが、彼の奇妙な趣味であった。

「エッ、なんだって、盗まれなかったって。そんなバカなことが……」森川弁護士は目を丸くして、「それじゃ、僕が真夜なかに証書の副本を取りに帰ったり、君が睡い目をこすりながら駈けつけたりしたことが、全然無意味になるじゃないか。僕にはそんなこと、とても信じられないよ。何か証拠でも見せてくれなくては」

「証拠かい。それならわけはない。証書はここにあるよ」

篠警部は背広の内かくしをさぐって、ハトロンの封筒を取り出した。そして、その中にはいっていたのは、老人の署名と実印のある、まぎれもない問題の証書であった。

森川弁護士はあいた口がふさがらなかった。

挑　戦

この回までで、大体犯人を推定する材料は出そろいました。篠警部は、すでに犯人を知っています。しかし、まだ法廷で被告を服罪させるほどの確証がないので、それを得るために一つの思いきった冒険劇を仕組んで、深夜のスリルと活劇のうちに、遂に犯人を捕えることになります。篠の推定した犯人は当たっていました。その推定の材料となった事実は、悉《ことごと》く読者諸君もご存じのものです。随《したが》って、読者諸君も犯人と犯罪動機とを推定することが出来るはずです。

罠

「なあんだ。それじゃ、君は、ずっと、これを持っていたのかい。そして、老人が副本の方に署名すると騒いでいるのに、知らん顔をしていたのか」

正直な森川弁護士はほんとうに怒っていた。篠警部のこの奇妙なやり口を理解することができなかった。

「いや、君までだまして、すまなかった。実は、やむを得なかったのだよ」

「じゃ、僕が眠っているあいだに、これを盗んだのは君だったんだね。なんの必要があって、また……」

「いや、そうじゃない。君が居眠りをしていた時には、僕はあの客間にははいらなかった。猿田の叫び声をきいて、駈けつけるまではね」

「フーン、すると、どうして、君の手にはいったのだい。ああ、君が真犯人から盗み返したというのか」

「いや、そうでもない。実は、君が僕に渡してくれたんだよ」

「エッ、なんだって？」森川は又しても、あっけにとられた。

「説明すればなんでもないことなんだ。ちょっと手品を使ったのだよ。あの晩、君はこの証書に健作老人の署名捺印を受けて、皆のいる客間へ戻って来た。そして、財産折半の証書を一同に披露した。君の目の前で証書は皆の手から手へと渡り、最後に僕の所へ廻って来た。僕は証書を一読して、ついていた封筒に入れて君に返した。その時、小手先の早業をやったんだよ。証書をポケットにすべりこませ別の白紙を折って封筒に入れたのさ。君はまさか、僕がそんないたずらをするとは思わないので、そのまま封筒を鞄の中におさめた、という次第だよ」

森川は、あきれ返って、一分間ほども黙りこんでいたが、やがて、何かうなずきながら、

「つまり、誰かが証書を狙っていると察して、君が先手《せんて》をうったわけだね」

「そうだよ。そして、僕の察した通りのことが起こった。君が居眠りしているあいだに鞄の中味をぶちまけて、探しまわったやつがある。ソフトとオーバーの男だ。例の片輪者だ。二重殺人事件の犯人だ」

それを聞くと、森川弁護士の目の前に、いつか猿田老人が真似て見せた、いやらしい片輪者の姿が、ありありと浮かんで来た。もし、あの時、目をさましたら、自分こそ第三の犠牲者になっていたかも知れないと思うと、森川は、何か冷たいものが、背筋を這い上がって来るような恐怖を感じた。

「だが、それにしても、犯人は僕の鞄の中にあるべき証書が、なくなっているのを知って、どう考えたのかね。そこが、ちょっとわからないが」

「犯人は自分と全く利害関係の同じ人物が、ほかにもいることを知っていた。その人物が、先に盗んでしまったと判断したんだよ。誰が盗んでも、証書が無くなりさえすればいいのだから、犯人は、それで安心したんだね。その別の人物も、証書がなくなることを望んでいる。破るか焼きすてるかするにちがいないと考えたのだね」

篠警部は、そこでパイプをスパリ、スパリとやって、顔の前に煙幕を張りながら、又もや、妙なことを云い出した。

「ところでね。証書を盗んだのは僕だが、その罪を、一つ君に引き受けてもらいたいんだがねえ。つまりだね、君が盗まれたと信じていた証書がほかの書類にはさまれて、鞄の中に残っていた、あの時、盗まれたと思ったのは間違いだったということを、両家の人たち全部に知らせてもらいたいのだよ」

森川弁護士は、びっくりして、聞き返さないではいられなかった。

「すると、この証書が、まだ現存しているということを、僕が皆にふれ廻るわけだね。だが、君は証書が破棄《はき》されたと思わせたいばっかりに、これを僕から掠《かす》めとったのじゃなかったのかい」

「いや、今では事情が変わって来たのだよ。事情の変化に応じて、こちらの計画も変えなけりゃならない。今度は逆にこの証書が存在していること、法律上の効力を確実に持っていることを、皆に、というよりも、そのうちのたった一人の人物に、知らせたいのだ。で、こういうふうに云ってくれたまえ。証書が紛失していないことがわかったから、あす、手続きをとるまで、とりあえず、この事務室の金庫の中に保管してあるとね。つまり家族の全部に、証書の所在をハッキリ教えてもらいたいのだ」

今二人の話している小部屋の一方の壁に、小型金庫がはめこみになっている。森川弁護士はその金庫の方をチラと見ながら、

「どうも、ヘマな役割だねえ。弁護士ともあろうものが、大切な証書を見落としてい

るなんて、入念確実をモットーとしている僕には、実に云いにくいことだよ。しかし、まあそれもいい。だが、君は充分確信があるんだろうね。どうしても僕が、そういうことを、皆にふれ廻らなければならないのかね」

「どうしても必要なんだ。君には気の毒だけれど、ほかに方法がないのだ」

「君がそこまで云うなら仕方がない。じゃあ、今からこの証書を、皆に見せて来るよ」

森川弁護士は警部の断乎《だんこ》とした顔色におされて、そのまま部屋を出て行った。警部の云い分は常識的には納得できなかったけれども、相手は時に常識を超越する天才だから、ワトソンの森川としては、その天才を信頼するほかはなかったのだ。

あとに残った篠警部は、壁にはめこみになっている金庫の前に行って、暗号錠のダイヤルを廻し、蛭峰から預かってある鍵で、その扉をひらいた。そして扉の裏側の暗号錠の仕掛けを、しきりに、いじくり廻していたが、やがて、ニヤリとして、両手をはたきながら立ち上がった。

しばらくすると、森川弁護士が、帰ってきた。

「皆に見せて来たよ」

「反応はどうだった」

「いろいろだね。隣の方を先にして、先《ま》ず良助君に話したところが、なかなか信じないんだ。しかし、あきらめていた財産の分け前が、またはいることになったんだから、わるい気持がするはずはない。先生、嬉しさを隠すためか、てれかくしのような妙な顔をして、プイと部屋を出て行ってしまったよ。

「次に芳夫君と桂子さんの部屋に行ったが、芳夫君がしきりにご機嫌をとって、桂子さんの気持もいくらか落ちついているように見えた。ところが、僕がこの証書を見せると芳夫君も驚いたようだったが、桂子さんは、ひどく興奮して、泣いたり笑ったり、まるで気ちがいのようになってしまった。僕は大急ぎで退却した。

「廊下で猿田執事をつかまえたが、話をしないうちから、なんだか、ひどくオドオドしていて、はっきりした反応はわからなかった。

「それから、こちらに帰って、丈二君に会った。先生、いやにソワソワしていて、やっぱり僕の話を信じない。そんなこと云って、かつぐのじゃないかと疑うのだね。証書を見せたら、結局は納得したようだがね」

「先生、分け前が半分になるんだからね。信じたくなかっただろう」

「失望したんだろうね。やっぱりプイとどっかへ出て行ってしまった。次に健一君の部屋に行ったが、姿が見えないので、ちょうどその時廊下で会った穴山弓子さんに、あとでここへ来てくれるように頼んでおいた」

「弓子さんにも証書のことを話しただろうね」

「話したよ。しかし、例のお能の面だから、何を考えているのか、サッパリわからない。反応皆無だね」

「それで、皆に、証書はこの部屋の金庫の中に保管しておくということを、ハッキリ伝えてくれただろうね」

「伝えた。しかし、篠君、どうして金庫なんかへ、しまっておくのだね。何かハッキリした理由がなくては、弁護士の僕としては、同意しにくいのだが……」

「いや、ハッキリした理由がある。今にわかるよ。僕を信用してくれたまえ」

その時、ドアにノックの音がして、健一がはいって来た。やっぱり黒いルパシカのようなものを着て、どこか西洋人くさい様子をしている。部屋にはいると、わざとらしく気取ったおじぎをしたが、それがまた、ひどく日本人ばなれのした感じであった。

「森川さんが、何か僕に御用があるそうですが」

と云って、ジロジロ部屋の中を見廻している。

「実は穴山さんにお話ししておいたことなんですが」森川弁護士が、相手の表情に対抗するように、ニコリともせずはじめた。「実物をお見せしておきたいと思いましてね。これです」

そう云って、例の証書をさし出した。

健一は無表情にそれを受け取ると、ザッと目を通し、又無表情に突き返した。いっさい感情を動かさないという冷血が、その場の空気を恐ろしく陰気なものにした。

「実に申し訳ないのですが、盗まれたと思ったのは私の考えちがいだったのです。なにしろ私の鞄の中にはいろいろな書類がはいっているものだから、つい見そこなっていたのですよ。あの時の状況から盗まれたものと思いこんでしまったのです。それが今朝になって、ふとしたことから見つかったのです。弁護士として何とも汗顔《かんがん》の至《いた》りです」森川はほんとうに腋《わき》の下から汗を流していた。

「わかりました。つまり、僕たち兄弟は、その証書の出現によって、財産が半分になるわけですね。良助と桂子は運がよかったのだ……御用はそれだけですか」

健一は冷たい目で、篠と森川の顔を見比べるようにした。

「それで、いずれ財産分割の手続きを運ばなければなりませんが、それまでのところ、とりあえず、証書は、この部屋の金庫の中に納めておくことにします」

篠警部は立ち上がって、壁の金庫をひらき、桐のひきだしの中に証書を入れて、扉をとじ、ダイヤルを廻した。

健一は無表情な顔で、それを見ていたが、篠が金庫をしめて、席にもどると、丁寧に

一礼して部屋のそとへ立ち去って行った。篠はそれを見送って、ニヤリとしながら、

「金庫の文字合わせを少し変えておいたよ。健一君と丈二君と、恐らく穴山さんも、この文字合わせは知っているだろう。それでは保管の意味をなさないから、あの連中にもあけられないようにしたんだ。もっとも、専門の金庫盗賊にかかったら、こんな簡単な金庫は一《ひ》とたまりもないが、この事件の犯人は、その方は専門家じゃないからね」

そういって、卓上の室内電話の受話器をとると、隣の二階のボタンを押して、さいぜんの刑事を呼び出し、ちょっと来てくれるようにと伝えた。

「だが君」森川弁護士は納得のできぬ顔で、「どうもこの金庫は、最善の場所じゃないね。僕の事務所の金庫に入れておく方が、はるかに安全だと思うがね。この邸内に犯人がいるというのに、目の前に、しかもみんなにその場所まで教えて、おいておくのは危険だ」

「危険は承知しているよ」

篠は取り合おうともしない。そこへ電話で呼んだ刑事がはいって来た。

「ああ君、君は持ち場を変えてね、今からこの部屋を見張ってもらいたいのだ。廊下のエレベーターの前あたりがいいね。あの辺に椅子を置いてこの部屋のドアをあけは

なしたまま、見張ってくれたまえ。僕と森川さんのほかは、絶対に誰も入れちゃいけない。図書室の方からはいるかも知れないが、人の姿を見つけしだい追い出してくれたまえ。いいかね」


刑事が立ち去ると、森川弁護士は、いくらか安心した様子で、

「これで僕らも食事に行けるわけだね。もう二時に近いよ。そのあいだに、誰もここへはいらなければ……」

「ウン、誰もはいらない。やがて僕のはいってほしい人がしのびこむまではね」

「だが、やっぱり、僕の事務所へ持って行った方が、安全だと思うがなあ。あすこなら、何も起こりっこないのだから」

「起こらないでは困るんだよ」篠は奇妙な微笑をうかべた。

「僕は何かが起こることを期待しているんだよ。僕は罠をかけたんだ。その罠がいつ物を云うかだ。僕の頭がどうかしていなければ、恐らく犯人はこの罠にかかるよ。僕はほとんどそれを信じている」

告白

二人はそれから食事のために外出したのだが、篠は玄関に出ると、「ちょっと」と云って康造老人の住まいの方へはいって行った。ホールから広い客間をのぞくと、猿田執事が室内の調度を、布でみがいているところであった。

「猿田君、君、もち合わせがあったら、五百円札を一枚くずしてくれないか。百円札でいいんだが」

篠が札入れから五百円札を出して、ヒラヒラさせながら近づいて行くと、猿田はビックリしたように顔を上げたが、篠の方でニコニコしているので、老人も機嫌のよい顔になって、「よろしうございます」と云いながら、ポケットから大きながま口を取り出し、百円札を五枚かぞえて、さし出した。

警部はそれを受け取って、「ついでに、そこの電燈をつけてくれたまえ。これじゃ薄暗くって、どうにもならない」と妙なことを云う。

老人はちょっと、いぶかしそうな顔をしたが、云われるままにスイッチを押して、大きなスタンドの電燈をつけた。篠はツカツカとそのそばによって、今受け取った百円札を一枚一枚光にかざしながら、しげしげと見ている。まるで贋札《にせさつ》ではないかと疑ってでもいるかのようであった。

猿田はそれを見て、何か抗弁でもしそうに、一歩前に出たが、思い返して黙りこんでしまった。そして、篠が長いあいだ札の表面をのぞきこんでいるうちに、猿田の顔つきがだんだん変わって来た。なんとも云えぬ不安の色、やがてそれがギョッとしたような恐怖の表情となり、三転して呪わしげな憎悪の顔色となった。

「や、ありがとう。僕らはちょっと食事をしてくるからね」

篠は札をポケットに入れ、森川をうながして、外に出た。

近くのレストランにはいって、席につくと、森川がまず訊ねる。

「いまの札に例の目印が書きこんであったのだろう。すると、やっぱり、猿田が小銭泥棒の犯人だったのかい」

「そうだよ。五枚とも、例のマークが書きこんである。見たまえ」

弁護士はそれを受け取って調べて見たが、たしかに、手提金庫の中の札に記してあったのと同じ場所に、同じ大きさでKの目印がついていた。

「フーン、あの爺さん、小銭をくすねる病《やまい》があったんだね。しかし、それだけなら、大した犯罪でもないが、これには何か、もっとほかの意味があるんじゃないのかい」

「あるんだよ。非常に大きな意味があるんだ。しかし、それもまもなくわかる時が来る」

篠は例によって思わせぶりだ。そう云ったまま、まるで言葉を惜しむかのように、口をつぐんでしまった。

「だが、爺さんをあのままにして、出て来てしまっても、よかったのかい。なんだか、爺さんの方でも悟ったような気がするんだが」

「それは大丈夫だよ。今にあの爺さん、僕のところへ泣きついてくる。きっとやってくる」

篠はそれを確信しているような口ぶりであった。

そこへ皿が運ばれて来たので、食事中は事件の話は禁物とばかり、二人は話題を変えて、充分に食欲を満たし、再び蛭峰家に取って返した。

二階に上がると、見張りの刑事に異常のなかったことを確かめた上、事務室にはいったが、しばらく雑談しているところへ、入口のドアがオズオズと臆病らしくひらいて、猿田の皺くちゃの顔がのぞいた。

「何か用かね。構わないから、はいりたまえ」

篠警部は待ちかねていたと云わぬばかりに、快活に声をかけた。

「すみません。ちょっとお耳に……」猿田老人は、魂《たましい》のぬけがらのように、よろめきながらはいって来た。僅かに残った薄い毛が乱れて、額の上に垂れ下がっている。顔は気味わるく青ざめ、目ばかりギョロギョロ光っている。

「どうしたんだね。まあ、そこへかけたまえ」

篠がやさしく云うと、老人は立ったまま、椅子の背中にしがみつくように両手をかけて、じっと机の上を見た。そこには問題の手提金庫がおいてある。

「それは手前でございます。その中から盗んだのは手前で……もう、隠しても仕方がありません。警部さんに見やぶられてしまいました」

「全体でどれほど、くすねたんだね」

「よくも覚えませんが、少しずつ、少しずつ、幾度も、幾度も、でも、みんなで一万円には足りないかと存じます。まことに申し訳ありません。やまいでございます。いつからかこんなさもしいやまいにかかりまして……」

「それは康造さんがなくなられる、ずっと前からなんだね」

「ハイ、さようで、その上、けさも又……」

老人はすっかりうちあけたが、しかし彼の恐怖の表情は少しもやわらがない。何かあるのだ。小銭泥棒以上の何か重大な用件があるのだ。老人はそのまましばらく黙りこんでいたが、突然、奇妙に甲高いふるえ声を出した。

「警部さん、手前はこのお邸《やしき》からおいとまをいただきます。すぐに、おいとまをいただきます。もう、とても辛抱ができません」老人はガタガタとふるえていた。極度の恐怖に醜い顔が十倍も醜くゆがんでいた。「みなさんにはおわかりがないのです。誰も知らないのです。あいつが、あいつが……ああ、恐ろしい。手前は、殺されてしまいます」

篠はテーブルの上に両肘をついて、黙って老人を見つめていた。しばらくのあいだ、老人のあえぐような息づかいだけがつづいた。やがて、篠は厳粛な面持ちになって、口をひらく。

「君はこの金庫の中から度々札を盗んだことを告白した。君は窃盗《せっとう》犯人なのだ。その君がいったい何を恐れるというのか」

老人は今にも悲鳴を上げそうな顔つきになって、

「あなた様はご存じない。お話し申しても無駄です。ともかく、一刻もこの邸はおられません。どうか逃がして下さい。お願いです」

「そうはいくまい。君は窃盗犯人だ。私は君を逮捕しなければならない」篠はわざと冷やかな口を利いているように見えた。

「ハイ、よろしうございます。どうか手前をしばって下さい。そして、一刻も早くこの邸から連れ出して下さい」

「ハハハハ、今のはおどかしだよ。君がくすねた全額を僕に渡せば、内済にしてあげてもいい」

「そうすれば、手前をここから逃がして下さいますか」

「いや、そうはいかない。君が何をそんなに恐れているのか、それを話すまではね」

老人はギョッとしたように、あとじさりをした。もたれていた椅子がガタンと鳴った。

「めっそうな、それはお話しできません。喋ったら殺されるのです」

その時、篠警部の目がギラッと光ったように見えた。

「それは誰だ。そいつの名を云いたまえ」

「あいつ、あいつです」

「オーバーとソフトの男か」

「そ、そうです。しかし」老人は口ごもって、あたりをキョロキョロ見廻していたが、

「申し上げます。申し上げます。つい今しがたです。お二方が食事にお出ましになった、お留守のことです……」と云ったまま恐怖に耐えぬものの如く、口をつぐんだ。

「ウン、それで?」

「警部さんお一人にお話ししたいんです。そして、あなた様も、決して他言しないと、

ちかって下さらなければ……」

「よろしい、決して他言はしない。さア、話したまえ」

「でも……」老人はチラと森川弁護士を見て躊躇している。

「じゃ、僕は隣の図書室へ行っているから」

森川が気を利かせて立ち上がると、猿田老人はあわてて隣室へのドアのところへよろめき、森川のためにそれを開いた。そして、そのあとをピッタリとしめきった。

脅迫状

それから十分余りの後、森川弁護士は呼び返されて元の事務室にはいったが、もう猿田の姿はなく、篠警部が何かしら満足げな微笑をうかべて、部屋の中を行ったり来たり歩き廻っていた。

「むろん君には話すよ。予想以上の収穫だった。犯人はいよいよ死にもの狂いだよ」

篠はやっと椅子に腰をおろして、パイプにつめはじめた。

「しかし、いいのかい。他言しないと約束したんだろう」

「気やすめさ。そう云わなければ、先生なかなか白状しないからね。君に隠す必要なんか少しもないのだよ」

そして篠はパイプに火をつけると、うまそうに一《ひ》と吸《す》いしてから、話しはじめた。

「先生ひどく怖がっているのでね、君が席をはずしてからも、喋らせるのに相当骨がおれたが、結局こういうことなんだ。僕たちが食事に出ているあいだに、午後の郵便物が届いた。これを郵便受函《うけばこ》から取り出して仕分けをし、それぞれの宛名の人に手渡すのが猿田の仕事になっている。で、受函をひらいたのだが、数通の手紙の中に、一つだけ切手の貼ってない、消印のない封書があった。しかもそれは猿田執事あてになっていたんだね。差出人の名はなかった。猿田はいぶかしく思いながら、それを開いて見たが、先生をあれほど怖がらせたのは、この手紙なんだよ。

「その手紙には署名はしてなかった。しかし、猿田には差出人が、すぐわかったのだ。爺さんはふるえ上がってしまった。もうこんな恐ろしい家には一刻もいられないと思った。小銭泥棒のことなど問題じゃない。それを白状して、早くこの家を逃げ出したいと考えた。そこで、ああしてこの部屋へやって来たというわけだよ。その手紙というのはこれだ。読んでみたまえ」

森川はその紙片を受け取ったが、何の特徴もないザラ紙の半紙に、鉛筆の下手な字が、不揃いに並んでいた。

今夜、君と二人だけで会いたい。もし君がこの手紙のことを誰かにもたらしたら、君の命はないものと思え。次の指定通り、まちがいなくやるのだ。そうすれば君は何の危害も受けなくてすむ。
今夜正十二時、君は君の家、つまり左の蛭峰家の地下室の召使部屋にはいって、窓から裏庭をのぞいているのだ。電燈は全部消して真暗にしておくこと、又裏庭への出入口のドアは明けはなして、私が外からはいれるようにしておくこと。私の姿が庭に現われたら窓ガラスをトントントンと三つ強くたたいてくれ。それが何もじゃまがないという合図だ。もし誰かほかの人が地下室にいたら、たたいてはいけない。合図をしたら、暗闇の中でじっと待っているのだ。私が君のそばへ行くまで待っているのだ。動いてはいけない。わかったね。このさしずに少しでもそむいたら、君の命があぶないのだ。私はピストルをもっているのだから、そのつもりで。

「それは左手で書いたものだよ。筆蹟を見破られないためだ。封筒にも紙にも鉛筆にも特徴はない。ありふれたものだ。ずいぶん用心ぶかくやっている」篠が説明する。

「今夜十二時に、あのオーバーとソフトの怪物が、やってくるというんだね。なんという大胆不敵なやつだろう」森川はあきれたように呟く。

「大胆不敵があいつの身上《しんじょう》さ。いつもこの手だよ。そこが実は、こちらのつけめでもあるんだがね」

「あいつはほんとうに来るだろうか」

「むろん来るよ。僕はほとんど確信している。来なければならないわけがあるんだ。あいつも死にもの狂いなんだよ。今夜はいよいよ最後の攻撃を目論《もくろ》んでいる。そのためにこんな手紙を書かなければならなかったんだ。そこで、こちらも、充分の用意をして、あいつを歓迎してやろうと思うのだよ。あいつにも深い企らみがあるだろう。しかし、僕の方にも相当の企らみがあるんだ。そして、もし僕の計画がうまく行けば、今度こそあいつを捕えて見せる。今夜が勝負だ」

さすがの名探偵も、やや興奮しているように見えた。長い足を組み合わせ、ゆったりとパイプをくゆらしているけれど、目の異常な光だけは隠すことが出来なかった。

「それで、君の計画というのは?」森川はそれにつられてつい声に力がはいった。

「まず第一に、両蛭峰家の全員を集めるんだ」

篠はそういって、室内電話の受話器をとり、猿田と、こちらの女中とに、家族の全部

が下の客間へ集まるように伝えさせた。そして、受話器をおくと、

「断わっておくがね、僕が家族たちにどんなことを云っても、横槍《よこやり》を入れてはいけないよ。いつものように、僕のやり口は、君の意表に出るかも知れない。きっと君は、例の正義感から、何か云いたくなるにちがいない、それを抑えてくれたまえ。いいかい。僕は充分考えた上でやることなんだから」と念を押した。森川はただうなずくほかはなかった。

「呼びつけたんだから、こちらが先へ行っている方がいい。じゃ、下へ行こう」

篠は問題の脅迫状をポケットに入れると、先に立って階段を降りた。

二人が客間にはいって待ちかまえているところへ、両家の人々が次々とはいって来た。第一着は穴山弓子であった。例の黒縮緬の羽織を着て、しずしずとはいって来たが、お面のような無表情な顔には、いっこう衰えが見えない。重なる惨事も彼女を打ち負かす力はなかったのであろうか。奥底の知れない不死身のような老女である。彼女は二人の方を見向きもせず、一方の長椅子に静かに腰をおろし、正面を切って端然《たんぜん》と控えている。

次にはいって来たのは、ルパシカの健一であった。これも二人に挨拶はしない。煙草を横くわえにして、顔をしかめながら、別の椅子について、超然として、壁の油絵を

見ている。

「丈二君はご一緒ではなかったのですか」篠の方から声をかけると、健一は無愛想な顔をこちらに向けて、

「さア、知りませんね。丈二はお隣へ行っているようですから、誰かがここへ集まることを伝えたでしょう」

ちょうどそこへ当の丈二がはいって来た。桂子と連れ立っている。これはどうしたことであろう。丈二は又しても幾度目かの豹変をとげていた。さっきの図書室での様子とはガラリと変わって、二人はひどく睦まじそうである。丈二はまるで護衛兵のように桂子により添い、彼女を椅子にかけさせ、桂子が煙草をくわえると、す早く火をつけてやるという調子であった。桂子もうれしそうに、晴れやかな顔をしている。彼女の薄化粧は一ときわあでやかであった。

森川弁護士は、その様子を見て、苦笑を禁じ得なかった。なんという現金な男だろう。健作老人が殺されて、桂子が無一文になると、丈二はさっそく彼女から離れていった。それが、財産折半の証書が発見された今は、手の裏を返して彼女をチヤホヤしている。桂子は哀れな女だ。彼女も男の愛情が財産に左右されていることを悟っている。それを知りながら離れることが出来ないのだ。財産という武器にすがってでも、男の

愛情がほしいのだ。

次には桂子の夫の芳夫がはいって来た。そして、チラッと丈二の方を見て、出来るだけ桂子に接近した席を占めた。彼もまた哀れな男である。最後に良助がボンヤリした顔で現われた。財産折半が確かになったのだから、喜んで然るべきに、彼は何を考えているのか、いっこう嬉しそうでもない。何か放心の体《てい》である。

人数が揃ったのを見て、篠警部が立ち上がった。そして厳粛な調子で、一同に話しかけた。

「お集まり願ったのは、緊急に、非常に重大なご相談があったからです。今夜また一つの危機がわれわれを襲います。それについてあなた方全部のご協力を得たいのです。私は今度こそ、どんなことがあっても、犯人を捕えなければなりません。それには、あなた方のご協力が必要なのです。相手に用心させてはなりません。私の部下を召集して、この家の内外に待機させることはたやすいのですが、それでは相手が逃げてしまいます。何の用意もないが如くに見せかけなければなりません。それにはどうしても、あなた方のご苦労を願うほかはないのです」

篠が言葉を切ると、放心の体に見えた良助が、ギョッとしたように椅子から飛び上がった。

「危機というのは、いったいなんです。又、あの片輪者が現われるとでもおっしゃるのですか」

「そうです。私はそれを予期しています。いや、確信しています。あいつは今夜、真夜中に、やって来るのです」

篠は低い圧《おさ》えつけるような声で答えた。

一座はシーンと静まりかえった。

禅問答

ルパシカを着たニヒリストの健一が、わき見をしながら皮肉な調子で云った。

「警部さんは、あいつが今夜、ここへ姿を現わすことを確信しておられるようですが、それには何か根拠があるのですか」

「むろん根拠があります。犯人は猿田執事に脅迫状を送ったのです。これをごらん下さい」

篠はさいぜんポケットに入れた脅迫状を取り出して、健一に渡した。そして、猿田執事が郵便受函から脅迫状を発見したこと、猿田は恐怖に耐えずそれを警部に見せて救いを求めたことなどを説明した。

健一は脅迫状を一読すると、例によってシニカルな薄笑いを浮かべただけで、それを隣の良助に渡した。それから六人の家族に次々と手渡され、異様な回覧を終わった。家族たちは性格に従って、それぞれの反応を示した。丈二は桂子と肩を並べて、ちょっと紙片をのぞいたかと思うと、汚ないものでも捨てるように次に廻した。鳩野芳夫は充分目を通して、怒りの色を現わした。良助は読んでいるうちに手がふるえて来た。脅えているのだ。穴山弓子はいつもの通り全く表情を動かさなかった。彼女の顔は蠟細工のお面のように見えた。結局、この脅迫状を最も無表情に受け取ったのは健一と弓子の二人であった。

「そこでご相談があるのですが」篠警部は一同が読み終わったのを見て、はじめた。「無闇に騒いでは、相手に悟られる心配があります。あいつが今夜現われてくれなければ徒労《とろう》に終わるのです。この絶好の機会をのがしてしまうことになるのです。で、私は部下を招集して包囲陣を張るというようなことは、しないつもりです。さいわい、ここには屈強《くっきょう》の男の方が四人もおられます。私と森川君と合わせて六人です。この六人の力であいつを待ちぶせし、包囲して、とりこにしようという考えなのです。もっとも、相手はピストルを持っていますから、非常に危険な仕事ですが、みなさんは、この私の計画にご賛成下さるでしょうか」

しばらくは誰も答えなかった。丈二が最も青ざめて見えた。彼は逃げるように、二歩ばかりあとずさりさえした。しかし、誰も臆病者と思われることを好まぬらしく、この提案を拒絶するものはなかった。こういう場合には一ばんしっかりしている鳩野芳夫が、一同を代表するように、前に進み出て、静かに口を開いた。

「みんなでやって見ましょう。お指図に従います」

「ありがとう、相手のピストルに対しては私が矢表《やおもて》に立ちます。決して皆さんを傷つけるような下手なことはしません。あなた方は地下室のあちこちに待機して、あいつが逃げ出せないようにして下されればいいのです。そのためにはわれわれは、脅迫状の指図通りにしなければなりません。つまり猿田が一人だけで、あいつを待っているように見せかけるのです。私が猿田の位置につきます。そして、暗闇の中で、あいつが近づいて来た時、ピストルを使うひまもないほどす早く、組み伏せてしまえばいいのです。その点は私に任せて下さい。自信があります」

その時、奇妙な悲鳴のようなものが聞こえた。桂子の美しい口から、思わずほとばしった恐怖の声であった。彼女は夫の芳夫のではなくて、人前もはばからず、丈二の腕にすがりながら、

「あたし、どうしても我慢ができません。そんな恐ろしいことが、ピストルの打ち合いが、この家でおこるなんて……」

「わたしは今夜水明館《すいめいかん》へ避難します。あなたもそうなすったらどう？」

穴山弓子がそう提案した。水明館というのは、近くの旅館の名であった。

「ああ、それはいい思いつきです。お二人は今夜だけ宿屋で泊まって下さい。それから女中たちのことがありますが、早くから屋根裏の寝室へ引きとらせる方がいいでしょう。そして部屋の中から鍵をかけておくのですね。犯人は女中たちに危害を加えるはずはないし、屋根裏へ上がるようなことも決してないと思います」

「よろしい。それできまった。僕たち男四人は、あとへさがりません。やりますよ。あの醜悪な怪物を袋の鼠にしてやるんだ。ハハハハハ。ねえ、良助君、お互いに親のかたきだからねぇ」

丈二が妙に興奮して、うわずった声を出した。

臆病者の良助も、今さら逃げ出すわけにはいかなくなった。親のかたきとあっては、うわべだけでも虚勢をはって見せるほかはない。彼は赤くなったり青くなったりしながらも、同意のしるしにうなずいて見せた。

健一と芳夫は冷静であった。健一はこの際にも例のシニカルな苦笑を浮かべ、何を騒いでいるのかと云わぬばかりに、そっぽを向いて突っ立っていた。鳩野芳夫は四人の中の最年長者だけに、最も落ちついていた。事に当たって動ぜぬ、何かしっかりしたものを感じさせた。彼が弱いのは美しい細君に対してだけであった。

「それでは、われわれは、今夜十一時ごろに部署につくことにしましょう。地下室には幾つも部屋がありますから、一人が一部屋ずつ受け持つというようなことになるだろうと思います。その人員配置は十一時までに、よく考えておきます。準備を早くしすぎては却《かえ》っていけないのです。では十一時には皆さん間違いなくもう一度お集まり下さい。女中たちには何もいわないでおいて、十時頃には、屋根裏部屋へとじこもらせることにしましょう。ただ今申し上げることは、これだけです」

そう云い残して、篠警部は森川弁護士と一緒に客間を出た。警部は階段の上がり口で、ちょっと立ち止まって、耳をすました。客間に残った人々は何か興奮して話しあっているようであった。幾つかの声が或いは高くなり、或いは低くなって聞こえて来た。その中で、桂子のヒステリックな声が一《ひ》ときわ耳だっていた。

二階に上がると先《ま》ず、見張りの刑事に、異常のなかったことを確かめた。刑事はいつの間にか二人になっていた。食事などの交代のために、篠がそういう手配をしておいたのである。それから事務室にはいると、篠はパイプのつめ換えをはじめたが、森

川が何か不服らしく云いだそうとするのを、片手で制して、

「わかっているよ。君は脅迫状のことを誰にも話さないと猿田に約束したことに、こだわっているんだろう」とニヤリとする。

「それもあるが、大体君のやり口が僕にはまったく腑に落ちないよ。横槍を入れない約束だったから、黙っていたけれど、まるで矛盾だらけじゃないか。君はこの家の家族の中に真犯人がいると確信している。それでいて、全家族に秘密を漏らしてしまった。今夜どうして犯人を捕えるかという相談を持ちかけている。あの中に真犯人がいるものとすれば、これは常識で判断の出来ないばかばかしいことじゃないか。君はいったい何を考えているのか、僕はまるで見当がつかないよ」

「ところが、矛盾しないのだよ。ちょっと普通の論理をはずれているようだが、そこが面白いところだよ」篠は平然としている。

「当の犯人自身に、こちらの作戦を漏らしてもかい。そうすれば、犯人は今夜はやって来ないかも知れないじゃないか」

「いや、来るよ。犯人はきっとやって来るよ。そこが面白いところなのさ。僕も犯人も、お互いに表面に現われたことの、もう一つの奥を考えているんだよ。問題は、どちらが深く考えているかさ。奥行きの深い方が勝利をおさめるのだ」

又しても、禅問答のようなことになってしまった。森川弁護士は、こういう論理はずれの物の言い方が、甚《はなは》だ苦手である。結果不得要領のまま引き下がるほかはなかった。

その時、ドアに力ないノックの音がして、猿田老人の醜い顔がのぞいた。

「はいりたまえ、何か用かね」

篠警部は笑顔を作って迎えた。

老人は恐怖にうちのめされた表情で、よろめきながらはいって来た。

「警部さん、あんたという方は、あの秘密を守って下さらなかったのですね。今下の客間で、皆さんが、今夜犯人がやってくることを話しておられました。脅迫状のことが、みんなに知れわたっているのです。警部さん、手前はどうなるのでございます。ああ、殺されてしまいます。脅迫状には秘密をもらせば、きっと殺すと書いてありました」

老人はしわがれ声をふりしぼって叫んだ。そして両手を顔に当てて、そこにうずくまってしまった。泣いているのかも知れない。森川は何だか舞台の演技を見ているような気がした。少し誇張がひどすぎる。この老人はお芝居をやっているのじゃあるまいかと、ふと感じた。

「大丈夫だよ。君は決して殺されやしないよ。君のことは私が引き受けた。安心していたまえ」

篠は老人をいたわるように云う。

「では、この家から出して下さい。どこでもよろしうございます。あなた様のおっしゃるところへ参ります。ただ、今夜この家にいることだけは……」猿田はからだをねじるようにして、嘆願する。森川にはそれがますますお芝居めいて見えた。

「よし、それじゃ君は今夜そとで泊まるようにして上げよう。実は穴山さんと桂子さんは、今夜水明館で泊まることになっている。君もそこへ一緒に泊まることにすれば、ご婦人方の用事をしてあげることも出来るし、お互いに都合がいいだろう。君から鳩野さんにでもお願いして見るといい。むろん承知して下さるだろう」

「ハイ、そう願えれば安心です。手前からお願いして見ます」老人はやっと安心したらしく、立ち上がった。

「女中たちには、何も云っちゃいけないよ。騒ぎ出されると困るからね。女中たちは屋根裏部屋へとじこもらせておくつもりだ。あいつは女中に危害を加えることは、決してないのだからね」

「ハイ、かしこまりました。では、警部さん、手前はこれで……」

老人は一礼して、よろよろとドアの外へ消えて行った。

猿田犯人説

老人が出て行くと、篠警部は窓際へ立って行って、黒背広の長いからだを、窓わくにもたせかけた。そして、首をグッと猫背にして、窓の敷居の上をのぞきこんだ。そこに何か珍しい微細物でも発見したかのような恰好であった。しばらくそうしていて、こちらを向いた時には、彼の目にほのかな不安のようなものがただよっていた。

「いや、あいつはきっと来る。来なくちゃならないんだ。これほどいい機会を与えてやったのに来ないという理屈はない」彼は自ら励ますように、ひとりごとを云った。

「フーン、どうやら僕にもわかって来たようだぞ」森川弁護士も考えごとから顔を上げた。「なるほど、そうだったのか。そうだろうね。そうにちがいない」と独りでうなずいている。

「え、わかったたって? いつ気がついたんだ」篠はびっくりしたように聞き返す。

「考えて見ると僕は最初から、あれを疑っていたんだ。いつも心の隅っこに、あれがこげついていた。それだね。そう考えると、君のやり口が了解出来る」

「僕は早くからそれを知っていた。しかし、法廷に持ち出す確証というものがないんだ。僕としては、あいつは、どうしてもそうしないではいられなかったという、心理的な動機を知っているだけなんだからね。その点で今夜は実にいい機会なんだ。変装しているところをつかまえてしまえば有無を云わせないからね」

「つまりこういうわけなんだね」森川は考え考え自説を述べる。「まず第一の事実として、オーバーとソフトで変装していた怪物は、いつもたった一人の人物にしか目撃されない。猿田老人のほかには見たものがない」

「それも一つの要素だ。次は？」

「手提金庫の盗難だ。あれが今度の事件全体に大きな関係を持っている」

「そう、大きな関係がある」

「第三には、最初から、あの男の行動は疑わしかった。嘘ばかり云っている。わざと奇《き》矯《きょう》な行動をする。それを考えただけでも、もう問題はないわけだ」

「ウン、君がそこまで考えていたとは驚いた。ほんとうの性格を見抜く力がなくては、そこまでわからないはずだからね」

「第四には、君が猿田を外泊させることにした。家から外へ出してやることにした。これだよ。僕はなるほどと悟った。うまい手だと感服した」

「待てよ。どうもその点は、君が云うほど重要ではないんだがね」

篠がいぶかしげな顔をした。

「いや、隠したって駄目だよ。猿田はなぜ外泊しなければならなかったのか。それは、今夜十二時に、裏庭から侵入するためだ。われわれが待ち伏せをする人物は、つまり彼だからだ」

篠は忘れていたパイプをとって、マッチで火をつけながら、酸っぱいような顔をして、上目使いに森川を見た。

「君は犯罪の動機をまだ説明してないようだが……」

「それは最初からわれわれの目の前にあった。小銭泥棒を発見せられたということが動機さ」

森川は早口に云い切った。

「エ、何だって?」

「ほかに何の動機があるだろう。殺人の動機としては少し軽すぎるが、相手は耄碌した変質者なんだからね。康造さんに小銭泥棒を発見されて、逆上したんだ。目がくらんでついピストルを撃ってしまったんだね。それからお芝居がはじまった。オーバーとソフトの片輪者を発明したり、自分で自分の顎を傷つけたり……」

森川は喋っているうちにだんだん自信を失って来た。篠の目が笑っていたからである。

「駄目、駄目、まるで違うよ」篠が遂に判決を下した。「君は僕と同じ犯人を考えているのだと思っていたが、そうじゃなかったんだね。猿田じゃないよ。あの爺さんは、相当変わりものだが、非常に小胆《しょうたん》な小銭泥棒にすぎない。人殺しなんか出来る柄じゃないよ」

「しかし、しかし」森川はてれかくしの抗弁をしないではいられなかった。「怪物を目撃したのは猿田だけだったという点を挙げた時、君はまったく同感したじゃないか」

「そりゃ、そうだよ。犯人は自分の変装すがたを猿田だけにしか見せなかった。それは、猿田が臆病者で、最も利用しやすかったからだよ。僕が君の意見に同感したのは、そういう意味なんだ」篠は窓際をはなれて、煙草の煙を濛々となびかせながら、室内を行ったり来たり歩きはじめた。

「最初の晩、鳩野芳夫君を訪ねて来た怪人物の取り次ぎに出たのも猿田。それが再度客間に現われて、康造さんを撃った時に、出くわしたのも猿田。それから、君が居眠りをしているすきに、鞄をかきさがした怪人物を見たのも猿田だった。そしてあの爺さんは、首のまがった、びっこの怪物の物真似さえして見せた。君はこれが皆猿田のつくりごとだったというのだが、君は一つ忘れていることがある。犯人は最初の日、昼間のうちに庭にあらかじめ偽《にせ》の足跡をつけておいたのだったね。ところが、康造さんが手提金庫盗難のことを問題にして、犯人を探し出すと云っているのを、猿田が立ち聴きしたのはその日の夜なんだ。だから、猿田が昼間のうちから、殺人の偽証を作っておくというのはおかしい。あの足跡の一件を考えれば、猿田犯人説は成りたたないことになるんだよ」

森川は一言もなかった。彼は足跡の件を勘定に入れることを、まるで忘れていたのである。篠は話しつづける。

「君がさっき挙げた要素は、必ずしも間違っていない。それを逆に考えればいいんだ。つまり犯人の側から考えればいいんだ。犯人が両蛭峰家の家族の一人であることは間違いない。それを外部のものと見せかけるために、先《ま》ず偽の足跡を残し、夜はオーバーとソフトで変装して、玄関のベルを押した。取り次ぎに出た猿田が、もし、しっかりしていれば、変装を見破ったかも知れない。見破られたとしても、犯人にとってはなんでもない。ちょっと外出して帰って来たのだと云えばいい。そして、別の方法によって再挙をはかればいい。ところが、猿田は変装を見破らなかった。玄関の電燈はうす暗いし、犯人はソフトを深くかぶり、襟を立ててうつむき加減にしていた。声も変えていた。猿田は、欺《あざむ》かれてしまった。犯人は一度身を隠して、次に客間に現われた時に、ちょうど猿田がそこへやって来た。思う壺《つぼ》にはまったのだ。そこで、猿田を充分怖がらせておいて、顎に一撃を加え、声も立てられないようにしてしまった。しかし、まったく昏倒《こんとう》させたのではない。手加減をして、犯人の逃げ出すところを目撃し、それを警察に告げることが出来る程度にしておいた。ここに犯人の慎重な計算があった」篠は喋りながら、窓の前に戻っていた。もう夕闇がせまり、彼の長いからだが、黒い影となって浮き上がって見えた。二人とも話に熱中して、電燈をつけることを忘れていた。

「猿田は犯人によって最も巧みに利用されたのだ。小胆者で、少々耄碌していることが、犯人目撃の役廻りに持ってこいであった。臆病者だから、怪人物の姿を誇張して伝えた。そこから怪談性というべきものが生まれて来た。又、爺さんは倒れながら、犯人がピストルをうつところまで、ハッキリ見ていて、それを警察に告げた。猿田は申し分なく彼の役割を勤めたのだ」

「ウーン、そうか。実にうまく考えたもんだな」

森川は再びワトソン役に甘んずるほかはなかった。

「実にうまい。たとい警察が猿田の証言を疑ったとしても、ほかに何の証拠もないんだから、犯人は少しも痛痒《つうよう》を感じない。オーバーとソフトの簡単な変装が、奇蹟的な効果をあげた。脱いで捨ててしまえば、おしまいなんだからね。犯人は二度同じ変装をすることは考えていなかった」

「ところが、二度目に同じ変装をしたね。最初のとオーバーやソフトは違っていただろう」

「うン、あれは犯人も予想していなかった。健作さんが財産折半の証書を作ることは、計算にはいっていなかった。だから、もう一着新しいオーバーやソフトを用意していたわけではない。彼は君の居眠りしている客間へ、変装しないではいって行ったのだ」

「すると猿田の見たあの姿は？」

「ハハハハハ、あれは君のオーバーとソフトなんだよ。犯人が君の鞄の書類をぶちまけて探している時に、廊下の方から猿田の鼻唄が聞こえて来た。客間にはいって来るかも知れない。そこで、犯人は咄嗟に、君が椅子の上に放り出しておいたオーバーとソフトを取って、変装した。そして例の肩がグッと上がり、首のまがった恰好になって、後ろ姿だけを猿田に見せた。若《も》し飛びかかって来られたら大変だが、猿田ではその心配はなかった。爺さんは化物でも見たように、ふるえ上がって逃げ出してしまった。犯人はそのすきに、オーバーとソフトをぬいで、元の場所に投げすて、そのまま危険のないドアから逃げ去ってしまった。ここでも猿田の臆病が役に立ったのだ。猿田は部屋を逃げ出してから、叫び声をあげた。その声で君が目を覚ました時には、犯人はもう室外に出ていたというわけだよ」

篠は説明を終わって、窓の外をのぞいた。夕闇はいよいよ深く、街燈の光が窓ガラスを明るく照らして、篠の長身のシルエットが、室の床に長々と影を投げていた。彼の横顔、広い額、濃い眉、高い鼻が、クッキリと描き出されていた。彼はそうして、窓をバックにして、身動きもしないでいたので、巨大な切り抜き絵のような感じがした。しばらくして彼はポッツリと云った。

「二度目にオーバーとソフトの怪物が現われたのは、そういうわけさ」

「で、三度目は、三度目の今夜は、あいつ又オーバーとソフトで現われるだろうか」

「恐らくそうだと思うね。いずれにしても、もう数時間すれば、わかるわけだよ」

戦闘準備

二人が外に出て、おそくなった夕食をすませた時には、もう九時に近かった。森川弁護士は今夜の準備が気になるので、帰りを急いだが、篠警部はおちつきはらっている。

「まだ早すぎるよ。十二時までは何も起こるはずはないのだから、もう少し話して行こう」

篠は食後のコーヒーをゆっくり啜《すす》って、パイプに煙草をつめながら、

「実にふしぎな事件だったね。長い警察生活にも、こんなのははじめてだよ。だいいち出発点からして変わっている。遺言によって双生児《ふたご》が四十年というあいだ、永生き競争をつづけたというのだからね。そして、その決勝点にこの惨劇が待ちかまえていた。若《も》しあんな奇妙な遺言がなかったら、二人の老人は天寿を全《まっと》うすることが出来たんだ。遺言状を書いた人も、まさかこんな悲惨な結果になろうとは、夢にも考えなかったろうね」

「そうだ。僕だって、こんな事件ははじめてだったよ。ところで、この二重殺人事件の動機は、やっぱり財産なんだろうね」森川もコーヒーを啜り、巻煙草に火をつけた。

「むろんそうだよ。しかし、それには二つの面がある。財産そのものへの慾望と、もう一つは、例の桂子さんと丈二君の恋愛問題だ。二人の関係は、現在では財産だけでつながっている。桂子さんの方は純粋の愛情のようだが、丈二君は全く財産に動かされている。最初康造さんが殺されて桂子さんが無一文になると、丈二君は彼女を見向き

もしなくなった。それから財産折半の証書が作製されると、にわかに桂子さんをチヤホヤし出した。その証書が盗まれたとわかると、手の裏を返して冷淡になり、再び証書が現われると、たちまち桂子さんのご機嫌をとる。一々財産によって動かされているんだ。

「浪費家の丈二君は兄と財産を二分することさえ残念に思っていたに違いない。それが更らに両家に分配されて、自分の取り分が四分の一になるのは堪えがたいことだ。それそこで桂子さんの取り分をもわがものにするために、彼女とのよりを戻したというわけだ。あの美青年は、自分のものは自分のもの、女のものは自分のものという、虫のいい考え方をしているんだね。そういうふうに恋愛問題の側から考えると、丈二君と桂子さんは、今度の事件に案外深い関係をもっているかも知れない」

篠はパイプの煙で顔の前に煙幕を張っていた。それで彼の真の表情を遮蔽《しゃへい》しているように見えた。彼は更らに話しつづける。

「しかし、近視眼になってはいけない。目を一点に集中すると、全景が見えなくなる。君が若しこの犯罪の謎を解こうとするなら、こういうことを自問自答して見るんだね。いいかね、誰が康造老人の死によって利益を受けたか。又誰が健作老人の死によって利益を受けたか？　それから次に、その逆を考えるんだ。二人の老人の死によって、誰が損害を蒙ったか？　そして、この問いを、今云った恋愛事件の方角からも、よく検討して見るんだ。

「もう一つの要素は、例の手提金庫の盗難だ。盗難そのものは、猿田が犯人だということが分かってしまったのだから問題はない。盗難そのものではなくて、もう一つ別の意味が隠されている。そこが実に興味津々たるところだ。これらのことを、一つ君自身で考えて見たまえ。数時間後には何もかもハッキリするんだからね」

篠はそう云って、腕時計を見ると、立ち上がった。

「もうちょうどいい時分だ。ボツボツ帰るとしよう」

二人はレストランを出て、夜道を肩を並べて歩き出した。

「僕たちの事務室の金庫は大丈夫だろうね。刑事が見張りをつづけているんだろうね」森川がそれを思い出して、不安らしく云う。

「大丈夫。ずっと二人に見張らせてある。何か異常があれば、レストランへ電話をかけたはずだ。二人は今夜十一時まで、持ち場についている。その時間が来たら、見張りをやめて、帰ってもらう手筈になっている」

「なぜ見張りをやめさせるんだい。危ないじゃないか」

「地下室に全力を集中するんだ。今夜十二時には、家族の四人の男たちと、僕らの二人のほかには、誰もいないようにする必要があるんだ。そこが僕の計画の要所なんだ」

例によって、森川には篠の真意がわからなかった。ただ名探偵の智恵に信頼するのみである。

蛭峰家に着いた時には、もう十時半であった。左側のベルを押すと、良助がドアをあけてくれた。彼は今夜の戦闘の予期のためか、異様にソワソワしている。

「ああ、やっと帰ってくれましたね。どうも、何もしないで十二時まで待っているのは、実にたまらないですよ。少しもおちつけません」

「女中たちは、もうやすませましたか」

「ええ、みんな屋根裏へ引きとりました。それから、穴山の伯母と桂子と猿田は、お留守中に水明館へ泊まりに行きました。今このうちには、隣の二階にいる二人の刑事さんと、あなた方と、われわれ四人の男ばかりになったわけです」

三人が、話しながら客間にはいろうとして階段のそばを通ると、その上から鳩野芳夫が降りて来るのが見えた。小柄だがガッシリした恰幅《かっぷく》、チョビ髭をはやした浅黒い顔、良助のようにソワソワしたところはなく、家族のうちで、一ばん落ちついているのは、この人であった。彼は三人に気づくと、目礼して、

「ボツボツ、みんなを呼びましょうか」と訊ねた。篠がそれに答えて、

「そう、集まっていただきましょうかね。いや、ちょっと待って下さい。エレベーターはどの階にありますか」

「ずっと一階ですよ。あれから誰も使いません」これは良助である。

「では、そのまま両側の扉をあけはなって、お隣との通路にしておきましょう。いざという時に、そこを通れば、一ばん早いのですからね」篠はエレベーターまで歩いて行って、こちら側と向こう側と両方の扉を、あけはなった。「それじゃ、鳩野さん、健一君と丈二君を呼んでいただきましょうか。僕たちは客間に待っています」篠と森川と良助とは、客間にはいって、思い思いの椅子にかけた。良助はよほど興奮しているらしく、椅子の上で、たえずからだを動かし目をキョロキョロさせている。

しばらくすると、鳩野芳夫が健一と丈二をつれて入って来た。三人のうちでは、丈二の興奮の度が一ばん強い。彼は良助におとらずソワソワして、篠の挨拶に、飛んでもない返事をしたりした。

篠は三人に椅子につくように勧めて、しばらく黙っていた。何かを待っている様子である。それを見て、一同はちょっといぶかしげな顔をしたが、間もなく、篠の待っていたものがやって来た。客間の入口に二人の刑事が現われて篠に一礼した。事務室の金庫を見張っていた刑事たちである。

「ああ、君たち、今夜はもう用済みだ。引き取ってくれたまえ。あとのことは、いずれ電話で連絡するからね」

刑事たちは一《ひ》とことも口を利かず、再び一礼して、入口から姿を消した。少しすると、玄関の重いドアがバタンとしまる音が聞こえて来た。

「刑事などがウロウロしていては、犯人が現われてくれないかも知れませんからね。今夜はわれわれ六人だけの手で処理することにしました。われわれが地下室におりてしまうと、屋根裏の女中たちを別にすれば、この建物はまったくからっぽになるわけです。空き家も同然になるわけです」篠はそこで言葉を切って、一同を見廻した。

森川は、なぜそんな危険なことをするのだろう、その間に金庫の証書が盗まれるようなことはないのだろうかと、不安に堪えなかったが、横槍を入れないという約束に従って、口をつぐんでいるほかはなかった。

「もう十一時です。十分もすれば、われわれは地下室の部署につかなければなりません」

篠警部は椅子から立ち上がって、今夜の指揮官としての威厳を示しながら、厳粛な調子ではじめた。

「あなた方に怪我をさせるようなことは、万一にも、しないつもりですが、なにしろ相手は二人まで人を殺し、死にもの狂いになっているやつです。相当の危険はあるものとお考え願わなければなりません。犯人が猿田と会って話したいことが何であるかは、僕にもわからないのですが、犯人としては緊急の必要に迫られているのです。でなければあんな危険な脅迫状をよこすはずがありません。彼は必ずやって来ます。われわれは、充分戦闘準備をととのえておかなければなりません」

この警告に対して、四人の男はそれぞれの反応を示した。鳩野芳夫は警部の顔を見つめて、深くうなずいて見せた。四人のうちでは彼が最も正常であり、最も落ちついているように見えた。健一は相も変わらずソッポを向いて、薄い唇を嘲笑するように曲げていた。虚栄そのものの如き丈二はたとい狂燥的《きょうそうてき》にもせよ、一種の勇気を現わし、両手を握りしめて、一膝前にのり出していた。最もみじめなのは良助であった。彼の目は恐怖のために、飛び出しそうに見ひらかれていた。膝にのせた両手はワナワナふるえていた。

しかし、誰も逃げ出そうなどとは考えていなかった。それぞれのやり方で、今夜の戦闘に参加することを覚悟しているように見えた。

「では、これから、地下室の部屋部屋の持ち場をきめましょう。われわれは広い地下室の四方に分散して、犯人の退路を断ち、いざという時に、彼を包囲できるような体勢をとらなければなりません」

篠警部はポケットから紙片を取り出して、鉛筆でその上に地下室の略図を描きはじめた。

深夜の冒険

篠は鉛筆で略図を書きおわると、それを一同に見せて説明した。

「地下室の間取りは、あなた方がよくご存じなんだが、人員配置の正確を期するために、見取図を書いて見ました。先《ま》ず一階から階段を降りると、細長いホールがある。そのつき当たりの往来に面した部屋は石炭や薪《まき》の置き場になっている。それに並んで竈《かまど》のある煮炊きの部屋、一番奥に調理室がある。裏庭に面した側は、ホールからはいった所が召使控

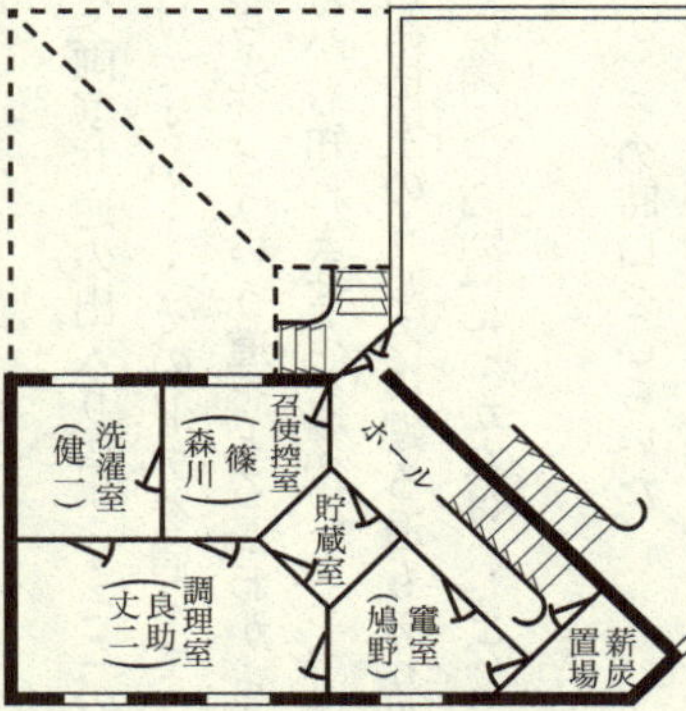

（註）庭へは地下室から石段を三段ほど上って出るようになっている。

室、その奥が洗濯場になっている。

庭に現われた犯人は、この石の階段を降りて両家共通の出入り口……そこのドアは、犯人の指図によってあけはなっておくわけですが……そのドアを通って、先ずホールにはいることはきまっているが、それから先、どういう道をとるかわからない。直接、私の待っている召使控室へはいってくるかも知れません。場合によっては、疑いぶかく、竃の部屋から調理室を見廻って、召使控室のうしろに廻る道もあります。ですから、われわれは、それらのあらゆる場合に備えて配置につかなければなりません」

鳩野芳夫は、警部の説明を熱心に聞いていたが、その時口をひらいた。

「すると、つまり、われわれは、四つ又は五つの部屋に分散して、待機するわけですか」

「そうです」篠は深くうなずいて、「しかしホールだけは空っぽにしておきましょう。犯人が庭からはいって来るときホールに人影を発見されては、逃げてしまうおそれがあるからです。この点は間違いなく、ホールに誰もいないようにしなければなりません。そこで、われわれの持ち場ですが、私はよく考えた上で、こんなふうにきめました。皆さんよく覚えておいて下さい。

「森川君と私は、猿田執事の代わりに召使控室で待つことにします。健一君は控室の奥の洗濯室に隠れていて下さい。なるべく境のドアから遠い場所にいていただきたい。分かりましたか。それから、良助君は調理室にはいって、竈の部屋との境のドアに近い場所にいて下さい。丈二君は同じ調理室の反対の隅です。それから、鳩野さんは竈の部屋で、ホールへのドアから少し離れて位置して下さい。わかりましたか。もう一度云いますよ」

警部はそこで、全員の位置をもう一度くりかえした。

「森川君と私とのいる控室へ、犯人がはいって来るまでは皆さんはこの位置を少しも動かないようにしていただきたい。わかりましたね」

「しかし、犯人があなた方のところへ来たことが、どうしてわかりますか」良助が訊ねる。

「話し声でわかりますよ。相手も何か喋るでしょうし、こちらも物を云います。静まりかえっているのですから、どの部屋からも、それは聞きとれるはずです。われわれの話し声が聞こえるまでは、決して持ち場をはなれないようにして下さい。いいですね。

「さて話し声が聞こえたら、鳩野さんと良助君は、ソッとホールへ出て、庭への出口を守って下さい。お二人の任務は、犯人が庭の方へ逃げられないようにすることです。

その時、健一君は元の場所にいて、犯人が洗濯室を通って逃げ出さないように見張って下さい。又、丈二君は、調理室をはなれないで、犯人がそちらへ逃げることを防いで下さい。もう一度くり返します」篠はそれをくり返しながら、略図のそれぞれの持ち場に人名を書き入れた。「これを、みなさんで廻して見て下さい。そして間違いのないように、よく覚えて下さい」

一同はそれをゆっくり回覧した。図面を見おわった鳩野芳夫が質問する。

「つまり、実際上の犯人逮捕については、あなたと森川さんが責任を持たれるわけですね」

「できるだけ、そうしたいと思います。しかし、いざというときには、みなさんに、それぞれの方角から飛び込んで来て、力を貸していただかなければならないかも知れません。そういう際は大声で呼ぶことにします」

「ずいぶん大がかりだね。相手は一人、こっちは六人、蟻《あり》の這い出るすき間もなしか」

健一が例によって、皮肉なことを云う。

「いや、六対一でも、決して油断はできません。相手を軽蔑《けいべつ》することは、最も危険です」

篠は健一を睨みつけるようにして、たしなめた。健一は軽くおじぎをして、クルリと廻れ右をする。どこまでも人を小馬鹿にした男である。

「申し上げておくことはこれだけです。では、いよいよ部署につくことにしましょう。十二時までにはもう三十分しかありません」

篠は先に立って客間を出ると、ホールを階段の降り口へと近づいた。一同無言のまま、そのあとにつづく。

地下室の電燈は皆消してあるので、階段は無限に深いまっ暗なトンネルのように見えた。或る人は地獄の入口のように感じて、身ぶるいしたかも知れない。

篠は用意していた懐中電燈を照らして、階段を降りはじめた。時々立ち止まって、うしろへ光線を向け、つづく人数を調べたが、さすがに一人も落伍《らくご》するものはなかった。

階段を降りきると、むき出しの煉瓦の壁を伝いながら進むのだが、話に聞くローマのカタコム(注9)にでも迷いこんだ感じで、屈強の大人達にも無性に気味がわるい。ただ僅かに現世らしい感じがするのは、地下室一帯にただよっている炊事場特有の甘酸っぱいような匂いであった。

人々は一と言も口を利かず、足音をしのばせ、息を殺すようにして歩いた。そして、その辺の暗闇の隅に、犯人が隠れているのではないかという、不条理な疑心を禁ずることが出来なかったからである。

篠警部は先ず、竃の部屋のドアをひらいた。そして懐中電燈で中を照らしながら、

「鳩野さんはここです。その隅のところに立って、ドアを見はっていて下さい。さっき申し上げた注意を忘れるのじゃありませんよ。控室の方に話し声がするまでは、絶対にその位置をはなれないこと、わかりましたね」

鳩野芳夫はうなずきながら、懐中電燈の光におくられてドアの中にはいり、奥の暗闇の中に溶けこんで行った。

「話し声が聞こえたら、ホールへ出るのですね。そして、控室のドアの前に行って、犯人の退路を断つのですね」

鳩野の声が、闇の中から聞こえて来た。

「その通りです」篠は一歩室内にはいって懐中電燈の丸い光を、正面の調理室との境のドアに向けた。「良助君と丈二君とは、あちらです。良助君が入口に近い場所、丈二君がずっと奥の方に陣取って下さい。話し声が聞こえたら、丈二君は元の場所に残り、良助君だけが、鳩野さんと一緒にホールに出て、犯人の退路を断つのです。いいですね」

「わかってます。大丈夫ですよ」良助は虚勢を張って威勢よく答えたが、丸い光の中

を調理室へ入って行く彼の後ろ姿は、なんとなくやつれて、心細げであった。

丈二も良助のあとを追って、調理室にはいった。彼は両手をズボンのポケットへ突っ込んで、傲然《ごうぜん》と歩いて行ったが、人造人間のようなギゴチなさが、彼の不安を暴露していた。

篠は三人を二つの暗黒の部屋に残して、ホールを召使控室の方へ進んだ。森川と健一とがそのあとに従う。

「健一さん、あなたの持ち場はおわかりでしょうね」と念を押す。健一は直ぐには答えず、五、六歩あるいたが、突然おちつき払った声で云った。

「むろんわかっている。僕は控室を通って洗濯場にはいる。なるべくドアからはなれて立っている。そして、いざという時には、ドアに近づいて、犯人がはいって来ないようにする」

三人は控室にはいった。篠と森川は窓際の椅子に腰かけ、健一は行き当たりのドアをひらいて、洗濯室に姿を消した。その時、篠は一段声をはりあげて、全部の人たちに聞こえるように叫ぶ。

「これで懐中電燈を消します。どなたも、どんなことがあっても、電燈をつけてはいけませんよ。あと二十分です。そのあいだは、まったく暗闇にしておかなければなりません。煙草も吸わないこと。少しも音を立てないこと。わかりましたか」

「わかりました」良助のうわずった声が第一に答え、鳩野と丈二の声がそれにつづき、最後に健一の「むろんです」という、むっとしたような太い声が聞こえて来た。

篠はカチッと懐中電燈を消した。地下室全体が真の闇となった。それはまっ黒な角ばった一つの大きなかたまりのように感じられた。

篠と森川が腰かけた胸の辺にガラス窓の敷居がある。そして、そこから眺められる裏庭は、二人の目の高さと、ほとんど同じ平面にある。篠と森川はそのまっ暗な庭をじっと見つめた。

室内の暗さに比べて、庭はいくらか薄明るかった。今夜は月夜のはずだが、雨雲が低くとざして、空はおしつけるようにドス暗い。遙か向こうの塀の外の外燈が一つ、白いもやのようなものに包まれて、にぶい光をはなっている。庭の中央に対角線に敷かれた敷石が、ほの白く浮き上がっている。塀のわきには灌木《かんぼく》の茂みが、まっ黒なかたまりを作り、それを覆って靄《もや》とも霧ともつかぬものがただよっている。昨夜小雨が降ったので、雪はすっかり溶けて、地面に白いものは残っていない。

目が闇に慣れるにつれて、あたり全体が、いくらか見分けられるようになって来た。右の方の蛭峰家の裏側に接して、大きな槙《まき》の木が空を覆って茂っている。黒い微風がその枝を音もなくふるわせ、梢《こずえ》の上を黒い雲が移動しているのがわかる。

表通りの自動車の音も途絶え、まるで深山の一つ家のような静けさであった。闇の中で身動きするたびに、自分の服のすれ合う音が、気味のわるいほどハッキリ聞こえた。二人の息遣いの音が、風の音のように拡大されて、耳についた。

怪人出現

突然、二人の前の机の上がパッと明るくなった。篠がパイプを吸ったのかと錯覚したが、そうではなくて、彼は万年筆型の豆懐中電燈をつけ、窓の外へ光が出ぬよう、机の上にくっつけるようにしているのだ。篠は無造作のようでいて、ずいぶん用心深い男である。普通の懐中電燈のほかに万年筆型のを、胸のポケットに、ちゃんと用意していた。

その小さい丸い光の下に、一枚の白紙がひろげられ、篠は鉛筆で、その上に字を書いている。森川はむろんそれを読み取った。

「もう少ししたら、僕は或る行動をする。その時は何も質問しないで、無言で、僕について来るのだよ」

森川が承知したという合図をすると、豆電燈が消えた。闇と沈黙の待機が更らにつづく。庭にはなんの変化もない。じっと見つめていると、その全景が、交互に、ポーッと薄墨《うすずみ》色になったり、まっ黒になったりする。森川は眼が疲労して、痛みをさえ感じるほどであった。闇を見つめていることが苦痛になって来た。その上、今にもあのぶきみな片輪者が現われるのかと思うと、暗闇を正視するに耐えなかった。傍見《わきみ》をしたい、いっそこの場から逃げ出してしまいたいという衝動を、おさえつけるのがやっとであった。

室内の微動だにしない空気は、だんだん重苦しくなり、呼吸さえ困難になるかと感じられた。森川は静坐《せいざ》に耐えきれなくなって、思わずからだを動かしたが、椅子のきしみと服のすれ合う音が、恐ろしく大きく聞こえたので、ギョッとして身をすくめた。どこからかゴーッという遠雷のようなものが聞こえて来た。遠くの高架線を走る電車の音であろう。それと共に、遙か向こうのまっ黒な空が、キラキラと青い閃光《せんこう》を発した。稲妻ではなくて、パンタグラフの電光であろう。

依然なんの変化も起こらない。一分、二分……五分、何者も現われない。何者も動かない。森川はふと前の窓ガラスにさわって見て、ゾッとした。凍っている。死の壁のように冷たいのだ。それがきっかけになって、彼は今まで忘れていた寒さが、急に身にしみるのを感じた。衣服と肌とが離れ離れになって、寒さは骨までとおるかと思われた。

彼は大きく身ぶるいをした。すると、ちょっと身内《みうち》が温かくなったが、しばらくすると又、耐えがたい寒さが襲ってくる。頸のうしろに、冷たい隙間風のようなものが感じられる。彼は「ああ俺は怖がっているんだな」と思った。あらゆる思考が、脳髄から逃げ出して行くように見えた。筋肉という筋肉が、硬直したように動かなくなってしまった。「これはいけない。脳貧血を起こすんじゃないかな」ハッとして両手で前のテーブルの端を力まかせに握った時に、からっぽの胸の中に、温かい血が充満するのを感じて、心臓が烈しくうちはじめた。やっと救われたのである。

その時、隣に腰かけている篠の手が、森川のからだに触れた。上衣のポケットをさぐっているらしい。森川にはその意味がすぐわかった。そのポケットにはピストルがはいっているのだ。篠と森川だけがピストルを用意していた。ほかの四人は何も持っていない……しかし、四人の中に真犯人がいるとすれば、そいつはむろんピストルを隠し持っているにちがいない。例の脅迫状の最後にも「私はピストルを持って行く」と明記してあった。

まだ十二時にはならなかった。闇と無言の世界が続く。しかし、その暗黒の中に、たった一人でいるのではない。そばに篠がいるし、うしろの各部屋には四人の男たちが息を殺している。だが、森川には、この多人数の沈黙ということが、ひとりぼっちよりも、ずっと恐ろしかった。それは、うしろの闇の中の四人のうちに真犯人がいるかも知れず、それが誰ともわからないからである。

犯人がうしろにいるとすれば、この待ち伏せを知りながら庭から現われることはあるまい。直接うしろのドアをあけて、ここに入りこんで来るかも知れない。そして、いきなり、背中にピストルの筒口を押しつけるかも知れない。頸のうしろに当たる冷たい隙間風は、すでにドアの一つが開かれたしるしではないだろうか。そして、その者は、この部屋の隅の暗闇に、うずくまって、時期の来るのを待っているのではあるまいか。

だが、篠は犯人を知っている。もし、うしろの四人の中に犯人がいるならば、彼はこんなに平然としていられるはずはない。すると、水明館へ泊まりに行った穴山弓子と鳩野桂子のどちらかが、犯人なのだろうか。お面のような顔をした老女と、娼婦型の若い美人、いずれにしても、それが鼠色のソフトをかぶり、オーバーを着て、肩を曲げ、びっこを引きながら現われたのだと考えるのは、男たちの場合よりも一層ぶきみであった。

その時、突然、森川の腕をグッと摑《つか》んだものがある。ギョッとして立ち上がりそうになったが、それは、隣にいる篠警部の手であったことがわかった。うっすらと見える篠の姿は、ガラス窓の方に首をのばして、こりかたまったように庭を見つめている。それが何を意味するかは、考えて見るまでもない。森川の心臓は烈しくうちはじめた。じっと庭に目をこらすと、向こうの塀際の立木の下に、灌木のかたまりとは違う形の黒いものが立っている。しかもその黒影は少しずつ、こちらへ動いているのだ。チラッと腕時計の夜光文字盤を見ると、ちょうど十二時であった。いよいよ敵は出現したのである。

怪物は立ちどまっているのか、歩いているのかわからぬほどの速度で進んで来る。見つめていると目が痛くなる。庭全体がボーッとかすんで、一面の濃い鼠色の靄のようになってしまう。

偶然にも、その時、空から青い稲妻が、パッ、パッと二度ひらめいた。ごく近くの高架線を走る電車のスパークだ。その二度の閃光が、ほのかに庭に届いたのだ。暗闇になれた目には、それが真昼のように明るく感じられた。瞬間ではあったけれど、怪物の姿が映画の一《ひ》とこまのように眼底に焼きついた。鼠色のソフト、鼠色のダブダブしたオーバー、そのソフトの鍔をグッと前に下げて目をかくしマフラーで鼻まで包み、その上オーバーの襟を立てている。顔はまったくわからない。右の肩が少し上がって、その方へ首が傾いている。もう間違いはない。こいつが二人の老人を殺した殺人犯人なのだ。

篠は相手が庭の中ほどまで近づいた時、窓ガラスを強く三度叩いた。少したって、もう一度それをくり返した。怪物の歩き方が少し早くなった。彼が合図を聞き取ったしるしである。

格闘

篠は立ち上がっていった。彼は森川の腕をとって、強く引いた。「黙って、僕について来たまえ」口を耳につけるようにしてささやいた。森川も立ち上がった。篠はもうドアの外へ出ていた。ホールを逆に階段の方へ急ぐ。森川は手を引かれながら、不審に堪えなかった。待ちに待った犯人は現われたのだ。それを迎えるのではなくて、階段の方へ逃げ出すというのは、いったいどうしたことであろう。

すると、次には一層ふしぎな事が起こった。篠は階段を上がって行くのだ。手を引っぱられているので、森川もあとにつづくほかはない。非常に急いでいる。何をそんなに急ぐのであろう。

一階のホールに出ると、例の薄暗い電燈ではあるが、ひどく明るく感じられた。今までは、足音を忍ばせ、物を云わないで来たのだが、庭の怪人から充分遠ざかった今は、もうなんの遠慮もなく篠は音を立てて走り出していた。両側をあけはなっておいたエレベーターを通り抜けて、右の蛭峰家にはいると、更《さ》らに二階への階段を駈けあがる。疾風《しっぷう》のような早さであった。森川は息を切らせ、幾度もつまずいて転びそうになった。

「ああ、間に合った。僕らは勝ったよ」

二階の事務室に来ると、まっ暗な部屋の中を見廻して、篠は安堵したように云った。

「ここで待ち伏せするんだ。もうすぐやって来る」

彼はドアを壁の方まで開いて、ドアと壁の隙間にからだを入れた。森川も篠にくっつくようにして、そこにはいった。

「待ち伏せって、いったい誰を待ち伏せするんだい。犯人は地下室へはいっているんだぜ」森川はまだ息を切らしながら訊ねた。

「長い話をしているひまはない。もうすぐやって来る」篠は囁き声で、「一《ひ》と口《くち》に云えば、あの脅迫状は囮《おとり》にすぎなかったのさ。犯人はあれで、みんなの注意を地下室に集めておいて、そのすきに、この部屋の金庫の財産折半の証書を盗むつもりなんだ。僕はわざとその手に乗ったように見せて、みんなを地下室に集め、家の中を空っぽにしたんだよ……」

篠はプッツリ言葉を切って、聴き耳を立てた。廊下にかすかな音がしている。誰かがこちらへ近づいて来る足音だ。篠は森川を引っぱって、一層深くドアの蔭に隠れた。部屋には電燈がついていないのだから、すぐに発見されるおそれはない。

足音の主は二階には誰もいないと信じているのか、遠慮なく急いでくる。走らんばかりの足取りである。ドアの外まで近づいて来た……室にはいった……部屋を横ぎって向こうの隅へ行く……パッと光が見えた……のぞいて見ると、懐中電燈が壁の金庫を照らしていた。その前にソフトとオーバーの片輪者の後姿が大きく立ちはだかっている。

怪人は金庫の前にうずくまって、ダイヤルを廻し、鍵穴をカチャカチャ云わせた。懐中電燈は床に置いてある。その上にのしかかっている怪人の影が、壁から天井にかけて大入道《おおにゅうどう》のようにうごめいている。彼は首をかしげた。金庫がひらかないのだ。そこで、ポケットから何か取り出して金庫の扉にあてた。キーキーという、歯の浮くような音がしはじめた。あとでわかったのだが、それはドリルで扉に穴をあける音であった。犯人は金庫爆破の道具まで用意していたのである。

「電燈をつけたまえ」

森川の耳元で、篠の烈しい囁き声がした。森川は横にいざって、壁のスイッチを探した。

その時早く、篠の長いしなやかなからだが、宙《ちゅう》を飛んでうずくまる犯人の後ろから組みついていた。「ギャッ」というような、異様な叫び声が響きわたった。同時に犯人の手にするピストルが火を吐いた。

やっと、森川はスイッチを探し当てた。室内が真昼のように明るくなった。篠は怪物を組み伏せていた。犯人のピストルは遠くにはね飛ばされていた。組み伏せられたオーバーの人物は、野獣のようなうめき声を立てて、もがきにもがいていた。

銃声に驚いた地下室の人々が、口々に何かわめきながら階段を駈け上がって来るのが聞こえた。

怪物は死闘をつづけていた。ともすれば篠をはね返そうとする。そして、最後の力をふりしぼって、上半身を起こした時、カチッという音がした。篠が相手の力を逆用して、巧みに手錠をはめたのである。

犯人はついに観念して、そこにグッタリと横たわった。まるで死んだように静かになってしまった。ただその胸だけが、烈しい息遣いに波うっている。

地下室の人々は二つの階段を駈け上がって、もう部屋の入口に近づいていた。まっ先に顔を出したのは、ルパシカを着た健一であった。彼は入口に立ちすくんで、犯人を見おろし、思わず奇妙な声で叫んだ。

「おお、君だったのか。芳夫君だったのか」

ソフトは飛び、マフラーはとれ、怪人物の顔は明るい電燈の下に、むき出しになっていた。それは、あの分別家《ふんべつか》の鳩野芳夫の青ざめた顔であった。

異様な動機

鳩野芳夫が、康造、健作二老人の殺害犯人として、警察に引かれた翌々日、森川弁護士は畏友《いゆう》篠警部の成功を祝する意味で、彼を銀座の花籠亭《はなかごてい》の昼食に招待した。そして相客のない別室に陣取って、ゆっくり食事を共にした。献立はことさら美味のように感じられた。二人は次々と出される皿をきれいに平らげて、満ち足りた腹をさすりながら、煙草に火をつけ、うまいコーヒーを啜った。今日は新しい縞の背広を着た篠は、例によってパイプの煙を濛々と顔の前にただよわせながら、森川の質問に答え、三角館二重殺人事件の異様な動機について、又、犯人の考え出した不思議な目くらましの技巧について、次のように説明した。

「この犯罪は、表面上は一億という財産相続の問題、それを両蛭峰家の一方だけで独占しようという利慾が動機になっているように見えた。皆その方ばかりに気をとられて、裏側に隠れたもう一つの大きな動機を忘れていた。そこが犯人のつけ目でもあったのだ。

「鳩野は細君の桂子さんに対して、異常な執着を持っていた。彼の女房孝行は、初めてあの家を訪問した者にも、すぐわかるほどだった。鳩野は桂子さんが彼を真に愛しているのではないことをよく知っていた。二人をつないでいる者は、現在ではただ金銭にすぎなかった。両蛭峰家で、自分の事業を持ち、それから上る収入で相当贅沢《ぜいたく》のできる境遇にあるものは、鳩野一人だった。彼は細君のねだるものはなんでも買ってやった。丈二君が桂子さんに贈る品物の費用さえも、結局は鳩野の懐《ふところ》から出ているような状態だった。この金銭の力が、辛《かろ》うじて桂子さんを引きとめていたのだ。そして、鳩野はそれを百も承知していた。そういう屈辱を忍んでも、桂子さんと離れることが出来なかった。

「桂子さんは、鳩野のそういう金銭力だけに、引かれていた。彼女に若《も》し自分の財産というものがあったなら、なんの未練もなく夫を捨てて、丈二君と一緒になったに違いない。

「ところで、その丈二君はどうかというと、これが又、桂子さんそのものではなくて、彼女にころがりこむ財産に惚れていた。最初の情況では、桂子さんの父の康造老人に全財産がころがりこむように見えた。桂子さんはその半分を譲られるわけだから、無一文になる運命の丈二君は桂子さんの心を捉えておくことが、何よりも必要だった。康造老人が殺されるまで、二人の情交がどんなに濃《こま》やかだったかは君の知っている通りだ。ところが、第一の殺人事件によって、情況が逆になった。全財産が丈二君の父の健作老人にころがりこみ、丈二君は俄かに大金持になり、桂子さんは無一文になった。桂子さんその人に愛着しているのでない丈二君は、こうなれば、手の裏を返して、彼女から離れることになる。これも君が見聞して知っている通りだ。

「鳩野芳夫は、桂子さんと丈二君の関係を、最初から知っていた。それを問題にすれば、たちまち桂子さんが自分から離れて行くことをおそれて、知りながら黙っていたのだ。たとい情夫があっても、自分たちの夫婦関係が断たれてしまうよりはましだという、溺愛者《できあいしゃ》の心理だ。考えて見れば鳩野という男は可哀そうなやつだよ。

「鳩野は恋するものの敏感から、あらゆることを見抜いていた。丈二君が金銭のために桂子さんに接近していることも、当の桂子さんよりも彼の方がよく知っていた。だから鳩野としては、桂子さんを無一文にして、いつまでも自分の方に引きつけておき、丈二君を大金持にして、桂子さんから離れて行くようにすることが、最も望ましかった。つまり、財産争いの永生き競争で、丈二君の父の健作老人が勝つことが、鳩野の望むところであった。ところが、健作老人は心臓病でいつ斃《たお》れるかも知れないのだから、その人を勝たせるためには、一方の康造老人を殺すしかない。

「では、第二の殺人はどうして起こったかというと、健作老人は行きがかり上、自分のものになった財産の半分を、康造老人の遺族に与えるという証書を作らせ、捺印してしまった。その結果は桂子さんに四分の一の財産が与えられるわけで、桂子さんが金持になれば鳩野から離れて行くのは明らかなんだから、鳩野はそれを妨げるために、証書を盗もうとしたり、ついには健作老人を殺さざるを得ないことになったのだ。

「これが動機なんだよ。痴情の極《きょく》だね。ばかにしきっていた甘い夫が、これほどの大罪を犯してまで、自分を放すまいとしたかと知れば、桂子さんは恐ろしさに身ぶるいすることだろう。鳩野は実に可哀そうな男だよ。

「僕はこの事件にたずさわった最初から、鳩野を疑っていた。なぜかというと、康造老人が殺された時、鳩野は現場にボンヤリしていて、第一の嫌疑者に擬せられた。つまり真犯人の罠にかかったという感じを与えた。ところが、一方ではオーバーにソフトの怪人物が現われている。犯人の立場から考えると、嫌疑者をご丁寧にも二重に用意したかのような形になっていた。どちらか一方は不用なのだ。この奇妙な重複が僕に疑いを起こさせた。なぜ嫌疑者が重複せざるを得なかったか。それは真犯人が現場にいて、しかも嫌疑をまぬがれるためには、彼こそ罠にかかった気の毒な犠牲者だと見せかけるほかはなかったのだ。この事が僕に疑いを抱かせるもとになった。

「それから、僕は君に丈二君と桂子さんの情事を聞かされた。そして、あの愛情と利害のもつれ合った複雑な三角関係を知った。鳩野の桂子さんに対する情痴がどんなに深いものであるかを察し、それと財産相続問題との裏側からの不可分の関係を検討して見た。結局、僕はこういうふうに考えた。

「鳩野は、丈二の属する健作老人の一家に、財産を渡すためには、康造老人を殺すほかはなかった。そこで、彼はそれを実行したのだ。彼のこの第一の殺人は実に用意周到だった。もし失敗しても、なんの危険も残さぬという、狡猾な計画がめぐらされていた。健作老人が医師から死期を宣告された日、鳩野はいよいよ計画を断行するほかはないと考えた。そこで、彼は犯罪の当日、昼間のうちに裏庭の雪の上に偽の足跡をつけて、犯人が外部から侵入したという証拠をこしらえた。又、彼はソフトとオーバーという、最も簡単な変装を思いつき、夜になって、それを実行した。若しその夜康造老人を殺す好機がなかったとしても、偽の足跡からはなんの危険も生じない。あらためてやり直せばいいのだ。同じことが変装についても云える。彼があの夜ソフトとオーバーで玄関に立った時、もし猿田執事に変装を見破られたとしても、少しも痛痒を感じない。ちょっと外出して帰って来たのだ、と云えばよいのだ。

「では、康造老人の殺害は、どういう順序で行われたか。僕は早くからその方法を想定していた。そして、それは当たっていたのだ。鳩野の自白によって、僕が間違っていなかったことが確かめられた。

「康造さんがピストルで打たれた晩のことを思い出してくれたまえ。老人は信任している鳩野だけを食堂に残るように云って、二人さし向かいで、健作老人の申し出、すなわち、どちらが先に死んでも相手の遺族に財産の半分を贈るという妥協案には応じないことにしたと告げた。そのあとで、手提金庫の小銭泥棒の話が出たのだ。老人がその手提金庫を、二階の自分の部屋から、ここへ持って来てくれと鳩野にたのんだ。鳩野にとって、これは思いがけぬ絶好の機会だった。彼は咄嗟に頭を働かして、この好機をつかむことにした。

「彼は食堂を出ると、二階へは上がらないで、廊下のどこかへあらかじめ隠しておいた変装用のソフトとオーバーを身につけ、そのまま玄関に出て、外からベルを押した。いつもの通り猿田執事が取り次ぎに出て、彼を客間に通した。執事が立ち去ると、鳩野はいきなりソフトと外套を脱ぎ、玄関わきの外套室にかけて、そのまま階段を駈け上がり、手提金庫をもって、元の食堂に帰った。実にきわどい早業をやったわけだね。途中で誰かに見つかるかも知れない。しかし、見つかっても、別に危険はない。殺人計画を延ばしさえすればいいのだ。そうすれば、鳩野はあの夜、ただ変ないたずらをやったと思われるだけですむ。

「彼が手提金庫を持って、食堂に帰った時に、猿田が二度目に顔を出して、ソフトとオーバーの男の来訪を告げた。彼は客間へ行って見て、誰もいないじゃないかと、ふしぎそうな顔をして帰って来た。ここまでで、彼の計画の第一段が完成されたのだ。異様な人物が邸内にはいったまま姿を消してしまったという事実を、作り上げたのだ。

「それからまた、しばらく康造老人とさし向かいで話をした。そして、頃を見はからって、席を立った。客間に怪しい音がしたようだから、ちょっと見てくるという口実で充分だった。怪人物が邸内で消えているのだし、康造老人は絶えず物音を気にしていたのだから、この行動はごく自然だった。

「さて、席を立って客間にはいると、外套室に駈け込んでソフトとオーバーの変装をし、客間のうす暗い隅に立って、猿田がはいって来るのを待っていた。猿田はあの晩、怪人物のことが気になるので、絶えず部屋部屋を見廻っていた。やがて客間へはいってくることは間違いないのだ。猿田がはいって来た。鳩野は飛びかかって行って、顎に一撃を加え、猿田を倒した。そして、カーテンの合わせ目からピストルで康造老人を撃ち、そのまま廊下へ逃げ出し、配膳室の窓からソフト、オーバー、ピストルを捨て、一飛《ひと》びで食堂に戻ると、何喰わぬ顔で、康造老人の死骸のそばに立っていた。そこへ、ピストルの音に驚いた良助君が、三階から降りて来たという順序だ。まるでサーカスの空中曲芸のように、沈着と、機敏と、緊張と、寸刻《すんこく》の錯誤《さくご》を許さぬ正確度を要する、大芝居だった。

「良助君は当然鳩野を疑った。鳩野は突発事件に気も顚動《てんどう》した体《てい》を装い、カーテンのすきまからピストルの筒口が見えたことを、やっとしてから告げた。そこへ警察が登場した。カーテンを調べて見ると、たしかに焼け焦げのあとがあった。又、客間に倒れていた猿田が、怪人物がピストルで打つところを目撃していた。すべてうまく辻褄《つじつま》が合っていた。庭の雪の上にオーバーやピストルが捨ててあったし、足跡は裏門まで続いていた。一応は、怪しい片輪者が外部から侵入して、兇行を演じたとしか考えられなかった。

「ところが、これほど用意周到な犯人にも、たった一つだけ、致命的な手抜かりがあったのだよ。それはもう君にもわかっているだろう。例の手提金庫の中の札のすみに、一枚一枚、小さなKという目印が書き込んであったことだ。そんなことをする者は康造老人のほかにはない。老人は鳩野の忠告に従って、万年筆で目印を書き入れたんだ。三、四十枚の札にKのしるしを書くのに、大した時間は要らない。五、六分もあれば出来ることだ。では、老人はいつ書き入れをしたのか。

「鳩野は、手提金庫を持って来てから、一度も老人の側を離れなかったと証言している……実際は、さっきも云ったように、怪しい物音がしたと云って、席を立ったのだけれど、それは老人が死んでしまえば、誰も知らないことだ。だから、鳩野としては、実際とは逆に、一度も席を立たなかったと断言するのが、得策《とくさく》のように考えられた。これは無理もないことだが、しかし、それがやはり大きな手抜かりだったんだね。

「鳩野は、老人に目印をつけることを勧めたが、老人はそれを書き込むひまがないうちに殺されたと断言している。そして、一度も席を立たなかったというのだから、ここに大きな矛盾が生じた。この矛盾を解く道は一つしかない。すなわち、鳩野は否定しているけれど、実は席を立ったのだ。そのあいだに老人は書き込みを終わったのだと考えるほかはない。これが、僕が鳩野を疑う最も大きな要素となったのだ。彼が変装をして、客間で猿田の現われるのを待っている五分か十分のあいだに、老人が書き込みを終わったのだという考え方だね。僕はほとんどそれを確信していた。

「第一の殺人計画はこうして完成された。第二の殺人のトリックは、もう解決ずみだが、健作老人が財産折半などの仏心《ほとけごころ》を出さなかったら、殺されないですんだのだ。鳩野としては、桂子さんに財産がころがりこむことを人殺しまでして防いだのに、それが無駄になって、四分の一が桂子さんに与えられるのでは、どうにも我慢できなかった。彼としては証書を盗み出すほかなかったのだ。

「健一君がホールのテーブルの上に置いてあった君の鞄の中を探した。黄色い花粉がそれを物語っていた。鳩野はどこかから、健一君のこの行動を見ていたのだ。そのあとで鳩野自身が君の鞄の中を探して、証書が見つからなかった時、鳩野はてっきり健一君の仕業だと考えた。健一君は証書が物を云えば、自分の分け前が半減されるのだから、証書を盗んで破棄してしまうに違いない。鳩野はそう思って安心していたのだ。

「証書が盗まれたことを知った健作老人は、老いの一徹で副本に捺印すると云い張った。実に危険だ。犯人はなんとしても、それを妨げようとするだろう。ひょっとしたら老人の一命にもかかわるかも知れない。そこで僕は老人に捺印を延期するよう説きつけた。老人が承知してくれたので安心して帰宅したが、その不在中に事情が一変していた。老人はやはり捺印することになった。そして、僕がおそれた通り、老人は殺されてしまった。

「こうなっては、残された手段はたった一つしかなかった。証書が盗まれたと思ったのは君の思い違いで、証書は現存しているということを発表して、その反応を見るほかはなかった。鳩野はこの餌《えさ》に引っかかって来た。彼は猿田がわれわれに見せることを予期して、猿田に脅迫状を送った。そして、われわれの注意を地下室に集め、そのすきに金庫を破って証書を盗み出すことを計画した。

「僕は彼の手に乗ったかの如く見せかけて、全員を地下室に集めた。警官を遠ざけたのも、彼に自由にふるまわせたいためだ。彼の方で裏の裏を考えたとすれば、僕はそのもう一つ裏を考えていたのだ。

「彼は地下室の自分の持ち場であった竈の部屋をしのび出して、変装をした上、塀際の灌木づたいに裏門の近くまで行き、十二時になると、そこから庭のまん中に姿をあらわした。しかし、われわれが待ち伏せしていた左側の地下室へはいらず、誰もいない右側の地下室へはいった。庭への出入口は両家共通なんだからね。そして、そこから二階の事務室まで駈け上がったのだ。僕があの時急いだわけは、そういう相手と先着を争わなければならなくなったからだよ。

「これが、たぶん君が知りたく思っていたことのあらましだよ。問題は最初からこの蛭峰家の家族のうちで、誰が殺人罪まで犯さなければならないほどの、絶望的な動機を持っているかということだった。金銭もむろん大いに誘惑的な動機だ。しかし、このデスペレイトな計画には、何かただならぬものがあった。金銭以上のものが感じられた。そういうものは情痴のほかにはない。うわべは分別臭い紳士の鳩野も、その心中に常識では計り得ない惑溺《わくでき》の情熱を燃やしていた。彼はつれない細君に対する、つれないが故にこそいやまさる愛慾を、制御することが出来なかったのだ。愛慾の狂者となり終わったのだ。考えて見れば、彼は実に可哀そうな男だよ」

（『面白倶楽部』昭和二十六年一月号より十二月号まで）

地獄風景

奇怪なる娯楽園

M県の南部にY市という古風で陰気な、忘れはてられたような都会がある。商工業が盛んなわけではなく、といって、交通の要路にあたるわけでもなく、ただ、旧幕時代《きゅうばくじだい》の城下町でもあったために人口が多く、ようやく市の形をなしているに過ぎないのだ。

その眠ったようなY市の郊外に実に途方もない遊園地をこしらえた男がある。

この世には、時々、なんとも解釈のつかぬ、夢のような、突拍子《とっぴょうし》もない事がらが、ヒョイと起こることがあるものだ。地球のわずらう熱病が、そこへまっ赤な腫物《しゅもつ》となって吹き出すのかも知れない。

遊園地をこしらえた男は、Y市一等の旧家で億万長者といわれる喜多川《きたがわ》家に生まれた一人息子で、治良右衛門《じろえもん》という妙な名前の持ち主であった。

こういう身分の人には珍しく、喜多川治良右衛門には家族というものがなかった。父母は数年以前に死んでしまい、兄妹とてもなく、彼自身もう三十三歳という年にもかかわらず、妻をめとらず、多勢の召使のほかには、全く係累《けいるい》のない身の上であった。

親族は数多くあったけれど、彼の行状《ぎょうじょう》をとやかく云いうるような怖い伯父さんたちは、とっくに死に絶えてしまい、その方面からもうるさい苦情が出る気づかいはなかった。

あの途方もない遊園地の如きは、この資産、この身の上にして、初めて計画しうるところのものであったであろう。

のみならず彼の周囲には、浮浪者めいた男女の悪友どもが、ウジャウジャと集まっていて、八方から彼をそそのかした。いや、もっと困ったことには、治良右衛門その人が、どうやら、変てこな熱病にとりつかれたらしいのだ。

もし地球が熱病をわずらったのだとすれば、その熱病の病源菌《びょうげんきん》は、喜多川治良右衛門とその周囲の悪友どもであったとも云いえたであろう。

彼は百万の資材を投じ、三年の年月をついやして、地殻上《ちかくじょう》に、一つの大きなおできを作り出した。眠り病にかかった城下町Y市の郊外に、突如として五色の造花のようにけばけばしい腫物の花が開いた。

三万坪の広大な敷地には、天然の山あり、川あり、池あり、その天然の妙趣《みょうしゅ》を、世界の怪奇を寄せ集め、怪奇のおもちゃ箱をぶちまけた如く、不思議千万な建造物で、ぬりつぶしたのだ。遊園の入口は両側を欝蒼《うっそう》たる樹木でかこまれた、せまい小川になっていて、その川の上に、椿の大樹が、両岸からのび寄って、天然のアーチを作っていた。

青黒い椿の葉のあいだに、チラホラと、まっ赤な花が咲いて、よく見ると、恐らくは造花をくッつけたものであろう、それが花つなぎの文字になっている。

「ジロ娯楽園」

治良右衛門の治良を取って、名づけたものに相違ない。

園主の招待を受けた、よりすぐった猟奇《りょうき》の紳士淑女たちは、畸形《きけい》ゴンドラに乗せられて、悪魔の扮装をした船頭のあやつる竿に、先《ま》ずこの椿のアーチをくぐるのだ。

小川は、鬱蒼たる青葉に眼界を区切られ、迂余曲折《うよきょくせつ》して園の中心へと流れて行く。悪魔の船頭は、ほとんど竿に力を加えずして、舟は流れのままに、静かに進む。

進み進みて、小川のつきる所に、おたまじゃくしの頭のように、丸くひろがった池がある。池には裸体の男女が、嬉々《きき》として戯《たわむ》れ泳いでいる。切岸《きりぎし》から飛び込む肉塊《にくかい》の群れ、舟の上からすいて見える池中の人魚ども、魚紋《ぎょもん》と乱れる水中男女の「子を取ろ、子取ろ」、人間の滝津瀬と落下するウォーターシュートの水しぶき……客たちはすでにして、夢の如き別世界を感じるのだ。

岸を上がって、山と山との谷間の細道を、しばらく行くと、地下へのトンネルが、古風な赤煉瓦《あかれんが》の縁取りで、まるで坑道へでも下るように、ポッカリと黒い口をあいている。

勇《ゆう》を鼓《こ》して、そこを下れば、地底の闇に魑魅魍魎《ちみもうりょう》のうごめく地獄めぐり、水族館。不気味さに岐道《えだみち》を取ってけわしい坂を山越しすれば、その山の頂上から、魂《たましい》も消しとぶ逆落としの下り道。うねりまがったレールの上を、箱のような乗物が横転、逆転、宙返りだ。

いや、こんなふうに順を追って書いていては際限がない。一つ一つの風景についてはは、物語が進むにしたがって、くわしく描き出す折がたびたびあるのだから、すべて説明を略して、場内の主なる建造物を列挙すれば、

空中を廻る大車輪のような観覧車
縄梯子《なわばしご》でいつでも昇れる大軽気球
なき浅草《あさくさ》の十二階を、ここに移した摩天閣《まてんかく》
明治時代懐かしきパノラマ館
大鯨《おおくじら》の胎内《たいない》巡り
からくり人形の地獄、極楽、地底の水族館
ジンタジンタの楽《がく》の音《ね》に、楽しく廻るメリー・ゴー・ラウンド、など、など、など
と数え上げるだけでも大抵ではないが、手っ取り早くいえば、大博覧会の余興場をもっと大掛かりにして、それを天然の山や谷や森の中へ、いとも奇怪につみ上げたも

のである。そして、その一つ一つの構造も決してあり来たりのものではなく、園主治良右衛門の不思議な天才で、悪夢の中の風景のように、或《ある》いは西洋お伽噺《とぎばなし》の奇怪な挿絵《さしえ》のように、或いはクリスマスのお菓子製の宮殿のように、奇《く》しくも作りあげたものなのだ。

大迷路

それらの建造物の中で、ジロ氏が最も力をこめ、又園内第一の怪奇物に相違ないものは、樹木をビッシリ植え並べ、一度はいったら、迷い迷って、一時間や二時間では到底出口の見つからぬ、迷路の作りものであった。

絵に描いた迷路なら、鉛筆でたどって行けば、わけもなく中心に達し、また入口に戻ることも出来ようが、本物の迷路となると、見世物《みせもの》の(注10)「八幡《やわた》の藪《やぶ》知らず」でさえ迷い込んだらちょっと出られぬものだ。

それを、迷うように、迷うようにと考えて設計し、少しも隙間《すきま》のない、高い樹木の壁で通路を作り、面積はわずか一丁四方ほどの中に、一里に余る迂余曲折の細道を作ってあるのだから、世界迷路史に通暁《つうぎょう》せる達人といえども、その中心を極め再び入口に引き返すことは難中《なんちゅう》の難事《なんじ》である。

音に聞くハンプトン・コートの扇形《せんけい》迷路、ヴェルサイユ宮殿の方形《ほうけい》迷路なども、遠くこれには及ばず、強《し》いて比類をもとめるならば、歴史家の雄大なる幻想として残っている、古代エジプトの大ラビリンスであろうか。上下三千の部屋からなっていたという、あのべら棒な規模には比肩《ひけん》すべくもないけれど、その設計の理智的な複雑さにおいては、むしろジロ娯楽園の迷路に団扇《うちわ》を上げなければならぬであろう。

さて、この怪奇物語は、右の難解なる迷路の中で行われた、いとも不可思議なる殺人事件を発端《ほったん》とするのであるが、その殺人事件に話を進める前に、一応登場人物のお目見えをさせておかねばなるまい。

時は初夏、青々と奥底知れず澄み渡った大空に、一抹《いちまつ》の雲もなく、太陽は娯楽園の山々谷々、奇怪なる建築物の数々を、白と黒とのクッキリした陰影に染めなして、その全景を、立ち昇る陽炎《かげろう》と共に、鏡の青空へそのまま投影させているかに見えた。

開園当時の、招待客雑沓《ざっとう》時代が過ぎて、ジロ楽園は、ほんとうの仲間内だけの、気がねのない遊楽地となっていた。

もう客案内をする用のない悪魔姿の船頭は、ゴンドラ舟を陸上げして、椎《しい》の木蔭《こかげ》に昼寝をしていた。したがって、園の出入口は、まったく交通を杜絶《とぜつ》せられ、園内にさ迷い入る邪魔者を気に掛ける必要もなく、猟奇の同人《どうじん》たちは思うがままに遊び狂うことが出来るのだ。

その同人というのは、園主の喜多川治良右衛門を初めとして、左の悪友男女の一群であった。

○木下鮎子《きのしたあゆこ》——治良右衛門の恋人、二十歳、急流の鮎のようにピチピチと快活な娘。
○諸口《もろぐち》ちま子《こ》——治良右衛門のもう一人の恋人、二十一歳、ロマンティックな女詩人にして女画家、楽園の設計をも手つだった才能ある娘。
○大野雷蔵《おおのらいぞう》——治良右衛門の少年時代よりの親友、三十五歳、世にいれられぬ劇作家、怪奇なる幻想家。
○人見折枝《ひとみおりえ》——雷蔵の恋人、十九歳、けしの花のように美しく無邪気な資産家令嬢。
○湯本譲次《ゆもとじょうじ》——治良右衛門の友人、婦女誘拐の前科者、あらゆる猟奇的嗜好《しこう》を有する不良型、二十九歳。
○原田麗子《はらだれいこ》——湯本の恋人、湯本の恐ろしき打擲《ちょうちゃく》に甘んじ、むしろそれを喜んでいるかに見える猟奇娘、二十三歳の大柄な豊満娘。
○三谷二郎《みたにじろう》——十六歳の人形みたいな美少年、やや不良、同人たちのペット。

その他悪友男女十数人、この物語には端役《はやく》の人々ゆえここに名を記さず、必要に応じて紹介する。ほかに、娯楽建造物の運転係り、掃除係り、案内係り、楽師《がくし》等雇い人数十名、これも必要に応じて紹介することにするが、中に一人左の人物は最も注意すべきである。

○餌《え》差宗助《さしそうすけ》――ひどいせむしで一寸法師、十四、五蔵の子供の胴体に、でっかい大人の顔が乗っかっている。青年だか老人だか、一見年齢不明の怪物、治良右衛門の秘書兼園内総監督の要職をつとめ、イソップの如き智恵者。

人名羅列《られつ》で叙景《じょけい》が中断されたが、先に云った初夏、青空に雲なき一日のことである。事件の起こる一時間ほど前、右の主要人物たちは、園内の天然プール（前述の小川が流れ込む池のことだ）に集まって、全裸のほしいままなる遊戯にふけっていた。

「さア、用意は出来て？　飛び込むわよ」

人見折枝の無邪気な甲高声《かんだかごえ》が、天然岩の飛び込み台から、ほがらかに青空に響いた。彼女は岩の上で、両手を頭上に揃えて、今や池中目がけて飛び込まん姿勢である。青黒い岩上に、クッキリ白い肉塊、肩にたれた結ばぬ黒髪、名画「巌《いわお》の処女」である。

「いいよウ、早く飛び込みなよウ」

誰かが水の中から答えた。鮎子、治良右衛門、ちま子、雷蔵、麗子、譲次、二郎の順で、お互いに前の者の腿《もも》に手をかけてつながったまま浮かんでいる。たくましき男性筋肉と、なよやかな女性肉塊の、だんだら数珠《じゅず》つなぎがウネウネと海蛇《かいだ》のようにうごめき漂うのだ。

「ほーら！」

空に声を残して、折枝の肉塊が鞠《まり》のようにクルクル廻転しながら、バチャンと水煙を立てた。

底までもぐって、スーイと浮かんで、頭を出すと、ちょうど蛇の頭の鮎子の前だ。鮎子が右に左に通せんぼうをするのを、巧みにかい潜《くぐ》って、尻尾《しっぽ》の二郎美少年を捕まえる遊戯だ。陸上の「子を取ろ、子取ろ」である。

巨大なる海蛇はクルリクルリと全身を波うたせて、尻尾をつかまれまいと、或いは浮かび、或いは沈み、水面から池底へ、池底から水面へと、美しき肉塊の魚紋を描いて、なまめかしくも、のたうち廻る。

令嬢折枝は、水中蛇退治の女勇士だ。敵の通せんぼうをかい潜りかい潜り、立ち泳ぎ、蛙《かえる》泳ぎ、抜き手、片抜き手、美しき筋肉運動の限りを尽くして、美少年のお尻へと追いすがる。

岸には見物の男女が、これも裸体の肩を組み、手をにぎり合って、笑い興じながらこの有様を眺めている。

野外、水中舞踊の一《ひ》と幕《まく》だ。

ついに、二郎少年は折枝のために足をつかまれて、ブクブクと水中に沈んだ。折枝はつかんだ足を離さじと、敵と共にこれも水面から消えて行く。

美しき少年少女が、水底の物狂わしきつかみ合い、その有様が、すき通る水を通して、奇怪にゆがんで、見物たちにも見えるのだ。

「ワーッ、ワーッ」というときの声、尻尾を奪われた蛇は、もうバラバラに離れて泳ぎながら、彼らも水底の活劇を眺めている。

勝負はついた。二郎少年は息が尽きて、とうとう降参してしまった。

「さア、今度は二郎さんが鬼よ」水面に浮き上がった折枝が、息を切らしながら、叫んだ。

「いや、もう止《よ》そう。何も二郎君をかばうわけじゃないけれど、僕はもう疲れた。例の天上のベッドで一と休みだ」

治良右衛門は、云いながら、もう上陸して、サッサと山の向こうへ歩いて行く。天上のベッドとは、観覧車の空にかかった箱の中のクッションを意味するのだ。彼はこの不思議な寝室で、大空に眠る習慣になっていたのだ。

「あたしも止すわ。これから、あたしの夢殿《ゆめどの》へ行って、美しい夢でも見ることにしましょう」

と、諸口ちま子が続いて上陸した。彼女の夢殿というのは、例の迷路の中心のいわゆる「奥の院」という場所にすえてあるベンチのことで、そこに腰かけて、一人ぼっちになって、静かに瞑想《めいそう》にふけろうというわけなのだ。

「じゃあ、みんな、メリー・ゴー・ラウンドへ行かない。あすこで、もう一と騒ぎ騒ぎましょうよ」

麗子が音頭をとると、残る一同それに賛成して、裸体のまま、赤と白との男女が一団をなして小山へと駈け上がって行った。例のすべり道を横転逆転しながら、燕《つばめ》のようにさえずりながら、目的の場所へと急ぐことであろう。

第一の殺人

それから一時間ほどのち、パノラマ館の入口で、大野雷蔵とその恋人の人見折枝の二人が、地上に引いた線をふんで、両手を前につき、お尻をもったて、なんとも奇妙千万な恰好《かっこう》で、じっと前方を見つめていた。

「いいかい。用意！　一、二、三」

雷蔵のかけ声で、二人は勇ましくスタートを切った。森の向こうに見える迷路の二つの入口から、別々にはいって、早く中心の「奥の院」へ着いたものが勝ち、という障害物競争だ。

ただの駈けっこなら、折枝は到底《とうてい》雷蔵の敵ではない。現に出発間もなく、雷蔵は数メートルも先に走っている。だが、折枝は迷路の中での智恵比べで、先着になる自信があった。迷路についてはは大ざっぱな男よりも、案内を知っているつもりであった。

彼女は雷蔵よりははるかにおくれながら、でも失望することなく、約束にしたがって東の入口から、迷路に駈けこんだ。

半間《はんけん》ほどの、曲がりくねった細い通路の再側には、陽《ひ》をさえぎって、見上げるばかりの丈余《じょうよ》の生垣《いけがき》だ。生垣といってはあたらぬ。向こう側をすかして見ることも出来ぬ、ビッシリと枝をまじえ、葉を重ねた大木の行列だ。それに茨《いばら》が細かい網を張り、蔦《つた》がからみ、わけて出ることはもちろん、昇りついて越すことも、まったく不可能になっている。そんなふうにして逃げ出せるのだったら、迷路の意味をなさぬからだ。

一歩迷路にふみこむと、樹木の高塀《たかべい》の陰影のせいか、夕方のように薄暗く寒々として、その上なんともいえぬ、押さえつけるような静けさだ。園内の花火場で、誰のいたずらか、時々、ドカーンと花火を上げる音のほかには音もない。案内は知っているつもりでも、歩いているうちに、いつしか道に迷ってしまった。一度や二度で覚えこめるほどなら、迷路とはいえぬ。迷えばこそ迷路なのだ。高い生垣で区切られた狭い窓を見上げると、太陽も見える。風船や観覧車の一部も見える。空に開いた花火の、黄色い煙が竜のように下って来るのも眺められる。だが、いくらそのような目印があったとて、平地を歩くのではないのだから、なんにもならぬ。空ばかり見て中心へと向かっていても、いつしか袋小路《ふくろこうじ》に行きあたって、動きがとれなくなってしまうのだ。

まがりまがった果てしも知らぬ夢の細道、行っても行っても永劫《えいごう》につきることなき狂気の細道、折枝はふと怖くなった。一度おじけづくと、もう際限がない、襟足《えりあし》の生毛《うぶげ》がゾーッと音を立てて逆立ち、開いた毛穴から、水のように冷たい風がしみこむのだ。足なみは、心臓の鼓動と共に早くなる。ヒタヒタヒタヒタヒタ、わが足音を不気味に聞きながら、急ぎに急ぐ。

と、この足音とは調子のちがうもう一つの足音が、入りまじって耳をうち始めた。谺《こだま》かしら、それとも気のせいかしら、いや、そうではない。確かに人の足音、力強い男の足音だ。ああ、わかった、大野さんだわ。あの人が木の葉の壁一重《ひとえ》向こうを歩いているのだ。二人の通路が偶然隣り合わせになったのだ。

「大野さんじゃなくって？」

声をかけると、先方の足音がピッタリ止まった。のぞいたとて見えぬけれど、木の葉の層の事ゆえ声はよく聞こえるのだ。

「折ちゃんかい」やっぱり大野雷蔵だ。

「ええ、そうよ。あたし道に迷っちゃって」

「ウン、僕もさっきから、なんだか同じ所をグルグル廻っているようなあんばいだよ……君こちらへ来られない？」

「駄目よ、行こうと思えばかえって離れてしまうばかりだわ」

事実、声する方へまがって行くつもりでも、道は気違いのように、突拍子もない方向にそれているのだ。

「でも、行って見るわ。あなたも、こちらへ来られなくなって？」

そこで、二人はてんでんに、現に一尺とは離れず話しあっている相手の、ありかを探すために出発した。そして、案の定、お互いに近づこうとあせればあせるほど、いつしか、声も聞き取れぬほど遠ざかっていった。

折枝はもどかしさ、不気味さに、汗びっしょりになってあてどもなく、同じ細道をテクテク、テクテク歩いていた。まだ上げている花火の音が、忘れた頃に、ドカーン、ドカーンと彼女の心臓をとび上がらせた。

しばらくすると、彼女はハッと息を呑んで立ち止まった。妙な音を聞いたのだ。耳鳴りではない。確かに人の声だ。しかも、断末魔《だんまつま》の苦悶《くもん》を現わす、なんとも云えぬ物凄いうなり声だ。

「ウム……」という悲痛なうめき。一、二秒間《ま》をおいて、

「ク、ク、ク……」と歯ぎしりをするような、或いは泣きじゃくりをしているような、一種名状しがたい、低い物音が聞こえて来た。

折枝はゾッとして、しばらくは口もきけなかったが、やっと喉の自由を取り返すと、思わず、

「大野さーん」と突拍子もない叫び声を立てた。

「オーイ」

ずっとずっと遠くの方から、男の声が答えた。ああ、やっぱりさっきのうなり声は大野さんではなかったのだ。だが、すると、彼女と大野さんとの中間に、何者かがいるのかしら、しかも、あのうめき声は決してただ事でない。急病でも起こしたのだろうか。いやいや、どうもそうではないらしい。もしやその人は、何か恐ろしい目にあっているのではあるまいか。

「折枝さん、どこだい」

今度はやや近い所で、大野さんの声がした。

「ここよ」

「今の、聞いたかい！」

ああ、ではやっぱりほんとうなのだ。大野さんもあれを聞いたのだ。

「ええ」

「どうも変だぜ。あれはただのうなり声ではなかったぜ」

「そうよ。あたしも、そう思うのよ」

「オーイ、そこにいるのは誰だ」

大野さんが、見えぬ相手に呼びかけた。しかし、なんの返事もない。

「変だな。あんな恐ろしいうなり声を立てた奴が、どこかへ行ってしまうはずはないが……ひょっとしたら、死んだんじゃないかしら」

あの調子は、どう考えても断末魔のうなり声に相違なかった。

「あたし、怖いわ」

折枝は、もうまっ青になって、姿は見えぬ大野さんの声に、すがりつきたいほどに思った。

「待っていたまえ、僕が探して見るから」

大野さんはそう云って、しばらくその辺を歩き廻っている様子であったが、やがて、思いもかけぬ方角から、

「ワッ」

という恐ろしい叫び声が聞こえて来た。

迷路の鬼

「大野さあん、大野さあん」

人見折枝は、今にもしめ殺されるような悲鳴を上げて、見えぬ彼方の恋人を呼んだ。無理もない。九十九折《つづらおり》の薄暗い迷路の中で、道に迷って泣き出しそうになっていた折も折、隙見もかなわぬ立木の壁の、ついふたえ三重《みえ》向こう側で、恐ろしい事件が起こったのだ。ゾッとするような断末魔のうめき声、続いて現場を見に行った大野さんの「ワッ」という頓狂《とんきょう》な叫び、ただ事ではない。大野さんほどの人が、あんな声を立てるのは、よもただ事ではない。

「オーイ、折枝さん大変だあ、早く外へ出て、誰か呼んで来てくれえ」

雷蔵のあわただしい声が聞こえて来る。

外へ出るとて、この迷路を急にぬけ出せるものではない。

「誰なの？　そこにいるのは。そして、いったいどうしたっていうの？」

折枝も一生懸命の声をはり上げて、ともかくも細い迷路を走り出した。じっとしていられなかったからだ。

「ちま子さんだ」

雷蔵の声が走る折枝の耳にはいった。

「え、ちま子さんがどうしたって云うの？」

彼女はグルグル迷路を折れまがりながら、息を切らして叫んだ。

「どうしたの？」

たずねても、なぜか返事がない。口に出して云えないほど恐ろしい事かも知れない。

「ああ、そこを走っているのは折枝さんかい」

立木の壁のすぐ向こう側から雷蔵の声だ。いつの間にか、びっくりするほど接近していた。

「そうよ。して、ちま子さんがどうしたの？」

目にこそ見えね、相手がすぐそばにいるとわかると、折枝は声を低めて、又たずねた。

すると雷蔵の方でも、異様なささやき声で、初めて事の次第を告げた。

「殺されているんだよ。背中に短刀が突き刺さって、血まみれになって……」

目の前に立ちふさがった緑の壁から、姿はなくて、不気味なささやき声ばかりが、シュウシュウともれて来る。しかも世にも恐ろしいささやき声が。

「まあ……」

と声をのんで、立ちすくんだまま、折枝は二の句がつげなかった。

「君、その辺に人の気配はしなかったかい。誰かに出会わなかったかい」

雷蔵の声が一そう低められた。

「いいえ、でもどうして？」

「犯人さ。ちま子さんを殺した奴が、まだこの迷路の中にウロウロしているのかも知れないのだ」

折枝はそれを聞くと、ゾーッとして身体じゅうの血が冷たくなるような気がした。

「あたし誰にも……」彼女は蚊のような声になって「あんたは？　誰か見て？」

「見ない。だが、足音を聞いた。僕がここへ、ちま子さんの倒れている所へかけつけた時、黒い風みたいなものが逃げ出して行った。バタバタと足音がした」

ヒソヒソ声が、まるで怪談でも聞いているように物凄く感じられた。

「怖い。あたし怖いわ。どうしましょう。あんたどうかしてこちらへ来られない？一人ぼっちじゃ心細いわ」

折枝が泣き声になって見えぬ姿にすがりつくように云った。

「それよりも、早くみんなに、このことを知らせなきゃ……君も一生懸命に出口を探したまえ。僕もそうするから。ただ……」

「え、なんておっしゃったの」

「ただね、ちま子さんを殺した奴を用心したまえ、姿は見えなくても、足音でも聞いたら、大きな声で、怒鳴るんだ。いいかい」

「あたし怖くって歩けないわ。早くこちらへ来てくださいな」

「ウン、だが、うまく行けるかどうだか」

そして、雷蔵のあわただしい足音が遠ざかって行った。

見上げるばかりの密樹《みつじゅ》の壁にはさまれた、薄暗い細道にたった一人取り残された折枝は、もう生きた空《そら》もなかった。

大野さんを呼び戻したかったが、恐ろしい殺人犯人がまだその辺にいると思うと、声を立てることもはばかられた。

気がつくと、腋《わき》の下が冷たい汗でジトジトになっていた。

足はしびれが切れたようにいうことをきかなかった。

しかし、じっと立ち止まっているのも恐ろしい。かなわぬまでも出口を探して、寸《すん》時《じ》も早く迷路から逃れたい。

彼女は力の抜けた足をふみしめて、いきなり走り出した。

両側をドス黒い木立の壁が、あとへあとへと飛び去るばかりで、迷路は果てしもなくつづいた。出よう出ようとあせればあせるほど、かえって中へはいって行くのかも知れなかった。

ふと気がつくと、ハタハタハタハタ、どこからか人の足音が聞こえて来た。

「ああ、有難い。大野さんが近くを走っていらっしゃる」

と思うと、グッと気が強くなった。

「大野さん」

低い声で呼んで見た。

答えはない。ハタハタハタハタ、足音ばかりだ。

「大野さーん」

たまりかねて思わず大声を上げた。

しかし、相手はやっぱり答えない。黙々《もくもく》として走っている。

「おや変だぞ。ああ、ひょっとしたら……」

ギョクンと心臓が喉の辺まで飛び上がった。あの足音の主こそ、もしや恐ろしい人殺しではあるまいか。そうだ。きっとそうだ。こんなに呼んでも答えぬのは、それにきまっている。

折枝は怖さに一そう足を早めた。喉がひからびて、心臓が破れそうに鼓動する。行く手に急なまがり角があった。折枝はもう無我夢中でその角をまがった。と同時に、五、六間向こうの同じようなまがり角を、ヒョイと飛び出した奴がある。

「あれエ……」

われにもあらず、仰々《ぎょうぎょう》しい悲鳴を上げて、折枝はその場に立ちすくんだ。先方も驚いたらしい。ハッと思う間に、たちまち姿を隠してしまった。

確かに大野さんではなかった。大野さんが折枝の姿を見て逃げ出すはずはないからだ。では今のは何者であったか。残念ながら、折枝はそれを見きわめるひまがなかった。咄嗟《とっさ》の場合着物の色さえ気づかなかった。だが、女ではない。ズボンをはいていた。そして、非常に小柄な男であった。恐らく女の折枝よりも背が低かった。

耳をすますと、ハタハタハタハタハタ、遠ざかって行く、曲者《くせもの》の足音がする。

折枝はその足音が消えるのを待って、いきなりうしろへ走り出した。滅茶滅茶《めちゃめちゃ》に走った。迷路を出ることなど、もう考えなかった。ただじっとしていられないのだ。グルグルグルグル廻っているうちに、パッと眼界が開けて、広い場所へ出た。だが、迷路の外ではない。その中心の広場なのだ。いわゆる奥の院という場所だ。

まん中に一脚のベンチがすえてあった。そのベンチの足元に、白と赤とのダンダラの塊《かたまり》が転がっていた。血にまみれた諸口ちま子の死骸であった。

簡単な白い絹服の背中にニョッキリ短剣の柄《え》だけがはえていた。刃の方は全部ちま子の体内へ隠れているのだ。

絹服は、あざやかな血のりの縞模様《しまもよう》に染まって、空《くう》をつかんだ両手と、もがいた両足とが、白っぽく根元まで現われていた。

ちま子はむろんまったく絶命していた。

木島《きじま》刑事

いくら難解な迷路でも、歩き廻っているうちには、いつか出口が見つかるものだ。大野雷蔵と人見折枝が、間もなく殺人迷路をぬけ出して、園内の事件を一同に告げ知らせたことは申すまでもない。

浮世《うきよ》の外《ほか》の楽園とは云え、殺人事件をそのままうっちゃっておくわけにはいかぬ。ただちに土地の警察へ人が走り、間もなく裁判所から、警察署から、それぞれ係り官がやって来て、型の如く取り調べが行われた。

その結果わかったことは、

一、楽園の外部から犯人が潜入した形跡はまったくなかったこと。唯一の出入口である例の小川は、小川とはいってもなかなか深いので、舟なくては通行出来ぬし、そのほかの部分はけわしい崖《がけ》が多く、そうでない場所には、密生した高い生垣をめぐらした上に、見張り小屋があって、とても通り抜けられるものではない。とすると、犯人は楽園内の人々、先に記した主人がわの数名か、雇い人がわの十数名かの中にいるはずだ。

一、しかし楽園内部の人々には、これこそ犯人とおぼしき人物は一人もなかった。いうまでもなく、一人一人、厳重に訊問されたけれど、大野雷蔵と人見折枝と被害者のちま子のほかには、一人としてその時迷路の中へはいっていたものはなく、それぞれ他の場所にいたことを申し立て、その申し立てをくつがえすべき何らの証拠がなかった。

一、現場には見分けられるほどの足跡もなく、短剣のほかには別段遺留品もなく、その短剣の柄には、一箇の指紋すら発見出来なかった。一、短剣は円《まる》い柄の両刃《りょうば》のもので、つばはなく、柄から刃先までほとんど同じ太さの、奇妙な形のものであった。どこか外国製の品に相違なかった。

というようなことがわかったばかりで、如何なる名探偵といえども、園内の夥多《あまた》の人々から、真犯人を探し出すことは、ほとんど不可能な仕事であった。

人見折枝は取り調べを受けた際、犯人が非常に小柄な男であったことをいおうとして、ハッと口をつぐんだ。園内には目立って小柄な人物が二人ある。一人は十六歳の三谷二郎少年、一人はせむし男の餌差宗助だ。彼女の一《ひ》と言《こと》で若《も》しこのどちらかに疑いがかかったらと思うと、迂闊《うかつ》なことはいえなかった。

その日から、園内の人員が一人ふえた。園主喜多川治良右衛門の依頼によって、一人の刑事探偵が、そこに住むことになったからだ。

園の中央に、立派な洋風食堂があって、朝昼はとにかく、晩の食事だけは、必ず一同が会食することになっていたが、その晩の会食は実に異様な感じのものであった。

一つは主人がわ、一つは召使がわと、二つの長方形の大食卓をかこんで席についた一同は、いつものように無駄口《むだぐち》をきくでもなく、ひっそりと静まり返って、盗むようにお互いの顔を眺めあっていた。その食卓に、ついさいぜんちま子を殺した奴が、何食わぬ顔で列席しているのだ。隣でフォークをなめている奴がそうかも知れない。向こう側でギラギラするナイフを動かして、肉を切っている奴がそうかも知れない。と思うと、それらの人物が、気のせいか、妙に青ざめているように見え、誰もかれも、恐ろしい殺人犯人のような気がする。

主人がわの食卓では、主の治良右衛門の隣に見なれぬ男が、せっせとフォークを動かしている。食事に夢中になっていると見せかけて、時々上目使いに、ジロジロ同席者の表情を盗み見る。うさん臭い男だ。これがこの地方で名うての名探偵木島刑事なのだ。

彼は食事の合間合間《あいまあいま》に、うつむいたまま、低い声で、隣の治良右衛門と、ボソボソささやいている。ほかの人々にはそれが少しも聞き取れぬだけに、気味がわるい。

木島刑事は無髯《むぜん》の三十四、五歳の男で、シャツの上に、すぐ薄よごれた背広を着た、職工みたいな風体《ふうてい》である。

「あなたは、あの時観覧車に乗っていました。これは三人も目撃者がある」

木島探偵はそう云って、テーブルの下で指を折った。

「木下鮎子と原田麗子とは、ちょうどその時間にメリー・ゴー・ラウンドに乗っていた」

治良右衛門がつづけた。

「大野雷蔵さんと人見折枝さんは犯罪の発見者です」

刑事が引き取って云う。

そんなふうにして、園内の人々の名が、次々と数え上げられた。皆アリバイが成立した。誰も彼も一人ぐらいは証人を持っていた。

雇い人たちも、それぞれ持ち場についていたことが明らかで、疑わしい者はなかった。

「湯本譲次さんは、大鯨の体内にいたそうです。三谷二郎君は、林の中を歩いていたそうです。それから園内監督の餌差宗助君は、どっか、山の上をぶらついていたと云います。この三人だけは本人の申し立てです。誰もそれを見たものはない。つまり証人がないのです」

刑事が意味ありげに云った。

「え、するとあなたは、その三人のうちに……」

治良右衛門がびっくりして、相手の目を見た。

「いや、そう云うわけではありません。私はただ事実をくり返して見たまでです。誰を疑っているわけでもありません」

云いながら彼はチラと雇い人の食卓を眺めた。その視線の先に、醜《みにく》い一寸法師の餌差宗助が、猫背になって、皿をなめるようにして、食事をしていた。

「いや、あの男は、恐ろしい形をしていますが、ごく正直者です。最も信用すべき人物です」

治良右衛門がとりなし顔に囁《ささや》いたけれど、刑事は、子供だか老人だか見分けのつかぬこの怪物を、一種の疑惑をもって眺めないではいられなかった。

彼は次に同じ食卓の向こうの端にいる湯本譲次をチラと上眼使いに見た。すると、湯本の方でもその一瞥《いちべつ》を予期していたかの如く、ジロジロと刑事をにらみ返した。

「こいつ、俺《おれ》を疑っているな」

という顔だ。

「あの男は前科者でしたね」

刑事がソッと治良右衛門に囁いた。

「いや、しかし、決して罪を犯すような人物ではありません」

治良右衛門は、又してもとりなし顔に囁き返した。実際、前科者だからと云って、まさか湯本が人殺しをするはずもないのだ。

こんなふうにして、なんとも形容しがたい、奇妙な晩餐《ばんさん》がすんだ。結局木島刑事は、誰の顔からも疑わしい色を読み取ることが出来なかった。皆青ざめた厳粛《げんしゅく》な表情をしていた。しかし一人としてオドオドしている者はなかった。

いや、ほんとうは一人だけ、ソワソワと落ちつきのないようすをしていた男がある。それがまだ小さな子供であったため、誰も、刑事さえも、殊《こと》さら疑いの目を向けるようなことはなかったけれど、三谷二郎少年のようすは、如何《いか》にも変であった。

彼は食欲もないらしく、皿に手をつけようともせず、青ざめて、オドオドとあたりの人々の顔を盗み見て、座にも耐えがたいようすであった。

いったいどうしたというのだろう。まさかこの少年がちま子の背中へ短刀を突き通した下手人《げしゅにん》とも思われぬが。

怪短剣

その夜更け、先に述べた地底の地獄巡りの穴の中で、湯本譲次とその恋人の原田麗子とが、彼らの日課である奇妙な遊戯を始めていた。

園内の人々は、それぞれ立派な寝室をあてがわれていたけれど、主人がわの連中は、名にしおう猟奇者たちのことゆえ、正直にその寝室で寝るものは少なく、主人の治良右衛門からが、例の観覧車の箱の中を空中ベッドにしていたほどで、或いは大鯨の体内、或いはパノラマ館、或いは摩天閣の頂上と、それぞれ勝手な場所を選んで怪奇の夢を結ぶのであったが、湯本譲次の一対は、この地獄の地下道を彼らの不思議なねぐらと定めていたわけである。

土色のコンクリートで固めた、陰々《いんいん》たる地下道には、血の池、針の山、燃え上がる焦《しょう》熱《ねつ》地獄、えん魔大王を初めとして、青鬼赤鬼の(注4)生人形《いきにんぎょう》が、地獄絵巻をそのままに、物凄く立ち並んでいる。どこにあるのか青白い電燈が、いとも不気味な薄あかりを、それらの作り物の上に投げている。

湯本たちのベッドは、赤絵具をといて流した血の池地獄の畔《ほとり》にあった。このサディストとマゾヒストは、そこで夜ごとの痴戯《ちぎ》を楽しむのだ。

ほとんど全裸体の原田麗子は、血の池の向こう岸の壁に、妙な戸板のようなものを背にして、はりつけの形でピッタリとそこにへばりついていた。彼女は今、地獄の呵《か》責《しゃく》に泣き叫ぶ一人の亡者《もうじゃ》であった。だが、亡者にしては、なんとふてぶてしく張り切った肉塊であったろう。

池のこちら側には、やはり半裸体の、まるで地獄の青鬼みたいな湯本譲次が立ちはだかって、傍《かたわ》らの小箱から、ドキドキ光る短剣を取り出すと、それを右手にかざして、向こう側の裸女の肉塊めがけて投げつける姿勢だ。

ああ、又しても、いまわしい人殺しが行われようとしているのか。

いやいやそうではない。湯本不良青年は、いつどこで覚えたのか、短剣投げの奇術が得意であった。わが恋人を的《まと》にして、その危険きわまる奇術を行うのが、彼の夜ごとのこよなき楽しみであったのだ。

的に立つ麗子は麗子で、恋人の投げる白刃《しらは》の前に、全身をさらして、今にもわが身にそれが突き刺さりはしないかと、ドキドキ胸おどらせる快感に、酔いしれているのだ。

譲次の投げる短剣は、青白い電光を受けて、不思議な稲妻《いなづま》ときらめきながら、空を飛んで、次から次へと、麗子の背後の戸板に突き刺さっていった。突き刺さっては生あるものの如く、血に餓《う》えて、ブルル、ブルルと身ぶるいした。

どの短剣も麗子の頰《ほお》から、頭から、腕から、腿から、一分とは離れぬきわどい箇所へ、機械の如く正確に命中した。

「ホウ、ホウ……………」

短剣が命中するごとに、麗子はさも嬉しげに、異様な快感の叫び声を発した。

「今度は腋の下。少し皮を切るぜ」

譲次が無造作にかけ声しながら、ハッシと投げた最後の短剣は、ああなんという妙技、彼の言葉は違《たが》わず麗子の腋の下の皮膚を、危険のない程度に、ごく薄く戸板へぬいつけてしまった。

サッとほとばしる鮮血。

麗子は、わざと大袈裟《おおげさ》に「あれエ」と叫びながら、しかしさも快げな表情で、目をふせて、腋の下にブルブル震う短剣を眺めた。身内に喰い入った冷たい鋼鉄の感触。ふき出し流れる血潮の匂い、変質者のあさましき法悦境《ほうえつきょう》だ。

譲次は譲次で、恋人の白い肉体を網目につたいおちるまっ赤な液体の美しさに、目を細くして眺め入っている。

十秒、二十秒。

なぜか麗子の目は、食い入るように腋の下の短剣を見つめたまま動かぬのだ。マゾヒストの喜びにしては、余りに長い凝視《ぎょうし》、異様に鋭い目の色ではないか。

「オイ。どうしたんだ。何をそんなに見つめているんだ」

譲次がたまりかねてたずねた。

「ジョージ！　この短剣、一本足りなくなってやしない？」

麗子はやっと目を上げて、乾いた声で云って、じっと相手の顔を見た。ゾッとするような恐怖の表情だ。

「なんだって。足りないって。何を云ってるんだ。ちゃんと十三本あるじゃないか。勘《かん》定《じょう》してごらん」

算《かぞ》えてみると、なるほど十三本揃っている。

「でも変ねえ」麗子の恐怖の表情は、まだ去りやらぬ。

「何がさ」

「何がって、あんたあたしに何か隠してやしない？　今気がつくと、この短剣があんまり似ているんだもの」

それを聞くと、譲次もギョッとしたように、色を変えた。

「似ているって何に？」

「まあ、気がつかないの？　ほら、ちま子さんの背中に刺さっていた、あの短剣とそっくりじゃないの」

麗子はそう去って、まるで冷たい風にでも吹かれたように、ゾッと全身に鳥肌を立てた。

湯本譲次も妙な顔をしてだまりこんでしまった。

「譲次、あんた、やったんじゃない？」

麗子は、しばらくして、小さな声でたずねた。

それでも譲次はムッツリとだまり返っている。

「あたし、知っててよ。あんたがちま子さんが好きだったこと。そして、いつか二人っきりの時、あんたがあの人につまらないことといって、頬っぺたひっぱたかれたこと。あたし山の上から、遠眼鏡《とおめがね》でちゃんと見ていたのよ……隠すことないわ」

麗子は悪漢ジョージをいたわるように云った。

「それがどうかしたって云うのか」

譲次が怖い顔で睨《にら》みつけながら聞き返した。

「だから、あんた、ちま子さんを殺したんでしょ。好きだから殺したんでしょ」

麗子は、まるでそれを楽しむかの如く、ズケズケと云ってのけた。

「云っていいことと、わるいこととあるぜ。お前、ほんとうに俺が殺したと思っているのかい」

譲次の額《ひたい》にムクムク静脈《じょうみゃく》がふくれ上がった。

「だって、ちま子さんの殺されていたのは、この短剣とそっくりの兇器《きょうき》だったじゃないの。あんたのほかに、こんな物騒《ぶっそう》なもの持ってる人はありやしないわ」

「ばかッ。君は恋人を人殺しの罪人にしたいのか」

「だからよ。恋人だから、あたしにだけ、ソッとお話しよ。人になんか云やしないから」

「まだ云うかッ。畜生《ちくしょう》ッ」

譲次は猛獣のように怒り出した。

「あれエ、いけない。もう云わない。もう云わない」

大柄で豊満で色白の麗子は、愚かなるマゾヒストであった。彼女の余りにも心なき質問が、相手を心《しん》から怒らせたことを知ると、俄《にわ》かに怖くなって、悲鳴を上げながら、血の池の岸を伝って逃げまどった。

怒れる猛獣の手には、一本の短剣がにぎられていた。それが洞窟の壁の蠟燭《ろうそく》の赤い光に、ギラギラと光った。

「ハハハ……どうもしやしないよ。逃げなくってもいいよ」

猛獣が、無理に作った笑顔で、物凄く笑った。

「ほんとう？　ほんとうに怒ってやしない？　あたし今のことは冗談よ」

『いいんだよ。何もしないから、こちらへお出で、可愛がってやるから」

麗子はオズオズと池の縁を戻って来た。

「ほんとう？　可愛がるって、どうするの？」

「こうするのさ」

麗子は肩先にチカッと痛みを感じた。見ると、薄い絹服に、美しい紅《べに》の一文字。血だ。

「あら、切ったの。でも殺すんじゃないでしょ」

彼女は案外平気である。愚かなるマゾヒストは、恋人の刃《やいば》に傷つけられたことを、むしろゾクゾク嬉しがっているように見えた。

「こうするのさ」

だが、譲次の目は恐ろしく血走っていた。彼は相手の声も聞こえぬらしくふたたび三たび、短剣をひらめかせた。麗子の丸い肩先から、ふくよかな乳房にかけて、まっ赤な線が、スイスイとふえて行った。

「あれエ、助けてエ……」

麗子は歓喜の叫びを上げて、傷ついた蛇《へび》のように、身をくねらせた。譲次の足元に転がって、彼の両足を抱きしめた。

「畜生め、畜生め」

譲次は傷つける恋人を足げにして、血の池地獄へけり落とした。

ジャブンと、まっ赤なしぶきが飛んで、譲次のシャツを、返り血のように染めなした。

大柄な麗子は、血の池の赤インキに染まって、紅酸漿《べにほうずき》のように血みどろのからだを、ヨタヨタと岸に這い上がろうとしては、又しても譲次の足げにあって、ドブリドブリと血けむりを立てて、尻餅《しりもち》をついた。

「しつこいのね。もういやよ。もうよしましょうよ」

麗子は、池の赤インキをガブガブ飲んで、息も絶え絶えに、残虐遊戯の中止を申し出でた。

だが、譲次の方は、いつものように、つかれきった恋人を抱き起こして、愛撫《あいぶ》する気配も見えなかった。

彼は池の岸に仁王《におう》立《だ》ちになって、短剣をふりかざし、這い上がる麗子を、ただ一《ひ》と突《つ》きと身がまえていた。遊戯ではない。やっぱり本気なのだ。顔にも身体にも殺気がみなぎっている。では彼がちま子の下手人であったのか。それを口外されまいために、恋人を殺そうとしているのか。

「あれエ、助けてエ」

麗子は、ほんとうに悲鳴を上げた。ヌルヌルすべる池のふちを、不恰好な四つん這いになって、逃げ出そうとあせった。だがたちまち譲次の左手が、彼女の髪の毛をつかんで、引き戻した。

「あれエ、堪忍《かんにん》して。堪忍して。誰にも云わない。あんたが下手人だなんて、決して云わない。堪忍して。堪忍して」

麗子は、ガタガタふるえながら、死にもの狂いに叫んだ。

「ハハハハハ、驚いたかい。冗談だよ。もういいんだ。お前を殺そうなんて思ってやしない」

譲次が、白い歯をむき出して笑った。

「だがね、この短剣のことや、俺が怪しいなんて人にいうと、承知しないぞ。むろん俺はあの殺人事件に、これっぱかりも関係はない。しかし、つまらない疑いを受けるのはいやだからね。わかったかい。少しでも変なことを口走ったら、承知しないよ。殺してしまうよ」

「ええ、いいわ。決して云やしないわ」

麗子は一そう恐ろしくなって、やっぱりふるえながら答えた。

それを聞くと、譲次は荒々しく彼女を引き寄せ、赤インキでドロドロになった、丸い頬っぺたへ、唇をあてた。

すると彼の唇は、赤ん坊をたべた山猫のように、物凄く血に染まってしまった。

黒い影

彼らは深夜の血みどろ遊戯にヘトヘトに疲れてしまったので、翌日眼をさましたのは、もうお昼過ぎであったから、麗子が、血によごれた身体を洗い、お化粧をして人々の前に顔を出したのは夕方に近かった。

晩餐の席では、例によって木島刑事が、疑い深い目で、ジロジロと一同を眺めていたが、まだなんの手掛かりもつかんでいない様子だった。

人々は、お互いに疑問の目を向け合って、気まずい食事をすませた。

食後麗子がただ一人で遊園を散歩していると、三谷二郎少年につかまった。

「麗子さんどうしたの？　なんだか変だねえ。湯本さんと喧嘩《けんか》したの？」

薄気味わるく敏感な少年であった。

「ええ、喧嘩したのよ。二郎さん、さアここへいらっしゃい」

麗子は何気なく云って、灌木《かんぼく》のしげみの前の捨て石に腰かけて、少年を膝《ひざ》の上にまねいた。可憐《かれん》なる美少年は、いつも大人の膝に乗りなれていたからだ。

「喧嘩って、どうしたの？　なぜ喧嘩したの？」

「なんでもないのよ」

「なんでもなくはないよ。湯本さんも、麗子さんも、口をきかないじゃないか。変な青い顔をしてるじゃないか。どうしたのさ」

少年は、麗子の太った膝の上で、お尻をクリクリ動かして、甘えるように云った。

「僕心配してるんだよ、麗子さんが嫌いじゃないから」

「二郎さん、ありがと」麗子は、少年を抱きしめるようにして、「なんでもないのよ……でも、ひょっとしたら」

「ひょっとしたら、どうなの」

「ひょっとしたら、あたし、殺されるかもわからないのよ」

「えッ、誰に？」

「人にいっちゃ、いやよ。大変なことになるんだから」

「ウン、云わない」

「若《も》しあたしが死んだら、万一よ、万一殺されたら、その下手人は譲次なんだから、あんたそれをよく覚えといて、あたしがそう云ったと刑事さんに告げて下さいね。頼んでおくわ」

「ほんとうかい。じゃ、湯本さんが麗子さんを殺すかも知れないんだね。どうしてなの」

「それからね。若しあたしが殺されたら、譲次こそちま子さんを殺した犯人にちがいないのよ。これもよく覚えておいてね」

「じゃ、そのことを、早く刑事さんにいえばいいじゃないか。なぜ黙っているの」

「ほんとうのことがわからないからよ。うっかりそれを云って、譲次が無実の罪におちたら可哀そうだもの。でね、あんたも、万一、万々一あたしが殺されるというようなことがない限りは、こんなこと人にしゃべっちゃ駄目よ。わかって？」

「ウン、そりゃわかっているけれど」

もう暮れきって、お互いの顔がハッキリ見えぬほど暗くなっていた。

二人は話に夢中になって、少しも気づかなかったが、うしろの茂みで、木の葉のすれ合う低い音がした。

そこには何者かが潜んで、二人の話を聞いていた。茂みの間に、燐《りん》のように、光る二つの目があった。男か女かもわからなかった。目のほかは、海坊主《うみぼうず》のように不気味な、黒い影でしかなかった。

「まあ、あたし、うっかりして、つまらないことといってしまったわね。あたし今夜はどうかしているのよ。今のはみんな嘘《うそ》よ。誰にも云っちゃいやよ。きっとよ」

「ウン、大丈夫だよ。云やしないよ」

「まあ、こんなに暗くなってしまった。あちらへ行きましょうよ」

二人が捨て石から立ち上がって、大食堂の建物の方へ歩いて行くと、木蔭の黒入道《くろにゅうどう》も、立ち聞きをやめて、コソコソと夕闇の彼方《かなた》へ消えて行った。

青ざめたモデル

その翌日のことである。

まだなんの手掛かりをも摑《つか》み得なかった木島刑事は、もう一度犯罪現場に立って、兇行の順序を仮想するために、園主喜多川治良右衛門の案内で例の迷路へふみ込んで行った。

「この迷路は僕の設計で作らせたのですが、設計者の僕でさえ、どうかすると迷い子になってしまうほど、よく出来ているのです」

治良右衛門が曲がりくねった細道を歩きながら自慢した。

「あなたがこういう酔狂《すいきょう》なものを作るものだから、こんな面倒が起こるのです。退屈したお金持ちほど厄介なものはありませんよ」

刑事は心安だてに冗談めかして園主の酔狂を非難した。

「いや、それをおっしゃられると、恐縮にたえません。しかし、自邸内に起こった出来事で、被害者は僕の親友なのですから、僕も探偵になった気で、充分穿鑿《せんさく》します。必ず罪人をお引き渡しする積りです」

「そう行けば、うまいですが」

木島刑事は、治良右衛門のまじめな申し出を鼻であしらった。

「犯人は園内のものに相違ありません。すべてが容疑者です。そしてすべてが僕の親友です。実に困った立場です」

「まさかあなたのお友達を、ひっぱたいて、からだに聞くというわけにもいきませんしね。といって証拠は皆無《かいむ》なのだから、実に面倒です。それもこれも、この迷路のお蔭ですよ。これさえなければ、犯人は大野さんに見られているはずですからね。それにしても、あなたには、誰か疑わしい人物がありそうなものですが」

「それが先日からも云う通り、不思議にないのです。ちま子はおとなしい女で、敵があろうとは考えられません。強いて考えるならば、好かれたからこそ殺されたのです。恋のかなわぬ恨みですね。しかし、そうだとすると、園内でちま子を恋していなかったものは一人もないと云って差し支えないのです。又ちま子が私以外の何人《なんぴと》の愛をも拒絶したことも確かです。したがって園内の男はすべて容疑者ということになります」

話しながら、二、三度あと戻りをしたけれど、さすがに迷いもせず、迷路の中心に達した。

「おや、誰かいる」

一歩そこにふみこんだ刑事が、びっくりして立ち止まった。

「ああ、湯本君、こんな所で何をしているのだ」

治良右衛門も驚いて声をかけた。

それはサディスト湯本譲次であった。

彼はその迷路の中心で妙なことをしていた。彼の前には三脚架《さんきゃくか》にカンヴァスが立てかけてあり、彼の左手にはパレット、右手には絵筆がにぎられていた。

「何を描《か》いているの?」

問われると、譲次は、見ればわかるといわぬばかりに、顎《あご》でモデルを指し示した。

モデルは地上にうずくまった奇妙な形の青白い肉塊であった。

実に奇妙な形をしていた。顔を地べたにくッつけて、お尻をもったて、足は腹の下に折れまがり、手は無理な恰好で、顔の前に投げ出されていた。つまりそれは、世にも豊満な、一糸《いっし》まとわぬ裸体女のモデルであったのだ。

だが、あの皮膚の、異様な青白さはどうだ。こんな不気味な皮膚を持った女が、この楽園にいたのかしら。

「おや、あれは原田麗子さんじゃないか。どうしたんだ。あの妙な恰好は。身体が折れてしまいそうじゃないか。痛いだろう」

治良右衛門がモデル女の正体に気づいて叫んだ。

「痛くはないよ」

譲次が、セッセと絵筆を動かしながら、ぶっきら棒に答えた。

「痛くないことがあるもんか。可哀そうじゃないか。止したまえ。このサディストにも困ったものだ」

「痛いはずがないよ。麗子さんを、よく見てくれたまえ」

譲次が怒ったような声でいった。

いわれて見ると、なるほど変だ。原田麗子は決してあんないやな色の皮膚ではなかったはずだ。

治良右衛門はゾッと寒気を感じないではいられなかった。

木島刑事もそれとさとったのか、ツカツカとモデルに近づいて、いきなり彼女の肩に手をかけて引き起こした。

「アッ！」

二人の口から、同時に驚きの叫び声がほとばしった。

引き起こされた麗子の身体の下には、まっ赤な水溜《みずたま》りが出来ていた。そして、彼女の胸には見覚えのある例の短剣が、心臓深く突き刺さり、乳房も、腹も、太腿までペンキでも塗ったように、まっ赤に染め上がっていた。

「オイ、湯本君、君はこれを知っていたのか、誰にやられたんだ。下手人は何者だ」

治良右衛門がどもりどもり、譲次に詰問《きつもん》した。

「あいつだ。ちま子さんを殺した奴だ」

譲次が無感動に云った。

「ウン、恐らくそうだろう。しかし、君はどうしたんだ。恋人の死骸をモデルにして、呑気《のんき》そうに絵を描いていたのか」

「そうだよ」譲次は平気で答えた。

「僕は麗子がこんな美しい生物だという事を、今の今まで気づかなかったのだ。それにこの奇怪な美しいポーズ。棺《かん》に入れてしまうのは惜しいと思ったのだ」

湯本譲次は気がちがったのか。恋人の血みどろの死骸を何か世にも美しいものの如く、われを忘れて写生していたのだ。

殺人三重奏

木島刑事は、この気ちがいめいた有様に、あきれ返って、口もきけなかったが、やがて、徐々に正気に帰ると、いつもの意地わるな、冷たい表情が、彼の顔を占領した。

「湯本さん、恋人の死骸の写生とは思いつきですね。実に巧《うま》い考えだ」

彼は皮肉たっぷりに感心して見せた。

「巧いでしょう。こんな美しいポーズは、とても人間業《にんげんわざ》で考え出せるもんじゃありません。一生涯に二度と手にはいらぬ、すばらしいモデルですよ」

譲次は無邪気に自慢している。

「うまいッ！　その無邪気は、名優だって真似《まね》が出来ないでしょう」

刑事はますます皮肉に云う。

「名優ですって？　すると、なんだか、僕がお芝居でもやっているように聞こえますね」

譲次が変な顔をして、刑事を見つめた。

「うまいッ、ますますうまいですよ。被害者の死骸を写生して嫌疑をまぬがれようというのは、実にズバ抜けた新考案です」

「おやッ、すると、僕が、この女を殺しておいて、その嫌疑をまぬがれるために、こんな真似をしているとでもおっしゃるのですか」

譲次は、やっと刑事の真意をさとったのか、びっくりしたように聞き返した。

「ハハハハハ、いやなに、必ずしもそういうわけではありませんがね。しかし……」

「しかし、どうしたんです。ああ、わかった。君は僕が下手人だときめて、拘引《こういん》する積《つも》りでいるんだね。だが、刑事さん、僕を牢屋へブチ込むには、確かな証拠がなくてはなるまいぜ。君はそれを持っているのかね。証拠だ。証拠を見せたまえ」

「証拠ですか」刑事はゆっくり答えて、麗子の死骸に歩み寄ると、その胸から例の短刀を引き抜いた。

「例えば、この短刀です。この鍔《つば》のない棒みたいな兇器は、一《ひ》と目《め》で持主がわかるはずです。喜多川さん、そうではありませんか」

「如何《いか》にも、それは湯本君の奇術用の短剣です。しかし」

治良右衛門は、困惑して口ごもった。

「ばかなッ、もし僕が真犯人であったら、一と目でわかるそんな兇器を、死骸の胸に残しておくものですか。それはかえって、僕の無実を証拠立てているのだ」

譲次が怒鳴った。

「ともかくも、君は一応警察署までご同行を願わねばなりません。警察署長が、君のご意見を伺うでしょう」

木島刑事は冷然と云い放った。

「いやだ。僕は恋人の死骸をうっちゃって、警察なんぞへ行くわけにはいかぬ。僕は断じてジロ楽園を出ない」

争いがだんだん激しくなろうとしているところへ、ヒョッコリ怪物がはいって来た。せむしの餌差宗助だ。彼は醜い額に汗の玉を浮かべて、セイセイ息を切らしている。迷路の中をかけずり廻ってやっとここへたどりついたものであろう。

「おお、宗助じゃないか。どうしたんだ」

治良右衛門が驚いて声をかけた。

「旦那、大変だ。早く来て下せエ。あれを見ると、すぐさまかけ出して来ただが、迷路で三十分も手間取っちまった。もうとても息は吹き返すめエ」

云いかけて、彼はふと原田麗子の死骸に気づいた。

「ワー、ここにも人死にがあっただね。麗子さんじゃねえか。誰が殺しただ」

「ここにもって、宗助、それじゃ、どっかにもう一人殺された者があると云うのか」

治良右衛門があわただしく聞き返す。

「そうです。あっちにも一人殺されているだ」

「誰が？」治良右衛門と刑事が、ほとんど同時に叫んだ。

「坊やです。可哀そうに、ピストルで胸をうたれて、虫の息だ。いや、今時分は、その息も絶えてしまったべえ」

「坊やだって、三谷二郎か」

「へえ、そうです」

「木島さん。湯本君も、争いは後にして一緒に行って見よう。三谷少年が殺されているんだ」

治良右衛門は云いながら、もうかけ出していた。せむしの宗助がそのあとを追って走る。湯本譲次も、その腕をつかんだ木島探偵も続いて走る。

「どこだ。坊やが殺されているのは」

「メリー・ゴー・ラウンドのとこです。木馬に乗っかっててやられただ」

やっと迷路を抜け出して、木馬館へ来て見ると、楽園の雇い人たちが十数名、一とかたまりになって騒いでいた。

「三谷はどうした。まだ息があるか。誰か医者を呼びに行ったか」

治良右衛門の声に、雇い人たちは道を開いて口々に答えた。

「もう駄目でございます。つい今しがた息が絶えました」

見ると、木馬からころがり落ちた姿勢のまま、二郎少年は両手で地面を引っかきながら絶命していた。

「なぜベッドへはこんでやらないのだ。こんな地べたで、可哀そうじゃないか」

治良右衛門が雇い人たちを見廻して叱りつけた。

「ああ、治良《じろ》、それどころじゃないのよ。死人は三谷さん一人じゃないんですもの」

群衆の中から治良右衛門の恋人の木下鮎子が飛び出して、泣き声で答えた。

「一人じゃないって？　いったいどうしたというのだ」

治良右衛門がびっくりして叫ぶ。

「折枝さんよ。折枝さんが風船から落ちて死んでしまったのよ。その方へは大野さんが行っていらっしゃるのよ」

「え、え、折枝さんが？」

一同、それを聞いて、二の句がつげなかった。

つまり、その朝、ジロ楽園には、ほとんど時を同じうして、三つの殺人が行われたのだ。原田麗子は迷路の中心で、三谷二郎はメリー・ゴー・ラウンドで、人見折枝は風船で。

日記帳と遠眼鏡

朝寝坊の同人たちの中で、三谷少年だけは例外の早起きであった。その朝も、彼は午前六時頃寝室を抜け出して早朝の楽園をかけ廻っていたが、メリー・ゴー・ラウンドのそばを通りかかった時、ふと乗って見たくなったので、一人でスイッチを入れてそれを廻転させ、一匹の木馬に飛び乗った。

奇怪な木彫りの裸馬が十数頭、ガクンガクンと首をふりながら、ゴロゴロゴロゴロ廻り始めた。

三谷少年は手綱《たづな》をにぎって、お尻を前後にゆすぶりながら、ハイシイ、ドオドオ、裸馬どもと競争だ。

あたりには、木馬館の附近はもちろん、見渡す限り人影もなかった。すがすがしい朝の風が、スーイスーイと頰をかすめる音のほかには、小鳥の声さえ聞こえなかった。

ところが、木馬がやがて十廻転もした時分、突然、その静寂《せいじゃく》を破って、ビューンという烈《はげ》しいうなり声が起こったかと思うと、二郎は胸の中へ棒を刺されたような、恐ろしいショックを感じた。

「ギャッ！」

という悲鳴が思わずほとばしった。と同時に、彼は廻転中の木馬から、まっ逆さまに転落して、地面に叩きつけられた。

「誰だッ」叫んでも答えるものはなかった。

不思議不思議、見渡す限り人影もないのに、どこからともなくピストルの丸《たま》が飛んで来て、少年の胸を射抜いたのだ。

木下鮎子と餌差宗助が、虫の息の三谷少年を発見したのは、それから一時間もたってからであった。

血と泥でお化けみたいに汚れている少年をだき起こして、

「誰が撃った、誰が撃った」

と下手人をたずねると、少年はわずかに口を動かして、

「わからない……日記帳、日記帳」

とつぶやいたまま、グッタリとなってしまった。それ以上物を云う気力がないのだ。

そこで、あとを鮎子に頼んでおいて、宗助が急を告げに走ったという次第であった。

「日記帳といったのは、いつも二郎さんがつけている日記帳のことではないかしら。それを読んで見れば、何かわかるかも知れませんわ」

　鮎子がかしこくも推察した。

「その日記帳のありかをご存じですか」

「ええ知ってます。二郎さんの寝室の机の抽斗《ひきだし》にしまってあるはずです」

「じゃ、すぐそこへ案内して下さいませんか。早く調べて見たいと思いますから……喜多川さん、あなたは先にもう一人の死人を見て上げて下さい。僕もじき行きますから」

　そして、刑事と鮎子は三谷少年の寝室へ、治良右衛門は二、三の雇い人を引き連れて、風船の方へ急いだ。

　飛行船型の軽気球は、楽園の一隅、とある小山の上に繋留《けいりゅう》してあった。近づくにしたがって、その風船から地上にたれている縄梯子《なわばしご》の一方の綱が切れて、梯子の形を失い、残る一本の綱でやっと風船をつなぎとめている事がわかった。

「ああ、縄梯子が切れたんだな」

　治良右衛門は誰にともなくつぶやいた。

　現場へ来て見ると、そこにも雇い人たちの人山が出来ていた。

「大野君、大野君はいないか」

声に応じて、群集の中から、雷蔵の顔が現われた。

「ああ、喜多川君、見てくれたまえ、ひどいことになるもんだね」

雷蔵は半泣きの渋面《じゅうめん》を作って云った。

指さす箇所を見ると、折枝の死体が横たわっている。なるほどひどいことになるもんだ。力まかせに投げつけられた饅頭《まんじゅう》みたいに、彼女の死体は大地にメリ込んでグシャッと押しつぶされていた。

「おや、この人は双眼鏡をにぎっているね」

「ウン、それで何かを見ていたんだ。そして、風船から降りようとして、縄梯子に足をかけるかかけないうちに、突然弾丸のように墜落《ついらく》してしまったんだ」

「すると、君は見ていたのかい」

「いや、僕が見たら、うっちゃっておきやしない。子供が見たんだ。炊事場《すいじば》の婆さんの小せがれが見たというんだ。この子だよ」

雷蔵が六、七歳の男の子の頭をおさえて見せた。

「どうもまことにすまねえことでございます。子供のいうことだで、気にも止めねえでいましたら、やっぱりこんな恐ろしいことが……」

子供の母親が、しきりとわび言をするのを聞き流して、治良右衛門は鼻たれ小僧の頭をなでながら、質問を始めた。

「坊や、いい子だね。この姉ちゃんが、風船の上で、遠眼鏡を見ていたのたい」

「ウン、そうだよ。一生懸命に見ていたよ」

子供は存外《ぞんがい》ハッキリ答える。

「どっちの方を見ていたの？」

「あっちの方」

子供の指さす方角には、例の殺人迷路があるばかりだ。

「あっちだね。間違いないね」

「ウン、あっちばかり見ていたよ」

「大野君、折枝さんは風船の上から、ラビリンスを研究していたのかも知れない。上から覗《のぞ》けば、迷路の地図がハッキリわかるからね」

「だが、朝っぱらから、何を酔狂にそんなことを」

「いやひょっとしたら、この風船の上からは、麗子さんの殺される光景が、手に取るように見えたかも知れないぜ。おばさん、それはいったい何時だったの」

「この子が、落ちた落ちたと云って帰って来たのは、あれはたしか六時頃でございました」

「六時……やっぱりそうかも知れないね」

「坊や、それでどうしたの。この姉ちゃんは、何かびっくりしたようなふうはしなかったかい」

「ウン、なんだか大きな口をあいて喋《しゃべ》っていたよ。それから、いそいで降りて来たよ」

「喋っていたって、風船にはほかに誰もいなかったのだろう」

「ウン、誰もいなかったよ」

「じゃ、なぜ喋ったりするんだろう。ああ、わかった。坊や、姉ちゃんは、大きい口をあいて、叫んだのだね。あれエとか、助けてくれエとかいって」

だが子供は困ったような顔をして黙っていた。

「ウン、よしよし、坊やには少しむずかしすぎる。だが、大野君、これは僕の想像があたっているようだね。それから坊や、どんなことがあったの？」

治良右衛門が質問を続ける。

「それから、綱が切れたんだよ」

「どうして？」

「知らないや。でも、プツッと切れちゃったんだよ。それから、姉ちゃんが、さかとんぼになって、スーッと落ちて行ったんだよ。早かったよ。見えないくらい早かったよ」

子供は自慢らしく、息をはずませて報告した。

縄梯子が切れたのは、偶然であったか。何かそこに恐ろしい意味が隠されていたのではないか。ほとんど時を同じうして、三人の変死事件が突発した。偶然の一致にしては余りに奇怪である。これは恐らく別々の事件ではない。この一連の血なまぐさい椿事《ちんじ》の裏には、同じ動機が……たった一人の犯人が隠れているのではないだろうか。

被疑者

その朝、ほとんど時を同じうして、麗子は迷路の中心で、二郎少年はメリー・ゴー・ラウンドの木馬の上で、折枝は空の風船から墜落して惨死《ざんし》をとげた。麗子を殺した兇器は、ちま子と同じ怪短剣、二郎少年を殺したのは弾丸、折枝は風船の綱が切れて落ちたのだけれど、これも何者かが彼女を殺すために、その綱を切断したのかも知れぬ。いや、「知れぬ」ではない。それにちがいないことが間もなくわかった。

警察や検事局の人たちがやって来て検視をすませ、死体が室内にはこび去られたあとで、木島刑事の発議で風船が地上へ引きおろされた。縄梯子の切り口を調べるためだ。

銀色の巨大な風船玉が、瓦斯《ガス》を抜かれて、くらげみたいに地上に横たわった。

「やっぱりそうだ。この切り口をごらんなさい。決して自然に切れたものではない。何か鋭利《えいり》な刃物でたち切ったあとです」

刑事の言葉に一同そばへよって、縄の切り口を見ると、なるほど、プッツリと一《ひ》と思《おも》いに切れている。

「しかし、まさか折枝さんが自分で縄梯子を切るはずはないから、風船にはほかに下手人が乗っていたと考えなければなりません。ところが、この子供も、子供の知らせで驚いて飛び出してみた炊事係りの婆さんも、折枝さんが落ちたあとの風船には誰も乗っていなかったというのです。僕がかけつけた時にも、折枝さんが墜落してから二、三分しかたっていなかったのですが、風船の附近には誰もいなかった。とすると、この綱はいつの間に、誰が、どうして切ったのでしょうね」

恋人を失った大野雷蔵が、青い顔をして、さも不思議そうに云った。

「さア、それですて。私も今それを考えていたところですよ」

木島刑事が、意味ありげに答えた。彼はすでに何事かをさとっているようすだ。

それから、一同建物の一室に引き上げて、検事の取り調べを受けたが、詳細に書いていては退屈だから、重要な部分だけを抜き出して記しておく。

先《ま》ず第一に、三谷少年の臨終《りんじゅう》の言葉にしたがって、彼の日記帳が調べられた。

「今夜、山の下で青い顔をした麗子さんにあった。どうしたのかって聞くと、誰にも云っちゃいけないと云って、若しあたしが死んだら、その下手人は譲次なんだから、あんたよく覚えといて、刑事さんに告げて下さい。と変なことを云った」

日記帳にはこんなことが書きつけてあった。そして、そのあとに、今度の犯罪についての二郎少年の感想がつけ加えてある。

「誰も気がついていないようだが、僕は譲次さんが、例のちま子さんの胸にささっていたのと同じ短剣を、沢山《たくさん》持っていることを知っている。僕は最初からあの前科者の譲次を疑っていたのだ。やっぱりそうだ。今夜の麗子さんの言葉で僕の考えがいよいよほんとうらしくなって来た。皆《みんな》にこのことを教えてやろうかしら。だが、麗子さんは誰にも云うなと云った。あの言葉にそむくのはいやだ。ああどうしたらいいのだろう」

湯本譲次は迷路の中心で、麗子の死骸を写生していたという事実だけでも、充分嫌疑をかけられていた上、今又こういう証拠物件が現われた。彼はもはやのがれるすべはないのだ。

誰しも譲次が下手人だと信じた。殺人の動機が判明していなかったし、一人の男が同時に三カ所で、しかも一つは空中の風船の上、一つは複雑な迷路の中というふうに、ひどく飛び離れた場所で、三重の人殺しを犯したなんて、なんだかほんとうらしく思えなかったけれど、そういう点を除くと、譲次が最も濃厚なる嫌疑者であることは、誰も疑わなかった。

検事は譲次を前に呼び寄せて、鋭い質問をあびせかけたが、彼は何事も知らぬ存ぜぬの一点張りでおし通した。

検事は更《さら》に治良右衛門、木下鮎子、大野雷蔵、餌差宗助などをも取り調べたが、これというほどの発見はなかった。

その朝、三重の殺人事件が起こった時間には、治良右衛門は例によって観覧車の箱の中に、鮎子と雷蔵とは、建物の中の各自のベッドに、まだグーグー寝ていたことが明らかになった。それぞれ証人があって、一点の疑いをはさむ余地もなかった。

せむしの餌差宗助は、早起きの男で、その朝も五時頃から起き出で、園内を見廻っていたと申し立てたが、園内といっても山あり川あり広い場所のことゆえ、犯罪の行われた時分、彼がどこで何をしていたかは、誰も目撃したものがなかった。つまり彼にはアリバイとなるべき証人がなかったのだ。

右の人たちのほかに、花火係りのKという男が検事の取り調べを受けたことは注意すべきだ。

「君は今朝六時頃に花火を打ち上げていたということだが、そんなに早くから、なんのために花火なんぞを上げていたのだね」

検事がたずねた。

「ヘエ、それが私の仕事なんで、毎日、朝の六時から夕方の六時まで、ひっきりなしに昼花火を打ち上げているのが、私の役目なんです」

四十男のKが、黒くよごれた仕事服で答えた。

「それは園主の云いつけなのかね」

「それは私が命じているのです」喜多川治良右衛門が引き取って答えた。「ご承知の通り風変わりな遊園地です。朝っぱらから花火を打ち上げたところで、不思議はないのです。私たちはあのポーン、バリバリバリという威勢のいい音と、花火玉が割れて降って来る風船の雨が、たまらなく好きなのです」

検事は苦笑《くしょう》しながら、更に花火係りのKに向きなおって、質問を続けた。

「君は六時前後に、何か怪しい人物をみとめなかったかね。君の花火の筒はちょうど迷路の裏側にあったはずだね」

「私の持場へは誰も来ませんでした。怪しい人物にもなんにも、朝の間は人の影さえ見ませんでした」

「迷路の中から人の叫び声は聞こえなかったかね」

「ヘエ、それも、少しも気がつきませんでした。ちょうど花火の音に消されて、私の耳にはいらなかったのかも知れませんが」

この花火係りを最後にして、一と通り取り調べが終わった。結局湯本譲次が犯人であることを打ち消すような事実は何も現われなかった。

例の地底の血の池地獄のそばに隠してあった十数本の怪短剣が、二郎少年の日記帳と共に、証拠品として押収《おうしゅう》された。そして、当の湯本譲次が唯一の被疑者として引致《いんち》せられたことはいうまでもない。

大鯨の心臓

木島刑事は、検事や警察の人々と一緒に楽園を立ち去ろうとはしなかった。署長の命令もあったし、彼自身も、まだこれで事件が解決したとは信じていなかったからだ。

その午後、彼は一人で園内をブラブラ歩いていた。

ふと気がつくと、彼の面前に、まっ黒に塗った漆喰《しっくい》の小山のようなものが横たわっていた。全体黒くぬりつぶした中に、ただ一点しみのような白いものがあった。それがこの怪獣の目だ。作りものの大鯨が、小さな白い目で刑事を睨みつけていたのだ。目の下にポッカリあいた黒いほら穴が、鯨の胎内への入口だ。刑事はその内部の不思議な光景をよく知っていた。

大人をもひきつける不気味なお伽噺の世界だ。

彼はその胎内へはいって見る気になった。黒いほら穴をまたいで、大鯨の口をはいると、そこに不気味なでこぼこの大きな喉があって、それから、やっと一人通れるぐらいの細道が、ズッと胃袋まで続いていた。

露出《ろしゅつ》した電燈は一つもなく、光源はみな臓器の繊維《せんい》の内部に仕掛けてあるので、それが青黒い粘膜《ねんまく》を通して、曇り日のような薄あかりを行く手にただよわせていた。すき通って見える青黒い粘膜には不気味な血管や神経などが、黒い川のように縦横に交《こう》錯《さく》していた。

胃袋の一部が赤くただれたようになって、三尺ほどの穴があき、そこから体腔《たいこう》の中へ出られるようになっていた。木島刑事はその穴から、胃袋を這い出して行った。

外は広い赤茶けた空洞であった。スグ頭上にギョッとするような巨大な光源がブラ下がっている。浅草の仁王門の大提灯《おおぢょうちん》みたいな、ベラ棒に巨大な、まっ赤にすき通った、鯨の心臓である。赤い心臓からは、老樹の根のような大動脈《だいどうみゃく》、大静脈が、ウネウネと這い出して、遠く百ひろの彼方まで続いていた。そこには、大鯨の大腸小腸が、青黒く、大小無数の大蛇《おろち》の形でもつれ合っているのだ。

「木島さんではありませんか」

どこからか、ラジオのように主なき声が響いて来た。

ギョッとしてふり向くと、大提灯の心臓の下に、異様な寄生虫《きせいちゅう》のように、黒い小さな影が、うごめいていた。人間だ。

「誰です、そこにいるのは」

「僕、喜多川ですよ」

黒影《こくえい》が治良右衛門の声で答えた。

「あ、あなたでしたか。今頃どうしてこんなところに?」

刑事は心臓の真下へ歩みよった。

「少し考えごとがありましてね。この赤い心臓が僕の想像力を刺戟《しげき》してくれるものですから」

近よると、治良右衛門の顔が、赤と黒とのでこぼこになって、恐ろしい赤鬼のように見えた。

「ホウ、何をそんなにお考えなのです」

木島刑事も赤鬼だ。大提灯の心臓の下で、二匹の赤鬼がささやき合っているのだ。

「むろん、今度の血なまぐさい事件についてですよ」

治良右衛門が答えた。そこがちょうど巨大な心臓の下であったから、血なまぐさいという形容詞と共に、事実なまぐさい血のりの匂いが刑事の鼻を打った。

「しかし、事件はほとんど解決したではありませんか。あなたは湯本君の無実を主張しようとでもなさるのですか」

刑事とても、事件の解決を確信していたわけではないけれど、ここにも一人、疑惑をいだいて考え込んでいる男がいると思うと、ついそんなふうに云わないではいられなかった。

「いや、必ずしもそうではありませんが……木島さん、あなたは湯本譲次が四つの殺人事件の真犯人だと信じていらっしゃるのですか」

「むろん、そのほかに考えようがないではありませんか」

木島はわざと強く云いきって見せた。

「なるほど、あいつは前科者です。しかし、意味もなく人間の命を奪うような殺人鬼ではありません」

「意味もなくですって？　意味があるじゃありませんか。あなたはそれがわからないとおっしゃるのですか」

刑事は真実意外に感じたのだ。

「すると、あなたは譲次には殺人の動機があったとおっしゃるのですね。あなたのお考えを聞きたいものです」

治良右衛門が正面から刑事の赤い顔を見つめて云った。

「湯本君は諸口ちま子さんをあなたから奪おうとした。そしてちま子さんのために手ひどくはねつけられた。これが殺人の動機にならないでしょうか」

「ホウ、あなたはそれを知っていたのですか」

「僕は探偵です」

木島は侮辱《ぶじょく》を感じたらしく、怒りっぽく云い放った。

「いや、失礼。如何にもその点はあなたのおっしゃる通りです。しかし……」

「また麗子さんが殺されたのも二郎君の日記で説明がつきます。湯本君と夫婦のようにしていた麗子さんが、その夫の犯罪を気づくというのは、さもありそうなことです。殊に麗子さんは湯本君の短剣投げの的になっていたという事実さえあるのです。あの人は誰よりも早く、ちま子さんを斃《たお》した短剣が湯本君の所持品であることをさとったにちがいない。それで、二郎君にあんなことを云い残しておいたのでしょう。案の定麗子さんは同じ短剣でやられている」

「なるほど、よく筋道が立っていますね。では、三谷二郎殺害の動機は？」

治良右衛門は何かふくみ笑いをしているような声であった。

「二郎君は麗子さんの秘密を聞いた唯一の証人です、その証人を沈黙させる最も簡便な方法は彼を殺すことです」

「すると、譲次は麗子さんと二郎との秘密の会話を立ち聞きでもしていたというわけですか」

「或いはそうかも知れません。そうでなくても、恋人である麗子さんの挙動や言葉のはしで、それを察し得たのかも知れません」

読者は知っている。麗子が二郎少年にあの秘密を打ち明けていた時、茂みのうしろに海坊主のような黒い人影が立ち聞きしていた。そしてその人影が湯本譲次であったとすれば、木島刑事の推察はますます的中して来るわけだ。

「では、人見折枝さんは？　朝っぱらから風船に乗っていた気まぐれは、楽園の住人にしては別に珍しい事でもありませんが、事件になんの関係もないあの人が、なぜ殺されたか。又犯人はどうしてあの高い空中の縄梯子を切断することが出来たか。あの時風船には折枝さんのほかには誰も乗っていなかったのですよ」

「あなたは縄梯子の切り口をよくごらんになりましたか」

刑事が突然妙な質問をした。

「見ましたが……」

「するどい切り口でしたね、刃物で切ったのか、そうでなければ」

「えッ、そうでなければ?」

「弾丸です。非常な名射撃手があって、あの細い縄を的にして、弾丸を命中させ得たとすれば、ちょうどあんな切り口が出来たかも知れません」

「どこから?」

治良右衛門がびっくりしてたずねた。

「迷路の中心からと云いたいのですが、それは誰が考えても不可能です。もっと近い所、たとえば風船の繋留所の真下からでも発射したとすれば、そして誰にも気づかれぬ間に森の中へ逃げ込んだとすれば、まんざら出来ないことでもありますまい」

「しかし、銃声が聞こえましょう。炊事の婆さんは鉄砲の音については何もいわなかったようですが」

「花火です。あの気違いめいた朝っぱらからの花火の音が銃声を消したと考えることは出来ないでしょうか。僕が今朝花火係りのK君を呼び出したのは、その点を検事に知らせておきたかったからですよ」

「なるほど、なるほど、花火とはうまく考えましたね。あなたは恐ろしい人だ。しかし、動機は？　譲次はなぜ折枝さんを殺さなければならなかったのです」

「折枝さんが双眼鏡をにぎっていたことをご記憶でしょう。あの人は風船の上から園内を眺めていたのです。そして偶然にも、迷路の中心の不思議な光景を目撃したのです。殺人の現場を」

「なるほど、なるほど」

治良右衛門は感じ入ってうなった。

「下手人は目的をはたしてから、誰か見ていたものはないかと四方を見廻したにちがいない。すると風船の上の人影が、しかも双眼鏡を手にして恐怖におののいている人影が、目についたのです。そこで下手人は迷路を走り出て、風船の下へやって行ったと考えるのは無理でしょうか。折枝さんは、早く風船を降りればよかったのだが、脅《おび》えきってしまって、その決心もつきかねたのでしょう。そして、やっとオズオズ縄梯子を降りかけた時、弾丸が発射された。むろん折枝さんを狙《ねら》ったのでしょうが、その丸《たま》がそれて、偶然にも、細い縄に命中した。まさか湯本君が空にゆれている細い縄を的に発射するほどの名射撃手とも考えられませんからね」

「なるほどあなたの推理は一《ひ》と通《とお》り筋道が立っているようですね。で、三谷二郎は、折枝をやッつけた帰り道で、その同じ銃器を使用して射殺したというわけですか」

「たぶんそうでしょう。メリー・ゴー・ラウンドは風船と迷路の中間にあるのですからね」

「で、その譲次の使用したという銃器は？　あなたはそれを発見したのですか」

「残念ながらまだです。それさえ発見すれば湯本君の有罪は確定的になるわけですが、どこへ隠したのか、いくら探しても見つからないのです。しかし、間もなく私はそれを発見して見せるつもりです」

刑事は自信ありげに答えた。

「しかしね、お説をうかがっても、僕はまだ譲次の有罪を信じる気にはなれないのですよ」

治良右衛門はやっぱりふくみ笑いをしているような声で云った。

「え、では、あなたはほかに誰か疑わしい人物があるとでもおっしゃるのですか」

刑事が少し面喰《めんく》らってたずねた。

「たった一つ、まだあなたの知らない事実があるのです」

「何です。それはいったい何です」

「諸口ちま子の死体を発見したのは、大野雷蔵と人見折枝の両人でしたね。その時、折枝さんが犯人の姿を見ているのです。うかつに喋っては大変なことになるので、折枝さんは大野君のほかには誰にもそれをいわないで死んでしまったのです。大野君も実は或る人の迷惑を思って、今日までそのことを口外しないでいるのです」

「見たのですか、犯人を。ああ、なんということだ。そんな重大な手掛かりを秘密にしておくなんて。で、それは誰だったのです」

「誰ともわからないのです。とっさの場合、ただ洋服を着た非常に背の低い男であったことしか見分けられなかったのです」

「背の低い男？」刑事が息を呑んだ。

「われわれの仲間で背の低い男といえば、子供の三谷二郎か、背むしの餌差宗助のほかにありません。折枝さんはこの二人に嫌疑のかかることを恐れたのです」

「しかし、二郎は殺されてしまった」

二人は大提灯の心臓の不気味な赤黒い光の下で、思わず顔見合わせて、黙り込んでしまった。

餌差宗助

「二郎少年は殺されてしまった。すると」

「すると、あの背の低い男が残るわけです」

そして、二人は又もや黙り込んでいた。

治良右衛門の視線の先には、青黒い静脈の網に包まれた醜悪な軽気球のような胃袋が、ドッサリと落ちついて、それから暗闇の胎内深く、うわばみの大腸小腸がとぐろを巻いてつらなっていた。

わが設計ながら、人体解剖図のいやらしさ、むごたらしさ、果敢《はか》なさが、百層倍に拡大されて、その暗闇一ぱいにひろがっているのを見ると、ひとりでに心臓の鼓動が早まって来るような気がした。

これらの巨大なる臓器どもが、生命をふき込まれて俄かにドキンドキンと、或いはウネウネと、脈うちうごめき始めたら、どんなにか恐ろしいことだろう。と思う心がそのまま現実となって、おや、胃袋が動きはじめた。夢かしら。いや、夢じゃない。動いている。この大鯨は現に生きて呼吸しているのだ。たべたものを消化しているのだ。張りボテの大胃袋がモヤモヤと動き出したではないか。まさか。夢だろう。だが……

「あなた気がつきましたか」

治良右衛門が、ソッと刑事の腰をつついてささやいた。

「ええ」

木島刑事は、猛獣がするような警戒の目色で答えた。

「動いたでしょう」

「動いた。あなたの仕掛けたカラクリですか」

「いいえ、ちっとも知らないのです。あの胃袋は作りつけの張りボテなんです。動くはずがない」

「では若《も》しや」

刑事がこの奇怪事を非常に現実的に解釈した。それで、彼が先に立って、暗闇の胃袋へと近づいて行った。

「こんなものが消化作用を起すはずはない」

刑事は塗料でネチャネチャする胃袋の壁をコツコツ叩いて云った。

「誰かいるんだ。人間が隠れて動かしているんだ。オイ、誰だ。出たまえ」

刑事は何かを直覚して、勢いこんで、胃袋の裏側へ突進した。

「ワッ」

という悲鳴が爆発した。そして何とも云えぬ醜怪な生きものが、刑事の腕をすり抜けて、鯨の腹わたの作る迷路の蔭へ逃げ込んで行った。

「喜多川さん、そっちへ廻って下さい。僕がうしろから追い出すから」

木島はまるで兎《うさぎ》でもとらえるように叫んで、腹わたの中へ飛び込んで行った。

暗闇の中に、バリバリと腹わたの破れる音、逃げまわる怪人物の、追っかける刑事の、入り乱れた足音、息づかい。コンクリートの皮膚を持つ大鯨が、腹痛を起こして、のたうち廻った。

「しまった。木島さん、逃げられた。僕の袖《そで》の下をくぐって、あっちだ。あっちだ。食道の方だ」

治良右衛門が叫んで、いきなりかけ出した。心臓の大提燈をかいくぐり、張りボテ肺臓を押し分けて、食堂の方へ、トンネルのような暗闇の細道へ。

怪物は子供のように背が低くて、猿《ましら》のように身軽だった。彼は天井の低いトンネルを、立ったまま走れた。身体を折りまげて、頭をコツコツやりながら、不自由に走る二人の大男は、とても彼の競争者ではなかった。

治良右衛門と木島刑事とが、やっと鯨の胎内を抜け出して、夕暮れの木立を見渡した時には、例の怪人物はどこへ逃げ去ったのか影もなかった。

「やっぱりそうでしたね」

鯨の口の外にボンヤリ突っ立った刑事が意味ありげに云った。

「僕はあいつを信用しているんだが。変ですね」

喜多川は首をかしげた。

「あなたも、あれが背むしの餌差宗助だったことを否定は出来ないでしょう」

「ええ、ほかにあんな恰好の奴はいないから。しかし、どうも不思議だ」

「これを見ればわかるかも知れません。僕はさっきあいつがこんな紙切れを落としたのを拾ったのですよ」

木島刑事は云いながら、一枚の紙片を見せた。それには下手な字で、こんなことが書いてあった。


来る七月十四日、ジロ楽園カーニバル祭りの当夜、殺人遊戯の大団円《だいだんえん》が来るのだ。その夜残り少なのメンバーたちは、みなごろしになる。血みどろの大夜会、殺人縁日のお祭り騒ぎが、どんなにすばらしいか。考えてもゾクゾクする。誰にもいっちゃいけない。地獄の秘密だ、人外境《にんがいきょう》の大秘密だ。

「あなた、宗助の筆蹟をご存じですか」

刑事がたずねた。

「知ってます。しかし、これはわざと乱暴な書体で書いてあるので、はたして宗助のだかどうか、よくわかりません」

治良右衛門が答えた。

「この、ジロ楽園カーニバル祭っていうのはほんとうですか」

「ほんとうです。こんな殺人騒ぎが起こらない前、同好《どうこう》の紳士淑女百人余りに招待状が出してあるのです。この騒ぎでは中止しなければならないかと思っていたのです」

「フン、それにしても、そんな賑やかな夜を選ぶなんて、犯人の気が知れませんね」

刑事はやっぱり現実的な考え方をした。

「僕にはわかるような気がしますね」治良右衛門は、なぜか薄笑いを浮かべ、刑事の顔を覗《のぞ》き込むようにして、舌なめずりをしながら云った。「今までのやり口でもわかるように、犯人は恐ろしい殺人狂なのです。あなたはさいぜん、湯本譲次を仮想犯人として、現実的な推理を組み立てられたのですが、その湯本譲次のいない楽園に、今のような怪しげな人物が現われたのです。しかもこんな殺人予定表を落として行った奴がです。これで湯本が犯人でないことがおわかりでしょう。今度の犯罪は、譲次のような普通の悪人の企て及ばない狂人の夢です。変な云い方をすれば、この幻のジロ楽園にふさわしい犯罪です」

「なんだか、あなたはこの殺人狂を讃美《さんび》していらっしゃるように聞こえますね」

刑事が迫り来る夕闇の中で、変な顔をした。

「讃美？　ええ、ある意味では。僕は闇夜に打ち上げられる赤い花火が好きなんです。しかし、僕が殺人狂の仲間だなんて誤解しないで下さいよ」

「だが片輪者の宗助に、そんな気持がわかるでしょうか。あなたのおっしゃるような」

「僕も意外なんです。しかし畸形児というものは、心までも、われわれとは全くちがったまがり方をしていないとはいえません。彼奴《あいつ》あんなお人好しな顔をしていて、心ではどんな血みどろな美しい悪事を企らんでいまいものでもありません」

「では、あなたは、この変な紙切れの文句をお信じなさるのですか」

「信じますね。ジロ楽園のカーニバル祭。なんてすばらしい舞台でしょう。まっ赤な殺人舞踏には……」

地底水族館

その夜から翌日にかけて、ジロ楽園のくまなき大捜索が行われた。木島刑事の報告によって、所轄《しょかつ》警察署から、十数名の警官隊がかけつけたのだ。

警官隊と楽園の雇い人たちと、数十人の捜索隊が人数だけの提燈をふりかざして、或いは塔の上を、或いは迷路の中を、或いは観覧車の箱の一つ一つを、メリー・ゴー・ラウンドを、地底の地獄を、水族館を、広い野原を、深い森を、縦横無尽《じゅうおうむじん》に探し廻ったが、夜が明けるまで、片輪者の姿はどこにも発見されなかった。

楽園の外へ逃げ出したかも知れないという説も出たけれど、それは信じられぬ事であった。あの一目《ひとめ》でわかる畸形児がこの楽園を飛び出して、どこへ身を隠し、どこに食物を求めることが出来よう。それ自体が一つの巨大なる迷路をなすこの楽園こそ、人目を忍ぶ犯罪人には、こよなき隠れがではないか。のみならず、あいつは、七月十四日の大計画を目の前に控えているのだもの。

翌日のお昼頃になると、人々は疲れきって、楽園の中心にある建物に集まって来た。

「そのカーニバル祭とかを中止して、ここの人たちがもっと安全な場所へ避難してはどうですか。つまり、ジロ楽園を空《から》っぽにしてしまうのですね」

警察署長が腹立ちまぎれに怒鳴った。

「僕たちは外《ほか》に行く所がありません。いつも云う通り、僕たちにはこの楽園が唯一の世界なんです。ここを見捨てる気にはなれませんよ。それよりも、もう一度探して下さい、もう犯人はわかっているのです。捉《とら》えさえすればいいのです」

治良右衛門が不眠のために青ざめた顔で頼んだ。

「探すと云って、どこをです。僕たちはもう探し尽くしたじゃありませんか」

「僕に少し心当たりがあるのです。あすこじゃないかと思う場所があるのです」

「どこです」

「地の底の水族館です」

「ああ、あすこなら、十度も見たじゃありませんか」

木島刑事が口をはさんだ。

「見方がいけないのです。これは僕もたった今気づいたのですが、あすこには誰にもわからぬすばらしい隠れ場所があるんです。あの恐ろしい片輪者はそれを知っていたかも知れません」

「じゃ、そこへ案内して下さい」

署長が進まぬ口調で応じた。

木島刑事と五名の警官とが、治良右衛門のあとにしたがって、地底の水族館へと降りて行った。

そこにはコンクリート作りの長いトンネルが、まがりまがって続き、その両側の壁に、幾つもの大きなガラス窓が開いて、厚ガラスの外は、ただちに海底の景色になっていた。

むろん真実の海底ではなく、ガラスの外にはやっぱりコンクリートの水槽《すいそう》があって、その底に岩や小石や土を置き、雑多の海草を植え、各種の珍魚異魚を放したものである。燐光《りんこう》を放つ海蛇の水槽のほかは、皆水の上に明るい電燈がついていて、海底を模《も》した水槽は、底の小石の一つ一つまで、ハッキリと、しかし青い塩水の層にゆがんで、眺められた。

「あなた方はどこを探したのです。まさかこのガラス張りの向こう側までは注意しなかったでしょうね」

先頭に立った治良右衛門が、六人の同勢を振り返ってたずねた。

「ガラス張りの向こう側ですって？　そこは水の中じゃありませんか。いくらなんでも……」

「いや、水の中と云っても、水面の上に広い隙間があるのです。そこの空気を呼吸して生きていることが出来ます」

　それを聞くと、六人の人たちは、顔見合わせて、意味のわからぬつぶやきを漏《も》らした。余りにも奇抜な犯人の隠れがが恐ろしく思われたのだ。

「すると、あなたは、あのせむし男が、水族館のタンクに身を沈めて、顔だけを水面に出して、じっとしているとおっしゃるのですか」

「そのほかに、もう探す場所がないではありませんか」

　人々の歩き方が俄かにのろくなった。一つ一つのガラス窓を、丹念《たんねん》に覗きはじめたからだ。

　治良右衛門と木島刑事とは、肩を並べて、一つの大きなガラス張りの前に立っていた。

　そこは魚類ではなくて、異形《いぎょう》な海草ばかりを集めた水槽であったから、ガラス窓一面、魔女の乱れ髪が逆立って、泥沼のような陰影を作っているため、いくら電燈があっても見通しがきかず、疑えば最も疑うべき場所であった。

「ここには、大きな魚でもいるのですか」

　刑事が不思議そうに尋ねた。

「いいえ、ここは海草ばかりです。魚なんて一匹もいないはずです」

この答えが、刑事を飛び上がらんばかりに驚かせた。

「でも、君、あのゆれ方は、あの昆布《こんぶ》の葉のゆれ方は」

見ていると、海草のヌルヌルした青黒い密林が、おどろおどろと乱れゆらいで、白い五べんの花が、ポッカリと咲き出でた。生白い五つの花べんはひとでのように物欲しそうに、キューッキューッと海水をしめつかんだ。

「手だ。君、人間の手だ！」

それは明らかに、人間の五本の指であった。しかも断末魔にもがき苦しむ指であった。

指にかきひろげられた海草のうしろから、ニョイと、大きな口が現われた。口ばかりの大きな畸形児の顔が。彼は空《うつ》ろな目を一杯に見開いて、口からは滝津瀬《たきつせ》とまっ赤な絵の具を吹き出しながら、水の中で何かわめいていた。声のない叫びを叫んでいた。

若《も》し、木島刑事がリップ・リーディングを心得ていたなら、今断末魔の餌差宗助の鯉《こい》のような唇から、身の毛もよだつ呪詛《じゅそ》の言葉を読み得たであろうものを、惜しいかな、彼は唇の文字には少しも通じていなかった。

むろん二人は、ただちに廻り路をして、その水槽へ駈けつけたけれど、もう手遅れだった。宗助は何者かのために胸を刺されて、その水槽へ投げ込まれ、すでにこと切れて浮き上がっていた。

大砲買入れ

ジロ娯楽園のメンバーは、今や残り少なくなった。

先《ま》ず治良右衛門の第二の恋人諸口ちま子が、次に湯本譲次の恋人原田麗子が、次に美少年三谷二郎が、次に大野雷蔵の恋人人見折枝が、そして、せむし男の餌差宗助が、次々と不思議千万な方法で殺害されていった。

一度は短剣投げの名手湯本譲次に嫌疑がかかったけれど、結局無実とわかって留置場から楽園に帰されて来た。

名探偵木島刑事が楽園に泊まり込み、日夜探偵に努力していたけれど、いつ迄《まで》たっても何の手掛かりさえつかめなかった。たまたま犯人の殺人予定表の如きものを拾い、餌差宗助が怪しいと睨んで捕縛《ほばく》しようとすれば、その宗助自身が水族館のタンクの中に、無残な死体となって浮き上がっていた。

今や犯人はまったく不明であった。彼はただ出鱈目《でたらめ》に、手あたり次第に、虫をでも殺すように易々《やすやす》と、楽園のメンバーを殺害しているように見えた。被害者になんの連絡もなく、殺されねばならぬ動機というものがまったく発見出来なかった。事件全体に、なんともえたいの知れぬ、物凄い、気ちがいめいた感じがともなって来た。

犯人は外部から侵入したとは考えられなかった。楽園の地形なり構造なりが、それほど要害堅固《ようがいけんご》に出来ていたからである。すると内部の者か。残りのメンバーは園主の治良右衛門と、その恋人の木下鮎子と、大野雷蔵と、湯本譲次の四人きりだ。いったいこの四人のうちに犯人がいるのか。

ほかに数十人の雇い人がいるけれど、それは園主が撰《よ》りに撰《よ》って、機械のようにお人好しの愚鈍な連中ばかりを雇い入れたのだから、まさかそのうちにこのすばしっこい怪物みたいな殺人狂がいるとは思われぬ。しかし、何をいうにも多人数の中だ、一人ぐらい仮面をかぶった恐ろしいやつが、まぎれ込んでいないとも限らぬ。

それはともかく、例の楽園のカーニバル祭という、ばかばかしい催しの日が近づいて来た。その日こそ、「殺人遊戯の大団円の来る日だ。楽園のメンバーが皆殺しになるのだ」と、見えぬ殺人狂が予告した当日なのだ。

たといそれが一片のおどかしにもせよ。なにもそんな危険をおかしてまで、カーニバル祭とかを催す必要はないではないか。と、読者諸君もお考えなさるだろう。警察の人々もそう考えて、園主治良右衛門を呼び出して、催しの中止を勧告したものだ。

だが治良右衛門はどうしても応じなかった。残る三人のメンバーも園主と同意見であった。

「このカーニバル祭こそ、われわれがジロ楽園を始めた時の、最大目標であったのです。これを今中止すれば、楽園に投じた(注11)数十万金の資金がまったく無駄になってしまうのです。恐らくあなた方実際家にはおわかりにならないでしょうが、われわれは浮世の事にあき果てて、ただ美しい夢にあこがれ、夢に生きる人種なのです。そして美しい夢を見ながら、たとい命を失うとも、少しも悔いぬ人種なのです。それに、カーニバルの日に殺人が行われるなんて、取るにも足らぬおどし文句に過ぎません。ほんとうに人殺しをする気なら、誰が予報なんぞするものですか」

園主を始めメンバーの反対論旨は大体右の如きものであった。

「しかし聞けば百人ものお客さんが集まって来るというではありませんか、あなた方はいくら面白くても、多数の安全のためには……」

警察署長が忠告をくり返した。

「いえ、客は皆われわれと同じ人種です。雇い人たちはわれわれ以上にカーニバルを待ち兼ねて居ります。それにいろいろな準備がもうすっかり出来てしまっているのです。現に今日は大砲が到着するはずになっているくらいです。若《も》しカーニバルを中止したなら、あの莫大《ばくだい》な費用をかけた大砲が、まったく無駄になってしまうではありませんか」

治良右衛門が主張した。

「え、え、なんですって？　大砲ですって？」

それを聞くと警察署内の人々は、一斉に目を見張った。

「いや、びっくりなさることはありません。戦争を始めるのではないのです。ほら、ご存知でしょう。いつか『人間大砲』という見世物が来ました。あんなふうな云わばおもちゃの大砲なんです。口径は十二インチもありますけれど弾丸はでっかいキルク玉で、しかも一丁ぐらいしか飛びやしないのです」

「だが、そんなものをいったいどうするのですか」

「カーニバルの余興です。巨人の射的場を作ろうというわけです。都会の盛り場によく見かける例の射的場です。煙草の箱を積み重ねて、射落としたら景品にもらえるあれです」

と、だんだん話が夢みたいに、なごやかになって来たのである。

で押問答《おしもんどう》の末、結局治良右衛門その他の云い分が通り、奇妙なカーニバル祭はともかく挙行されることになった。何しろ相手が地方の大金持ちで、友人には有力な政治家などもいるものだから、警察の方が一歩譲らないわけにはゆかなかった。そして、実に面倒な次第であったが、カーニバルの当日は、警戒のために数十名の警官を楽園内に派遣《はけん》しなければならなかった。治良右衛門は雇い人たちに命じて、着々と大饗宴《だいきょうえん》の準備を進めていった。

ある日ジロ楽園の唯一の入口である、例のゴンドラ浮かぶ水門へ巨大な荷物が到着した。大砲だ。巨人の射的場の大砲だ。見たところ野戦に使う本物の大砲と少しもちがわぬ。御所車《ごしょぐるま》のような車輪がついて青黒く不気味に光った鋼鉄製で、それを筏《いかだ》にのせて、造花で飾って、お神輿《みこし》のお渡りみたいに川をさかのぼり、楽園の中心の広っぱへと運んだものだ。

大砲のそばには、フットボールの球ほどのキルク玉が巨人国のお月見団子みたいに積み上げられた。

「これが、恐らくカーニバル第一の余興だよ。あすこの丘の上に、等身大の生人形がズラリと立ち並ぶんだ。それをお客様が、ここから、このキルク玉で、ポカンポカンと撃つのだよ。愉快じゃないか。命中した時にはね。巻煙草《まきたばこ》のご褒美《ほうび》じゃつまらない。ご褒美の代わりには、花火がドカーンと上がるのだ。そしてね、五色の花びらが雪のように空から降って来るのだ。花火玉の中にそれを一杯つめておくのさ。そして、楽園の中のジャズバンドが、ワーッと天変地異《てんぺんちい》のように鳴り響き、シャンパンがパンパン泡を吹き、花吹雪《はなふぶき》の下で、庭一杯の気ちがい踊りが始まるのだ。愉快じゃないか」

治良右衛門は他の三人のメンバーをとらえて、楽しげに話して聞かせた。だが巨人の射的場なんて、カーニバル全体の一種気ちがいめいた、大仕掛けな、世にも花やかな乱痴気騒《らんちきさわ》ぎの、ホンの一部分に過ぎなかったことが、やがてわかる時が来た。

ゴンドラの唄

カーニバルの当日が来た。ほとんど日本全国から集まった猟奇の紳士淑女は、前夜近隣Y市に一泊して、定刻正午頃には、例の緑樹《りよくじゆ》のアーチの下へ三々五々到着した。アーチの下には、小波《さざなみ》一つ立たぬ青い水面に、例のゴンドラが奇妙な船頭をのせて浮かんでいた。

船頭は二人。一人は舳《へさき》に櫂《かい》をあやつる少女、一人は艫《とも》にギターを抱く少年、少女は全身に純白の羽毛《うもう》の衣《きぬ》をまとい、少年は真紅《しんく》の羽毛の衣に包まれている。紅白の美しい水鳥が、とまどいをして、ゴンドラの上にしばし蹼《みずかき》を休めているのかと見まがうばかりだ。先着の三人の紳士淑女が、まずその舟に乗り込むと、少女の櫂《かい》が静かに水を

ないか」

掻《か》き分けて、ゴンドラは細い淵を、ゆるやかにすべり始めた。

「お嬢さん、坊っちゃん、これは実にご趣向でしたね」

口髭を短く揃えた年長の紳士がニコニコしながら、船頭に話しかけた。

「坊っちゃん、それは楽器ですか。一つお弾《ひ》きなさい。お嬢さんは、船を漕ぎながら歌えますか」

十七歳の坊っちゃんと、十八歳のお嬢さんは、紳士の顔を見返してニッと笑った。そして答えはなくて、少年のギターの弦《げん》がふるいはじめ、少女の赤い唇が動いた。静かなる櫂《かい》の調子に合わせて、ゴンドラの唄が水面を流れた。

「夢の国！　おお、僕らは夢の国へ旅をしているのだぜ。この子守唄はすばらしくはないか」

紳士が、歌に和するように、柔《やわ》らかいバスでいった。

「ほんとうにあの少年楽手《がくしゅ》の可愛いこと」

黒い洋装の淑女が、美しいソプラノで調子を合わせた。

両岸には、ドス黒い木の葉がうず高く空を覆《おお》って積みかさなり、その濃緑《のうりょく》の壁にまっ赤な椿の花が、ポッツリにじんだ血のように、一輪ずつ其処此処《そこここ》に咲いていた。

空はドンヨリと曇って、遠いスリガラスのように見えた。

水を渡る微風が、舳に立つ少女の芳《かん》ばしき体臭を、彼女の高い歌声と共に、ソヨソヨと吹き送った。

いつの間にか、二人の紳士は、少年楽手の両側に座して両方から少年のまだ柔らかい肩に手をのせていた。淑女は少年の前に坐して、その桃色の頰をあかず眺めていた。舳の少女はひとりいよいよ歌いながら、からだを振って、櫂の手を早めた。舟はスイスイと、水虫のように調子をつけて、勢いよくすべり始める。その度に舳にまき起こる風は、少女の純白の羽毛を、一《ひ》とひら、二たひら、吹きちぎっては、空へ舞い上がらせた。一《ひ》とひら、二たひら、舟の速度が加わるにつれて、吹きちぎられる羽毛はますます多く、はては時ならぬ吹雪《ふぶき》となって、ゴンドラの上を、うしろへうしろへ飛び散って行く。

はげ落ちた羽毛の下には、少女の焦げ茶色の肌が、汗にぬれて、うず高く盛り上がっていた。

ゴンドラの唄は、いよいよ高らかに、櫂持つ腕の、背の、腹の躍動はますますはげしく、残る羽毛をひと時にはじき飛ばして、見よ白い空を背景に、全裸の乙女の立ち姿。羞恥《しゅうち》を知らぬ国の乙女は、そのまま勇敢に櫂をあやつりながら、上半身をねじ向けて、艫の少年楽手を顧《かえり》みた。

「調子が低いわ。もっと高く、もっと狂わしく」

少女の声に、少年はいきなり席を立ち上がり、彼もまた白い歯を見せて歌いながら全身を微妙に動かし、今はとばかりにギターをかき鳴らす。

少年の真紅の羽毛も、ヒラヒラと舞いはじめた。そしてその下には、ミケランジェロの曲線が、いとも美しく隠れていた。全裸の二人の船頭は、歌い、弾き、踊りながら舟を進めた。ゴンドラは、ユラユラと危うく揺れて、右に左にたゆたいながら進んで行く。

三人の紳士淑女は舷《ふなばた》にしがみつき、しかし激しい夢に酔いながら、わが前に踊る、二様の曲線に見とれていた。

そして、舟は港に着いたのだ。

港には、数十人の裸女の背を合わせた、異様の桟橋《さんばし》がうねっていた。客は、その毛氈《もうせん》よりも柔らかく、あたたかき桟橋をふんで上陸した。陸には、数人の紅白ダンダラ染めの道化服《どうけふく》をつけた男が、手に手に衣裳を持って待ちかまえていた。

「お客様がた、よくお出で下さいました。園主はあちらで待ちかねて居ります。さア。お召更《めしか》え下さいませ」

「え、なんだって、お召更えだって？」

年長紳士がけげん顔で聞き返した。

「はい、お召更えでございます。お客様はカーニバルの衣裳とお召更えなさらなければなりません」

「ああ、夢の国には、夢の衣裳か」

紳士はようやく納得して、その衣裳を受け取った。

ひろげて見ると、絹糸のあらい網に金銀の南京玉《ナンキンだま》を結びつけた、まるで踊り子の舞台衣裳のようなものだ。

「これを?」

「ハイ、それをでございます」

「シャツの上から?」

「いいえ、シャツも何も、今お召しになっていますものはすっかり私の方へお預かり致します」

「だって、君」

「いいえ、園主の申しつけでございます」

そこで、男女三人の不思議な踊り子が出来上がった。ピカピカ光るあらい網の目から、或いは豊かな、或いは痩《や》せっぽちな、或いは滑《すべ》っこい肉体が、異様にすいて見える。

頭には同じ南京玉のナイトキャップだ。

　さて三人はお手々をつないで、なんとまあ、声高らかにゴンドラの唄を口ずさみながら、教えられた道を、正面の小山の頂きへと登っていった。露《あら》わなお尻を振りながら。登り尽くして頂上に立った時、突然三人の口から、びっくりするような叫び声が爆発した。

「ウラー！　ウラー！」

　そこには、小山の向こうのジロ楽園の内部には、真実びっくりするような、なんとも云えぬ狂人の国の風景がひろがっていたからだ。

地上万華鏡《ばんかきょう》

　小山から見下《みおろ》したジロ楽園は、狂人の油絵であった。あらゆる形状、あらゆる色彩がぶちまけられ、それが目まぐるしく活動していた。べら棒に巨大な万華鏡を絶え間なくグルグル廻しているような、恐ろしくも美しい光景であった。

　軽気球が二つ、奇妙なお日さまとお月さまのように、場内の東西の空にかかって、そこから、五色のテープが美しい雨と降りそそいでいた。

花火の筒は絶え間もなく音を立てて、尺余の紙玉《かみだま》が中空《なかぞら》に炸裂《さくれつ》し、五色に染めた紙の雪が、さんさんと降りしきっていた。

その中に、赤ペンキで塗られた巨大な観覧車が、大人国《だいにんこく》の風車のように、グルグル廻り、浅草の十二階めいた摩天閣からは、場内の四方に万国旗が張りめぐらされて、その窓々には、まっ赤な旗が、首を出して、ユラリユラリと、火焔《かえん》のように燃えていた。

パノラマの丸屋根は、赤と青との原色で、子供のおもちゃみたいに塗りつぶされ、木立の彼方にチラチラ見える、巨大な紫色のものは、例のコンクリート造りの大鯨であった。

地底では、水族館の魚どもと地獄極楽の生人形が、又それぞれの痴態《ちたい》で踊り狂っているのだ。

そして、それらの目まぐるしき形と色のほかに、花火の音を太鼓にして、ジロ楽園全体をゆるがすような音楽が耳も聾せんばかりに鳴り響いていた。

彼方の丘の麓、森の蔭、此方《こなた》の建物の窓、池のほとり、或いは数人、十数人、毒茸《どくたけ》の群がりはえたように、赤、黄、青、色とりどりの楽隊さんが、ジンタジンタと、その音《ね》も懐かしき廃頽《はいたい》の曲を、空にも響けと合奏しているのだ。

南京玉の道化衣裳を着た三人の客は、丘の上からはるかの地上へとうねっている線路の上を、舟のようなすべり台に乗って、ウォーター・シュートの速力で、アレヨアレヨとすべり始めた。

　空中の舟は、降りしきる五色の雪の中を、鳴り響く楽の音に乗って、横転、逆転、木の葉返し、息も止まるばかり走り、すべり、とんぼ返りを打って、突進した。金と銀との南京玉の衣裳が、それから婦人客の髪の毛が、一直線にうしろになびいた。

「苦しいッ、助けてエ」

　悲鳴は風に吹き飛ばされて、舟は数瞬にして、線路の終点に達した。そして、バッタリ停止すると、客たちは、はずみを食って、下なる砂地へ投げ出される。金銀の三つの鞠が砂まみれだ。

「これはようこそお出で下さいました。お待ち申していましたよ」

　ヒョイと気がつくと、三人の客を一人一人抱き起こして砂を払ってくれているのは、園主喜多川治良右衛門であった。

「ごらん下さい。これがジロ楽園の射的場です。今にお客様が揃いましたら、皆さんに、このキルク玉を撃っていただきます。的は向こうの丘の上の人形たちですよ」

　そこには、車のついた大きな、しかし旧式な大砲が一門、五色に塗りつぶして、カムフラージュをして、ドッカリと据《す》えてあった。

大砲のそばには、例のお団子のキルク玉の山だ。そして向こうの丘には、白い空を背景にして、十体ばかりの道化人形が、ヒョコンヒョコンと立ち並んでいる。

「ホホウ、これはご趣向ですね。このフットボールの化物みたいなキルク玉で、あの案山子《かかし》人形を撃ち倒すというわけですね。そこで、ご褒美はいったい何です。浅草公園の射的場では、巻煙草をくれるようですが」

年長紳士がおどけた顔でたずねた。

「ご褒美？　ハハハ、あなたはなかなか抜け目がありませんね。あります、すばらしいご褒美が。実にすばらしいご褒美が」

治良右衛門は、妙なことに、お巡《まわ》りさんの制服を一着に及んで、八文字の立派なつけ鬚《ひげ》をつけていた。それが、やさしい接待係りの声で客に物を云っているのが一種気ちがいめいた感じをあたえるのだ。

間もなく第二、第三の空中船が、次々とウォーター・シュートをすべり落ちて、砂まみれのお客さまが、十人、二十人と集まって来た。

彼らは皆道化服と着かえさせられていたが、それが三人五人一組ずつ、それぞれちがつた色と形をしているのだ。

或るものは、五色の紙で出来た、おもちゃの鎧《よろい》を、或るものは、全身すき通って見える薄い薄い紗《しゃ》の衣《ころも》を、或るものは、ハワイ土人の棕櫚《しゅろ》の腰巻きばかりを、或るものはグッと意気なモダーン水着を、その他種々雑多の、安っぽい、けばけばしい、しかし無邪気な仮装に包まれていた。

そのむき出しのお乳と、すき通るお尻の、半裸体の男女の中に、たった一人だけ、異《い》端者《たんしゃ》のように、不気味な扮装《ふんそう》の男がまじっていた。彼はうす汚れた手ぬぐいで鼻の先に頬冠《ほおかむ》りをして、細かい碁盤縞《ごばんじま》の日本キモノに三尺帯、そのお尻をはしょって、ふところには、九寸五分が覗いていようという趣向である。

「やア、木島さん、考えましたね。刑事巡査が泥棒に変装なさるとは、ずば抜けていますね」

巡査の制服を着た治良右衛門が、帯剣をガチャガチャいわせながら、木島刑事の肩をたたいた。知らぬものが見たら、ほんとうのお巡りさんが、ほんとうの泥棒を捕えている光景であった。

「ハハハハハ、お気に召しましたか。カーニバル祭にふさわしいようにと、これでも智恵をしぼったのです……しかし、喜多川さん、あなたの扮装も、なかなか思い切っているではありませんか。僕のお株をとってしまいましたね」

「さア、お逃げなさい。僕追っかけますから。捕り物ごっこをしましょう。ハハハハハ」

お巡りさんの治良右衛門が冗談を云った。

広場では十数人の招待客が、キルク玉の大砲を取り囲んで、物珍しげに眺めていた。

「どなたか、射的をなさる方はありませんか、このキルク玉で、向うの道化人形を撃ち倒した方には、すばらしいご褒美が出るんですよ」

お巡りさんの治良右衛門が、愛想笑いをしながらすすめた。

「僕に撃たせて下さい。僕は東京の浅草公園では、射的場のお嬢さんが、顔をしかめるほどの名射撃手なんです」

一人の紳士が進み出て、大砲のうしろに廻った。

「弾丸《たま》はちゃんとこめてあります。どうか、狙いを定めてその綱を引いて下さい」

紳士は射的場の空気銃と同じように、大砲の砲身に眼をあてて、向こうの丘の右端の人形に狙いを定め、発射の綱を引くと同時に、ドカンと尻餅をついた。発射の反動で、大砲がグイとうしろへ動いたからだ。

大砲の口を飛び出したフットボールのキルク玉は、目に見える早さで、ヨロヨロと飛んで行った。そして、右端の人形の胸のあたりに、コツンとぶつかった。

人形は、玉があたると、二本の足を空ざまにして、ひっくりかえって、丘の向こうへ見えなくなったが、それと同時に、人形の立っていたあたりから、突然、何百という五色のゴム風船が、まるで今撃ち殺された人形の魂ででもあるように、パッと大空に群がり昇った。そして、大砲の命中を祝福する花火がドカンとうち上げられ、バリバリと雲間に音がして、五色の雪が、一《ひ》ときわはげしく降りしきった。

地獄谷

道化人形が倒れ、鬼人形が倒れ、女幽霊の人形が倒れ、三つ目小僧が倒れ、次々と人形どもは、大砲のキルク玉に打ち倒されて、丘の蔭に姿を消して行った。

その度毎《たびごと》に、ドカーンと昼の花火が打ち上げられ、五色の雪が空をおおって降りしきり、ジンタジンタの楽の音が響き渡った。

「さア、今度は私が人形の代わりを勤めます。誰か打って下さい。このお巡りさんを打って下さい」

警官の扮装をした喜多川治良右衛門は、大砲に弾をこめておいて、丘の上にかけ上がり、人形のようにシャチコばった。

「ヨーシ、僕が撃ってやろう。大丈夫かね」

緋縅《ひおどし》の鎧うつくしき青年紳士が、向こうのテント酒場でひっかけたシャンパンに顔赤らめて、景気よく怒鳴った。

「僕たちは、鉄砲玉のキャッチボールをしようというのです。さア、投球して下さい。狙いを定めて」

治良右衛門が大声に怒鳴り返した。

鎧の紳士は、それでも丹念に狙いを定めて、ドカンと、大砲の紐を引いた。キルク玉がヒョロヒョロと飛び出して丘の上へ泳いで行った。

「ストライク!」

お巡りの治良右衛門は、小腰をかがめて、胸の前でキルク玉を受けとめるなり、ほがらかに叫んだ。

パチパチパチと拍手が起こった。ドカーン、パリパリと花火が割れて、五色の雪が飛び散った。

「さア、今度は、ここにいる皆さんが捕手になって下さい。人形の代わりに、あの丘の上に並んで下さい。僕が投手を勤める番です」

丘をかけおりてまた治良右衛門が命令した。

その頃場内はすでにカーニバルの酒気に満ちていた。諸所に設けられたテント酒場からは、ポンポンとシャンパンの音が聞こえ、まっ赤な顔の紳士淑女が、刻々にふえていった。

大砲のまわりに集まっている十人ばかりの男女も、大半は酔っぱらいであった。お酒は飲まずとも、花火と音楽とが充分人を酔わせる力を持っていた。

「なに、僕たちが人形の代わりになって、的の役を勤めるんですって。ハハハハハ、こいつは面白い。諸君、さア丘の上へ進軍だ」

鎧の紳士が怪しげな呂律《ろれつ》で、一同を誘いながら、ヨロヨロと先に立った。

道化服の老人も、薄物《うすもの》一枚で裸体同然の奥さんも、水着姿の娘さんも、赤マントの闘牛士も、勇敢《ゆうかん》にそのあとに続いた。躊躇《ちゆうちよ》している人たちは、ジンタ音楽と治良右衛門とが、うしろから追い立てるようにして、丘の上へ進ませた。

人間的《にんげんまと》が十人、大砲の筒口のま正面に、ズラリと立ち並んだ。いやにフラフラする的ではあったけれど。

砲手はお巡りさんの治良右衛門だ。

「さア、撃ちますよ。右の端の奥さんから」

「ええ、いいことよ。あたし、うけてみせてよ」

美しい酔っぱらい奥さんが、薄物にすき通る股《また》をひろげて、ミットのない両手を、紅葉《もみじ》のようにひろげて、勇ましく、艶《なま》めかしく答えた。

すると、突然、パチンと可愛らしい音がしたかと思うと、的の薄物夫人が、二本の白い足を空ざまに、ガクンとひっくり返って、丘の向うへ消えてしまった。

「オーイ、今のは空砲かア？　玉が見えなかったぞオ」

お次に並んだ鎧の紳士が、廻らぬ呂律で叫んだ。

「空砲じゃないよ。玉が早くて見えなかったのだよオ」

治良右衛門が答えたと同時に、又パチンと可愛い音がして、鎧の紳士がガクンとひっくり返った。

それから、水着の娘さんが、道化服の老人が、赤マントの闘牛士が、まるで機関銃にでもうたれるように、パタリパタリと、足を空に向けては、丘の向こう側に消えていった。そして瞬《また》く間に十人の的が、地平線から一掃されてしまった。

砲手がいつの間に玉をこめたのか、玉がいつの間に筒口を飛び出したのか、目にも止まらぬ早業《はやわざ》であった。

ゴム風船は絶え間なく飛び上がり、花火は続けざまにうち上げられ、降りしきる五色の雪と、昇る五色のゴム風船とが、空中に入り乱れて戦った。

「ワハハハハハ、愉快愉快！」

治良右衛門は、子供のようにおどり上がって喜びながら、大砲のそばを離れて、彼方の群集の方へ走り去った。走り去る彼の右手に何かしらキラキラ光るものが、銀色の虹《にじ》のように輝いていた。

×　　×　　×

誰もいなくなった大砲のそばに、妙な顔をして突っ立っている一人の男があった。不気味な泥棒の扮装をした木島刑事だ。

「まるで気ちがいだ。友達が幾人も殺されて、その血の匂いもうせぬのに、このばか騒ぎは、正気の沙汰じゃない」

刑事には、楽園の人々の気持がまるでわからなかった。全然別世界の人類としか思われぬのだ。

「鉄砲玉の的になる奴も奴じゃないか。いい年をして、オドケ人形の真似をして、コロリコロリと転がって見せるなんて……だが、奴さんたち、丘のうしろで何をしているんだろう。一人も這い上がって来ないのは変だな。まさかみんなが酔っぱらって、そのまま寝込んでしまったわけでもあるまいに」

彼はなんとなく気になるものだから、ノコノコ丘を上がって、その頂上から反対の側《がわ》を覗いて見た。

「おやおや、まるでおもちゃ箱をひっくり返したようだぞ」

思わず独《ひと》り言《ごと》をいった。

丘の向こうの低い崖《がけ》の下には、十体の人形と、十人の仮装男女が、まったくおもちゃ箱でもひっくり返したように、乱雑に、五色の色で転がっていた。

ばかに美しかった。ほんとうの人間と、人間そのままの人形とが、あらわな手や足を重ね合って、大根のように転がっている景色が、非常に綺麗《きれい》に見えた。

十八娘の乳房や、四十女のふてぶてしいお尻などが、すきとおる薄絹を通して、あられもない恰好で、じっと動かないでいた。

緋縅の鎧武者が五月人形のように倒れている上には、道化師のとんがり帽子と、まっ青な顔とが、グッタリとのびていた。

「どうして、こんなに美しいのだろう」

一瞬間その理由がハッキリわからなくて、刑事は戸まどいをしたように目をパチクリやった。

だが、この不可解な美しさの原因はすぐにわかった。十人の人間も、十体の人形も、一様にあざやかな血潮《ちしお》に彩《いろど》られていたからだ、人形から血が出るはずはないけれど、十人の人間が、一人残らず、胸から腹から、血を流して、それが、白い肉を、黄色い肉を、奇妙な衣裳を、人間の肌を美しくも染めなしていたからだ。

夢のように美しくて、夢のようにほんとうらしくなかった。刑事はわれとわが目を疑って、わざわざ睚下へおりて行き、生々しい血潮にさわって見た。ベットリ指についた赤いネバネバしたものを見ても、まだほんとうに思えないくらいであった。

どれもこれも、決してキルク玉に撃たれた打撲傷《だぼくしょう》ではない。小さなピストルかなんかの弾丸が、体内深く喰い入っている跡がある。道理で大砲の玉が見えなかったはずだ。走り去る治良右衛門の手に銀色のものが光っていたはずだ。

彼は驚きの叫び声を発する機会を失ってボンヤリ突っ立っていた。

「待てよ。するてエと、この殺人事件の犯人は、園主喜多川治良右衛門だが、あの男が最初から、仲間を殺していたのかしら。そして、今日のお祭り騒ぎに、最後の大虐殺が行われると予告したのも、奴の仕業であったのかしら。おかしいぞ、おかしいぞ」

だが、考えているうちに、この考えがだんだんほんとうらしく思われて来た。

「治良右衛門なれば、この楽園の創立者なのだから、どんなカラクリを用意することも出来ようし、殺人のためのお祭り騒ぎを計画することだって自由自在だ。フフンなるほどね。これでこの事件の不可解な謎がすっかり解けそうだぞ。あいつだ。あいつだ。俺はなんという道化役を勤めていたことだろう」

木島氏はまだ悪夢から醒《さ》めきってはいなかったけれど、犯人治良右衛門を捕えなければならぬという、職業上の責任感に追い立てられないではいられなかった。

彼は飛び上がって、走り出した。丘を迂廻《うかい》して、さいぜん治良右衛門の駈け去った方角へと、まっ青になって走り出した。

恐ろしきランニング

その時園内の別の広場では、来賓《らいひん》たちの奇妙なランニングが行われていた。

これもまた都合十人、紅白ダンダラ染めのユニフォームを着せられ、胸には1から10までの番号札をつけた紳士淑女が、向こうの森の決勝点めがけて、オチニ、オチニ、息を切らして走っていた。

長距離だ。一千メートル。彼らはすでに九百メートルを走った。

むろん彼らも酔っぱらっていた。それゆえ苦しかった。

鼻眼鏡の紳士は、鼻眼鏡が落ちそうになるのを片手で押さえながら、まっ赤な顔をして、ホウホウかけ声をして威勢よく先頭を切っていた。その次には断髪のマダムが、美しい顔をゆがめ、断髪をうしろになびかせ、三十歳のお乳とお尻をダブダブさせながら、第二位を走っていた。それから、やせっぽちの肺病やみの青年が、それから、李《すもも》のように赤くて丸くてすべっこい顔のお嬢さんが、それから、それからと、九人のユニフォームが一、二間《けん》おきに続いて、ドン尻には、樽《たる》のような肥満《ひまん》紳士が横に転がった方が早いくせに、転がりもしないで、エッチラオッチラ走っていた。感心に一人の落《らく》伍者《ごしゃ》もなかった。

彼らの足並に合わせて、コースの三カ所で、「官さん官さん」のジンタ楽隊が、陽気に鳴り響いていた。空からはひっきりなしに花火玉が炸裂して、五色の雪が、美しい昆虫《こんちゅう》の大群のように舞い降りて来た。ランナアたちはその五色の雪を身にあびて、それを蹴《け》立《た》てて、瘋癲《ふうてん》病院の運動会のように、走りに走った。

ゴールには、二本の柱のあいだに白いテープが一文字に張られ、その一方の柱のそばに、警官姿の治良右衛門が、第一着を報じるためにピストルをかまえながら立ちはだかっていた。

「ホーイ、ホーイ、七番しっかり、九番しっかり」

治良右衛門は足ぶみをしながら、声援した。

先頭の鼻眼鏡がついにゴールに迫った。彼の両足は疲労のためにガクンガクンと今にも膝をつきそうに見えた。

「ウオーッ!」

彼は獣物《けだもの》のように咆哮《ほうこう》して、白いテープに向かって突進した。

ギラギラと光る、幅の広いテープは、一本の棒のように伸びきって、先着者を待ちかまえていた。

一間が一尺となり、一尺が一寸となり、鼻眼鏡のつき出した腹部が、テープにつき当った。普通なれば、テープは選手のからだと共に伸びて、まがって、プッツリ切断されるはずであった。そして、ドンと号砲《ごうほう》がうち上げられるはずであった。

ところが、この奇妙なテープは、鼻眼鏡の腹に押されても、伸びも曲がりも切断されもしなかった。それどころか、実に恐ろしいことには、切断されたのは、勢い込んで走って来た鼻眼鏡の腹の方だった。

選手がテープにぶつかると同時に、彼の腹部からしぶきのようなものが、サッとほとばしって、赤い液体がテープの面《おもて》をツーッと走った。

それから、ちょうど打ち上げられた花火の音と一緒に、

「ギャッ」という声がして、鼻眼鏡の両手が、変な恰好で空中に乱舞した。同時に彼の腰から下は、地上に倒れて、二、三度コロコロと転がった。という意味は、彼の両手の

ついている腹から上の部分と、足の方とが、別々に行動した。つまり、鼻眼鏡の選手は、二つに切断されたわけである。

すばらしい切れ味だ。

テープと見えたのは、それだけの長さに鍛《きた》えさせた鋼鉄の剣であった。それに白い塗料を塗って、遠目に布のテープと見せかけてあったのだ。

長い剣《つるぎ》の刃は、選手たちの方角に向けて、とぎすましてあった。さわっただけでも切れるのだ。それに、一千メートルの勢いをつけて、ぶツかったのだから、骨もろとも、まっ二つにチョン切られたとて不思議でない。

一直線の剣は、一人を屠《ほふ》って、血をすって、快感にブルンブルンとふるえていた。

第二着は、断髪マダムの成熟しきった白い肉塊。

彼女は、第一着の選手に起こった変化を理解する暇がなかった。お酒に酔っていたし、疲労のために眼もくらんでいた。

剃刀《かみそり》のようなテープが、ビーンと鳴った。

アッと云う間にマダムの胴体は、お尻から下をあとに残して、空中にもんどり打っていた。

まっ赤な血が、美しくほとばしって、「ハーッ」という、溜息《ためいき》の声が聞こえた。

残る八人のランナーは、次から次とこの恐ろしきテープにひっかかった。命を失ったもの三人、傷つき倒れたもの五人、無傷で逃げ出したのはたった二人であった。それほど彼らは酔っぱらって、目がくらんでいた。場内の狂気めいた空気に作用されていた。

ゴールには、まったくチョン切られた二人と、半ちぎれの六人とが、かさなり合って、倒れ、転がり、もがき、踊っていた。

すると、云い合わせたように、三カ所のジンタ楽隊の曲目が「宮さん宮さん」から「猫じゃ猫じゃ」に変わっていった。

半ちぎれの肉塊どもの猫踊り、化猫踊り。

事実彼らは、胸から腹から、ふつふつと血を吹き出しながら、その音楽に調子を合わせて、ピョコンピョコンと、苦しまぎれの化猫踊りを踊ったのである。

五色の雪の吹雪のなかで、白いのや黒いのや筋ばったのやポチャポチャしたのや、男女さまざまの肉塊どもが、タラタラと血を流しながら、断末魔の手拍子、足拍子面白く、美しくも物凄き気違い踊りを踊り抜いたのである。

メリー・ゴー・ラウンド

「なるほど、こういう次第でしたか」

泥棒姿の木島刑事が、喜多川治良右衛門の肩をポンと叩いて云った。

ちぎれたマラソン選手たちの化猫踊りも、だんだん勢いがなくなって、いつしか動かなくなっていた。池なす血潮に、ヒラヒラと降る紙の雪が、落ちては濡《ぬ》れていた。

「ああ、木島さんでしたか」

巡査の制服を着た治良右衛門が、静かに振り向いて、ニヤニヤ笑った。

「そのピストルには実弾がこめてあるのですか」

さすがに刑事は、身構えをして、固くなってたずねた。

「こめてあるかも知れません。しかし、ご安心なさい。お上《かみ》の方々に手向かいは致しませんよ」

「フン、手向かいしようたって、させるものか。神妙《しんみょう》にしろ」

刑事は弁慶縞《べんけいじま》のふところから捕縄《ほじょう》を出した。

「いや、待って下さい。僕はまだ仕事が終わっていないのです。それに、少しお話ししたいこともありますから……決して逃げ隠れはしません」

木島氏はそれでも縄をかけようとは云えなかった。そんなことをすれば、相手に笑われそうな気がしたのだ。なんだか恥かしかったのだ。それほども、楽園の光景は気違いめいていたし、犯人治良右衛門は落ちつきはらっていたのだ。

「僕は人殺しをするために、この楽園を作ったのですよ。刑事さん、そして、最初のあいだは一人ずつ、今日は一《ひ》とまとめにというわけです。人殺しというものが、どんなに美しい遊戯であるか、あなたにもおわかりでしたろう。これは僕らの先祖のネロが考え出した世にもすばらしいページェントなのですよ」

「話したいことと云うのはなんだ」

刑事が青ざめた顔で怒鳴った。

「ほかでもありません。このあいだから僕が仲間の人たちを、一人一人殺していった方法です。あなたはその秘密がおわかりですか」

そんなことはどうだっていい、君が下手人にきまりきっているのだから」

「ハハハハハ、おわかりにならないと見えますね。では種明かしをしましょうか」

「あとでゆっくり聞こうよ。今はそんなこと云っている場合じゃないからね」

刑事はせいぜい意地わるな調子を出すのに骨折らねばならなかった。

「いや、今お話ししておかないと、ぐあいの悪い事情があるのです。まあ聞いて下さい。あなたにならひと口でわかるのです。手品の種というのはあの観覧車なのですよ」

治良右衛門は空にかかっている観覧車の箱を指さした。

「僕があの高い空の箱の中を寝台にしていたことです。あすこにいればアリバイもなり立ちますし、同時に、園内はすっかり見通しですから、あの箱の窓から鉄砲の狙いを定めて、どこにいる人でも撃ち殺すことが出来たのです」

それを聞くと刑事が不審《ふしん》そうな顔をした。いまいましいけれど眉をしかめないではいられなかった。

「ハハハハハ、あなたはまだおわかりにならないと見えますね。迷路の中で殺された女たちは、短剣で刺されていたではないか、とおっしゃるのでしょう。短剣がどうして鉄砲で撃てるのだ、とおっしゃるのでしょう……ところが、撃てるのですよ。僕はあの短剣を、鉄砲に仕込んで発射したのですよ。なんとうまい考えではありませんか。それは短剣の形をよく見て下されば、なるほどとうなずけますよ。あれには鍔がなく、柄から刃先まで同じ太さで、そのうえ柄の部分には、銃身の螺旋《らせん》としっくり合うネジが彫刻してあったのですからね。ハハハハハ、短刀を発射するなんて、実にすばらしい思いつきじゃありませんか」

園内は大げさに云えば一間先《けんさき》も見分けられぬほど、五色の雪が降りしきっていた。

来客たちは例外なくグデングデンに酔っぱらっていた。花火の音とジンタ楽隊の響きが、あらゆる物音、叫び声をうち消してくれた。それゆえ、この不思議な殺人狂と刑事とは、誰に怪しまれることもなく、変てこな会話をつづけることができたのだ。

だが、それには際限《さいげん》があった。ちょうどそこまで話した時、雪の中を一人の酔っぱらいが、千鳥足《ちどりあし》でやって来た。そして、地上にころがっている、おびただしい死骸につまずいた。

「ワアア。これはどうだ。なんてすばらしい生人形だろう。おや、そこにいるのは喜多川さんだね。いや、ご趣向恐れ入りました。ジロ楽園バンザアイ」

彼は両手を上げて、殺人鬼を祝福した。

それをきっかけに、木島刑事は我れに返った。そして、普通の刑事のように、す早い動作で犯人に飛びかかっていった。治良右衛門の手からピストルが叩き落とされた。捕縄が蛇のようにまといついて来た、「オット、まだ早い。まだ早い。僕はまだ仕事が残っていると云ったじゃありませんか」

治良右衛門は捕縄をはねのけて、刑事をつきとばすと、吹雪の中を一目散《いちもくさん》に逃げ出した。なにかわけのわからない歌をわめきながら。

泥棒姿の刑事は、云うまでもなく追っかけた。

二人は園内を彼方此方へと、つむじ風のように走った。

逃げる治良右衛門の目の前に、グルグル廻るメリー・ゴー・ラウンドがあった。誰も乗っている者はなく、ただ十数匹の木馬だけが、ガクンガクン首をふりながら、グルグル、グルグル廻っていた。

彼はいきなりその廻り舞台に飛び乗った。木島刑事も飛び乗った。

そして、二人とも木馬の廻る方向へ、木馬の三倍の早さで、グルグル、グルグル走り出した。奇妙な鬼ごっこ。

制服のお巡りさんを泥棒が追っかけている。それが丸い台の上をグルグル廻っているものだから、お巡りさんが追っかけられているのだか、泥棒が追っかけられているのだかわからなくなる。風体で判断すると、泥棒の木島刑事が逃げ手で、警官姿の治良右衛門が追手《おって》としか見えぬのだ。

「さっきの話の続きですがね」

目の廻るように走りながら、治良右衛門が大声で追手に話しかけた。

「迷路の殺人はまあそう云ったわけなのですが、では、最初、人見折枝が迷路の中で出逢った小柄の男はいったい誰か、とお尋ねなさるでしょう」

刑事は、そんなこと聞きやしないよと、だんまりで、息を切らしながら、一生懸命に追っかけている。どうも少なからず馬鹿にされている形だ。

「あれは三谷二郎少年だったのですよ。あの子供が迷路の中に遊んでいて、ちま子の死骸を一ばん早く発見したのです。そして疑われることを恐れて、逃げ隠れなんかしたんです。僕はそれを観覧車の上から、ちゃんと見ていたのですよ」

怒鳴りながら、治良右衛門は、ヒョイと一匹の木馬に飛びまたがった。ハイシイドウドウ、手綱をとりながら、彼はまた叫ぶ。

「それから第二回目の殺人で、二郎少年は、こうして木馬に乗っているところを、今度は普通の弾丸で撃ち殺されました。むろん観覧車の上からです。同時に、僕は風船の縄梯子を弾丸で撃ち切り、折枝を墜落させました。僕は射撃の名人だけれど、まさか初めから縄梯子を狙ったわけじゃない。あれはまぐれ当たりですよ。オットどっこい。危ない危ない」

云いながら、治良右衛門は、追いすがった刑事の手をよけて、ヒョイと木馬を飛び降り、又グルグルと走り出した。

やっとその時、場内に張り込んでいた制服巡査が十数人、騒ぎを悟って駈けつけて来た。

「あいつを捉《つか》まえるんだ。早く、早く」

泥棒姿の木島刑事が、走りながら、喜ばしげに叫んだ。

「なんだって、あの制服巡査を捉まえるんだって？」

変装を知らぬ本ものの警官たちは、面喰らってしまった。彼らは木島氏の顔を見分ける余裕がなかったのだ。

「オイ、君たち、その手に乗っちゃいかんよ。あいつが犯人だ。風体を見てもわかるじゃないか」

治良右衛門が機先《きせん》を制して怒鳴った。

なるほどもっともだ。犯人はあの和服の奴に違いない。それが証拠に、あいつこそ追っかけられているではないか。と思って見れば、そんなふうにも見えるのだ。

警官たちはドヤドヤと廻り舞台へよじのぼって、和服の方を、すなわち木島刑事を追っかけ始めた。

奇々怪々《ききかいかい》の捕り物が始まった。

花火はドカーン、ドカーンと打ち上げられていた。その度毎に、降りしきる五色の雪はますます密度をまして、空を、地上を覆《おお》いかくした。その中を無数のゴム風船が、ツーイ、ツーイと空へ昇っていった。

楽隊は滅茶苦茶のジャズ音楽を吹き、叩いていた。酔っぱらいの来客たちは、或いは歌い、或いは歓声を上げて、場内を飛び廻っていた。

木馬館の活劇は、その中で、誰にも気づかれることなく、続いていた。

泥棒姿の木島刑事が、廻る木馬台の上で、とうとう捉まった。十数人の巡査たちがその上へ折り重なっていった。

「ばかッ、どじッ、とんまッ」

警官の山の下から、木島氏の激怒する声が聞こえた。

「俺は木島だ。俺の顔を知らんのかッ。犯人はあいつだ。巡査にばけている喜多川治良右衛門だ」

やっと事の仔細《しさい》がわかって、警官たちが立ち直った時には、しかし、当の治良右衛門は、とっくに木馬館を離れて、彼方の丘の上を走っていた。

「それッ、逃がすなッ」

一同、廻り舞台を飛び降りて、中には転がるものもあって、又しても追跡が始まった。今度は追手が多勢だ。いくら治良右衛門が手品師でも、もう逃れっこはないだろう。

悪魔の昇天

逃げ、逃げて、治良右衛門は、場内一隅の小高き丘の上、大軽気球の繋留所へとかけ上がり、繋留柱の前にスックと立った。

「諸君、待ちたまえ。僕は仕残した仕事を、ここで完成するのだ。諸君に見せるものがあるのだ」

十数名の警官隊は、治良右衛門を囲んで、身動きすれば取りひしがんと構えていた。

「ほら、これを見たまえ。これはなんだ」

治良右衛門が指し示したのは、繋留柱にとりつけてある、一個の大型のスイッチだ。

「このスイッチが何を意味すると、諸君は思う、このスイッチこそ、ジロ楽園建設の最終目的を暗示するのだ。このスイッチの金属に火花が散る時、ああ、ジロ楽園にはどのような地獄風景が現われることだろう。僕はそれを思うと嬉しさに胸が破れそうだ。諸君にその光景が見てもらいたいのだ。それゆえにこそ君たちをここまでおびき寄せたのだ」

警官たちはなんとも知れぬ不安のために、ジリジリと脂汗《あぶらあせ》が湧きだすのを感じた。彼らの目はスイッチに釘《くぎ》づけになった。「あのスイッチを入れさせては大変だ」という考えが、一同の胸をワクワクさせた。

「いや、これじゃない。スイッチそのものを見てくれというのじゃない。諸君はうしろを見るんだ。この丘の上から、ジロ楽園の全景を見渡すのだ。さア、今だ。今こそジロ楽園の最後の時だ」

叫びも終わらぬに、スイッチに、パチッと火花が散った。人々はほとんど反射的に、うしろを振り返って、楽園の全景を眺めた。

なんとも形容しがたい地鳴りが起こった。大地震の前兆のような、おどろおどろしき音響が鳴りはためいた。

地震ではない。だが地震以上の地獄風景が、やがて人々の眼前に展開された。

先《ま》ず、浅草十二階を模した摩天閣が、その中ほどから折れちぎれて、スローモーションで、土煙《つちけむり》を上げながら、くずれ落ちた。そこに昇っていた仮装の客たちが、土煙の中で、空中にもんどり打って、地獄の亡者のように、大地へと墜落して行くのが、まざまざと眺められた。天地もとどろく大音響と、恐ろしい地響きが、相次いで起こった。

「次は観覧車だッ」

治良右衛門の叫び声が物凄く聞こえた。

たちまち大空の観覧車に異変が起こった。大観覧車の車輪が、カランカランとほがらかな音を立てながら、組み立ておもちゃのように、解体《かいたい》していった。それにブラ下がった十幾つの小型電車のような箱の中には、どれもこれも満員の乗客であった。彼らは箱もろとも大地に墜落しながら、車室の窓から、手をさし出し、顔一杯の口を開いて、身の毛もよだつ悲鳴を合唱した。

阿鼻《あび》地獄、叫喚《きょうかん》地獄。

パノラマ館の丸屋根は締金《しめがね》がはずれて、円筒形《えんとうけい》の壁の中へ、スッポリと落ち込んでいった。

コンクリートの大鯨は、百雷の音と共に、粉々になって四散した。

地底の水族館は氾濫《はんらん》し、地獄極楽のトンネルは山崩れに埋もれ、池も川も津波《つなみ》となって湧き返った。

如何なる大戦争よりも激しい動乱、物凄い音響が、何十町歩のジロ楽園を揺り動かした。

火薬の煙、土煙、砂煙が、森も林も丘も覆いつくして、空へ空へとなびいていった。コンクリートの破片、鉄骨の切れっぱし、ひきちぎれた柱、人間の首、手、足、そのほかあらゆる破片が、警官たちの頭の上から降って来た。まだ降りしきる五色の雪ともろともに。

警官たちは、目はめしい、耳は聾し、心はうつろに、よろめきながら、そこに立っているのがやっとだった。犯人を捉えるなどという考えは、どこかへふッ飛んでしまって、治良右衛門の存在をさえ、ほとんど意識しなかった。

やがて土煙がしずまると、ジロ楽園は見るも無残な一面の廃墟《はいきょ》であった。墓場の静寂、死の沈黙。見渡す限り動くものはなにもなかった。

「みなごろしだ。あの何百人という客たちが、みなごろしになったのだ」

警官の一人が放心《ほうしん》した声で云った。

ジンタ楽隊の音楽も酔っぱらいの歓声も、哀れや一瞬にして幽冥界《ゆうめいかい》へと消えて行った。

もはや花火を打ち上げる者もなく、したがって美しい五色の雪も降りやんだ。

「だが、たった一人、殺されなかった者があるのですよ」

ふと気がつくと、大虐殺者治良右衛門が、ニコニコ笑って立っていた。

警官たちの憎悪が爆発した。彼らは十何匹の蝗《いなご》になって、物をも云わず、大悪魔に飛びついていった。

「オットどっこい」

治良右衛門は、危うく身をかわして、そこに下がっている軽気球の縄梯子に飛びつ

いた。そして、す早く上へ駈け上がりながら、

「殺されなかったのは、僕の女房の鮎子ですよ。木下鮎子ですよ。あいつだけは、どうも殺す気がしなかったのですよ。ごらんなさい。僕の女房がご挨拶していますよ」

見上げると、軽気球のゴンドラから、美しい鮎子の顔が、五色のテープを投げながら、警官たちに笑いかけていた。

「ウヌ、逃がすものかッ」

「畜生めッ」

「ご用だッ！　ご用だッ」

警官たちは、狂気のように、縄梯子を這い上がった。先頭には治良右衛門、少し離れて木島刑事、それから制服巡査の十幾人が、空へ一列の鈴なりだ。

治良右衛門は、もう足の下の追手たちをからかいもせず、黙々として、空の梯子を駈け昇って行った。猿のように早かった。

やがて十数丈の縄梯子も尽き、ゴンドラの中から鮎子の白い手が、治良右衛門を引き上げた。彼が籠《かご》の中へ飛び込んだ時には、しかし木島刑事の手首が、ゴンドラの縁《ふち》にかかっていた。

「早く、早く、縄を」

治良右衛門の命令に、かねて手筈《てはず》がきめてあったのか、鮎子の手に白刃《はくじん》がひらめいて、空中梯子の二本の縄が、プッツリ切断された。

木島氏の片手には、彼につづく十幾人の警官の重さを支える力がなかった。縄と共に彼の手首もゴンドラを離れた。

垂直に伸びた縄梯子は、珠数《じゅず》つなぎの警官隊をのせたまま、たちまち、空間をクタクタクタとくずれていった。警官の雨。

と、同時に、縄を切られた軽気球は、ブリブリとお尻をふりながら、大空高く舞い上がった。

治良右衛門と鮎子とは、ゴンドラから半身をのり出して、残っていた紙テープをことごとく地上に投げおろし、声を合わせて万歳を叫びながら、思い出深きジロ楽園の廃墟に永別《えいべつ》を告げた。

軽気球はどこまでも昇天して行った。幾つも幾つも白い綿雲をつき抜けて、一匹の小さな魚のようになって、房と下がった五色のテープがその魚のひれのように見えて、楽しげに、楽しげに、小さく、小さく、そして、いつしかほこりのように幽《かす》かになって、果てしれぬ青空の底へと消えて行った。

（『江戸川乱歩全集』附録『探偵趣味』昭和六年六月より七年三月まで）

注1　ルパシカ
　ロシアのシャツ・上着。日本では芸術家が好んで着た。

注2　十数億
　現在の数十億円。

注3　妻のろ
　自分の妻に甘いこと。サイコロジーをもじったもの。

注4　生人形
　生きている人間のように見える精巧な細工の人形。見世物として興行された。

注5　もやい
　共同で使用すること。

注6　恒産なければ恒心なし
　一定の財産がなければ、安定した道義心を持つことができない。中国の古典『孟子』から。

注7　へんがえ
　変更すること。考えを改めること。

注8　一億
　現在の数億円。

注9　カタコム
　カタコンベ。古代キリスト教徒の地下墓地。

注10　八幡の藪知らず
　迷路のこと。千葉県市川市にある出られないという伝承のある森の名から。

注11　数十万金
　現在の十数億円程度。

『三角館の恐怖』解説

落合教幸

江戸川乱歩は、自らの探偵作家としての歩みと、探偵小説界の状況を回想録『探偵小説四十年』に書き記している。それ以外にも多くの随筆・評論で自作について述べていて、乱歩ほど詳しく自作を解説した作家は珍しい。また、自らの作家人生を分析的に記述しているのも特徴的だろう。

いくつかの回顧的な文章で乱歩自身も書いているように、乱歩には何度か、集中的に小説を書いている時期がある。作品を発表していない時期と、多作の時期の活動が、極端に振れているのも乱歩の特徴ということができる。

最初の多作期である大正末には、短篇を集中的に発表している。「二銭銅貨」に始まり、「D坂の殺人事件」「屋根裏の散歩者」など、多くの有名な作品が生まれた。しかし長篇「一寸法師」などで自分の作風に疑問を感じ、最初の休筆に入る。

一年半ほどでこの休筆から復帰した昭和初期には、読物雑誌に長篇の連載を始めている。「孤島の鬼」「蜘蛛男」がその最初で、以降、「魔術師」「黄金仮面」と続いていく。探偵小説の愛好家だけでなく、一般の読者を獲得した。乱歩の名は広く知られるようになったが、そうした中で、行き詰まりを感じていた乱歩は、昭和七（一九三二）年に二度目の休筆を宣言する。翌八（一九三三）年末には「悪霊」を書いて新たな展開を目指したが、連載途中で断念することになってしまう。

昭和十（一九三五）年前後は探偵小説の盛り上がりを見せた時期だったが、この時期の乱歩は、評論などの活動に重心を置いた。少年物を書き始めたのもこの時期である。

探偵小説の隆盛も長くは続かず、昭和十年代は、検閲などが厳しくなり、出版社も探偵小説の刊行を自粛していく。乱歩のような作家は発表の場を失うことになった。

戦中の乱歩は、防諜をあつかった「偉大なる夢」、小松龍之介《こまつりゅうのすけ》という別名で書いた少年物など、わずかな例外をのぞくと、執筆活動を控えている。昭和十五（一九四〇）年までは文庫や少年物は版を重ねていたから、当面の生活に不自由はなかった。しかし昭和二十（一九四五）年には、作家とは関係のない事務員として就職する寸前にまで至った。疎開先の福島で終戦を迎え、年末に帰京した乱歩は、探偵小説の復興に向けて活動を開始する。

新雑誌の企画案などの資料からは、乱歩が再び探偵小説を書く意志があったこともうかがわれる。しかし、実際にはこの時期、小説を執筆することはできなかった。乱歩は随筆・評論を書き、国内外の探偵小説を紹介していく。戦前に書かれた日本の探偵小説を再評価していくだけでなく、占領軍によってもたらされた、海外の探偵小説を大量に読み、数年間の情報の空白を埋めていく。

乱歩が最初に海外の探偵小説に触れたのは、少年期にまでさかのぼる。乱歩は黒岩《くろいわ》涙香《るいこう》や菊池幽芳《きくちゆうほう》の探偵小説に興味を持ったことを書いている。明治に流行した翻案探偵小説は、西洋の探偵小説を、人名を日本人のものに変えたり、筋を簡略化したりすることなどで、当時の読者に受け入れられやすいものにした小説である。

少年期にこうした経験をした乱歩は、大学に入ると、東京の複数の図書館に通い、探偵小説を読み漁った。涙香などの日本の本だけでなく、エドガー・アラン・ポーやアーサー・コナン・ドイルなど、英語の本も読んだ。この時期に読んだ探偵小説を乱歩は『奇譚』という手製の本に書き記した。

二十代の職業遍歴時代を経て、作家となった乱歩は大正末に多くの短篇小説を生み出す。しかし、長篇をうまく書くことができず、また当時流行していたモダンな傾向にも違和感を持ち、行き詰まってしまう。こうした時期に再び少年期に読んだ涙香や、その頃全集も刊行され、多くの読者を獲得していたモーリス・ルブランのアルセーヌ・ルパンのシリーズなどを参照して、乱歩は娯楽的な長篇小説の連載を始める。名探偵の明智小五郎の活躍を中心とした長篇小説は、探偵小説の愛好家だけでなく、新たな一般読者に受け入れられ、乱歩の知名度を確固たるものにした。

昭和八年ごろから探偵小説は再び盛り上がりを見せ、昭和十二（一九三七）年頃まで、乱歩が「第二の山」というような活況を呈した。小栗虫太郎《おぐりむしたろう》や木々高太郎《きぎたかたろう》らの新しい作家が登場し、『ぷろふいる』などの探偵雑誌も創刊された。

しかし乱歩はこの時期にも、小説の執筆についてはそれまでの娯楽的な長篇小説の連載を続けることしかできなかった。一方で、この時期に紹介され始めた海外の新しい探偵小説を意欲的に吸収していく。

特に影響が大きかったのは、井上良夫《いのうえよしお》との交流だった。名古屋在住の井上は探偵小説の翻訳や評論で活躍し始めた年少の友人で、乱歩とは頻繁に手紙をやり取りした。互いに長文の探偵小説論を書き、乱歩はここから多くの知識を得るとともに、自らの探偵小説観を整理することにもなった。残念ながら井上は昭和二十年の四月に病死しているが、乱歩へ与えた影響は大きく、戦後の乱歩の評論集『幻影城』には「この書を

光文社『面白倶楽部』「三角館の恐怖」連載予告（『貼雑年譜』）

井上良夫君の霊前にささぐ」と献辞が掲げられている。

乱歩にはいくつか、海外の探偵小説を翻案した作品がある。まず、「白髪鬼」と「幽霊塔」は、黒岩涙香によって翻案された作品を、さらに乱歩が自分流に書き改めたものである。これは海外探偵小説への意識より、むしろ少年期に読んだ涙香への意識が強いようだ。

そして、昭和十年前後に吸収した海外探偵小説は、「緑衣の鬼」「幽鬼の塔」という長篇を生み出した。「緑衣の鬼」は、イーデン・フィルポッツの「赤毛のレドメイン家」の筋をもとに、乱歩流に書き直したものである。「幽鬼の塔」は、ジョルジュ・シムノンの「サン・フォリアン寺院の首吊り人」を、こちらも主となる部分を使って書かれたものである。

これらに連なるものとして、「三角館の恐怖」は書かれたと見ることができる。戦争による休筆をはさんでいるが、成立事情は「緑衣の鬼」「幽鬼の塔」に近い。しかし「三角館の恐怖」については、他の作品より原作に近いものになっている。

戦後の乱歩は随筆・評論に力を入れ、小説はまったく発表していなかった。最初に書かれたのは、少年物の「青銅の魔人」である。光文社は講談社出身者が作っ

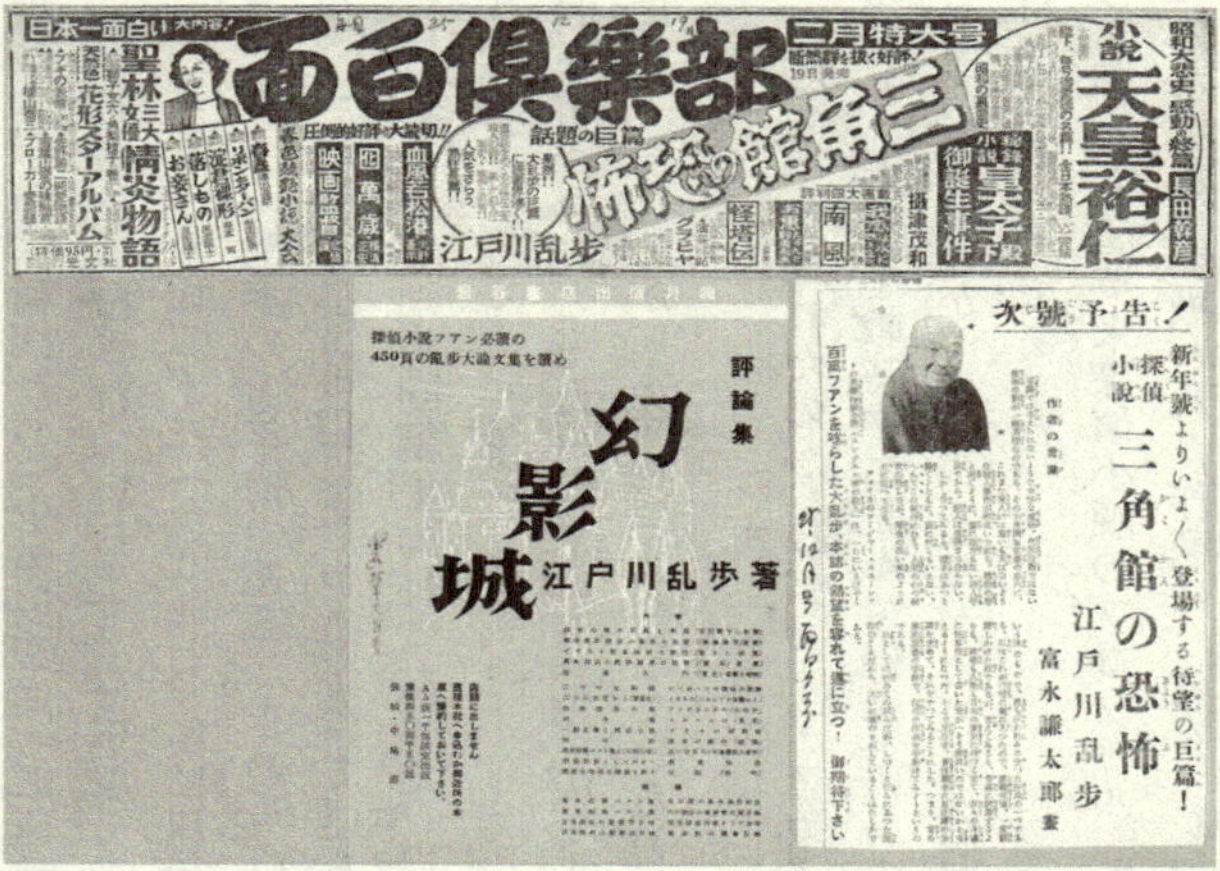

「三角館の恐怖」新聞広告、次号予告、評論集『幻影城』広告
（『貼雑年譜』）

た出版社だった。乱歩の少年物は講談社の『少年倶楽部』に連載され、講談社から単行本が刊行されていたが、戦後は放置されているような状況だった。それを光文社が譲り受けて出版することになり、昭和二十二（一九四七）年に刊行された。その売れ行きから、光文社の雑誌『少年』で、乱歩の少年物の連載が求められたのだった。

昭和二十五（一九五〇）年には、短篇「断崖」が書かれている。探偵小説の評論家でもあった読売新聞の白石潔《しらいしきよし》が、報知新聞編集局長になった。白石は乱歩を熱心に口説き、ついに乱歩に小説を書かせることに成功する。

こうして、もう小説を書かないと考えられていた乱歩が、また書くのではないかと思われ始める。熱心にすすめたのが、少年物を連載していた雑誌『少年』と同じ光文社の、雑誌『面白倶楽部』だった。

翻案でも良いということで選ばれたのが、ロジャー・スカーレット「エンジェル家の殺人」である。乱歩はこの小説を戦時中に読んでいたというから、「緑衣の鬼」「幽鬼の塔」と同形式の作品ということができる。乱歩がこれらの原案となる海外探偵小説に触れたのは、井上良夫を通してであった。

井上は戦前、『ぷろふいる』に「英米探偵小説のプロフィル」を連載し、そこで多くの探偵小説を紹介していた。そこで扱われた作家に、スカーレットも含まれている。乱歩は井上から、昭和十八（一九四三）年初頭に、「エンジェル家の殺人」を送ってもらい読んだ。乱歩はこの本を激賞し、探偵小説のベストテンに入れたいとまで書いたという。

乱歩はのちに『別冊宝石』昭和二十九（一九五四）年七月「スカーレット・ヘキスト集」に解説を書いている（『海外探偵小説　作家と作品』に収録）。そこで「スカーレットの作は全体に、トリックの奇術性と動機の異常に特徴があり、拵えものではあるが、謎小説としてはなかなか面白い」と評価している。

乱歩の長篇小説の多くは、結末を決めずに書き始められているために、しばしば途中で無理が生じてしまう。翻案の場合はそういったことはなく、乱歩らしい荒唐無稽さが少なくなってしまうものの、一方で整った構成になっている。

それとともに、翻案小説は、乱歩が探偵小説の要素として、それぞれの時期にどういった点を重視していたのかを示すものでもある。この「三角館の恐怖」では、乱歩が元の作品を評価した「トリックの奇術性と動機の異常」に注目して読むと、戦後の乱歩が目指そうとした探偵小説の方向性が見えてくるかもしれない。

もうひとつの「地獄風景」は、平凡社版の江戸川乱歩全集の附録『探偵趣味』に連載

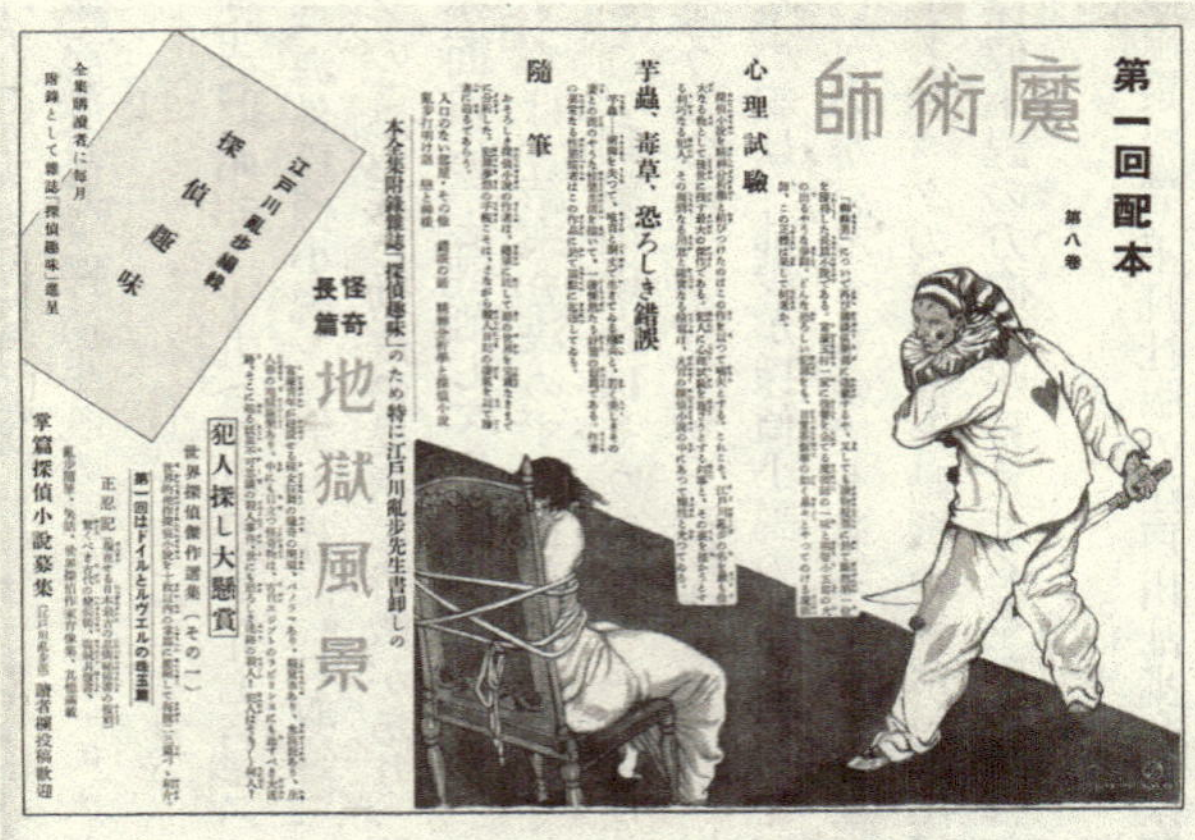

平凡社「江戸川乱歩全集」内容見本（『貼雑年譜』）

されたものである。

平凡社の乱歩全集は、乱歩の初めての全集として、昭和六（一九三一）年五月から翌七年五月まで刊行された。当時はまだ乱歩は初期短篇の時期を過ぎ、「蜘蛛男」「魔術師」「黄金仮面」などで、娯楽的な長篇小説へ踏み出したばかりであった。

全十三巻のこの全集には、乱歩の小説だけでなく、随筆なども各巻に収録された。さらに乱歩作品に対する批評も収められているが、こういった構成も乱歩が考えたものである。

乱歩は自らも宣伝案を出すなど、積極的にかかわっていった。この附録雑誌も販売促進の目的で作成されたもので、乱歩の友人、井上勝喜《いのうえかつき》が編集にあたった。第一号の表紙は岩田専太郎《いわたせんたろう》の黄金仮面が使われ、第二号からは竹中英太郎《たけなかえいたろう》が表紙を描いた。乱歩の連載「地獄風景」のほか、海外の短篇探偵小説や読者投稿の掌篇探偵小説を掲載している。

「地獄風景」自体は乱歩が「『パノラマ島奇談』をファースにしたような変てこなもの」というように、つくられた見世物的な空間をめぐる話のバリエーションとなっている。

監修／落合教幸
協力／平井憲太郎
立教大学江戸川乱歩記念大衆文化研究センター

本書は、『江戸川乱歩全集』（春陽堂版　昭和29年〜昭和30年刊）収録作品を底本としました。旧仮名づかいで書かれたものは、なるべく新仮名づかいに改め、筆者の筆癖はそのままにしました。漢字は変更すると作品の雰囲気を損ねる字は正字体を採用しました。難読と思われる語句には、編集部が適宜、振り仮名を付けました。

本文中には、今日の観点からみると差別的、不適切な表現がありますが、作品発表当時の時代的背景、作品自体のもつ文学性、また筆者がすでに故人であるという事情を鑑み、おおむね底本のとおりとしました。

説明が必要と思われる語句には、最終頁に注釈を付しました。

（編集部）

江戸川乱歩文庫
三《さん》角《かく》館《かん》の恐《きょう》怖《ふ》
著　者　江《え》戸《ど》川《がわ》乱《らん》歩《ぽ》

2019年8月30日　初版第1刷　発行

発行所　株式会社　春陽堂書店
104-0061　東京都中央区銀座3-10-9
KEC銀座ビル9F
編集部　電話03-6264-0855

発行者　伊藤良則

印刷・製本　株式会社マツモト

乱丁・落丁本は、ご面倒ですが小社営業部宛ご返送ください。
送料小社負担にてお取替えいたします。

ISBN978-4-394-30172-1 C0193